Sabrina Jeffries

Élevée dans une famille de missionnaires, elle a passé une partie de son enfance en Thaïlande. Diplômée de littérature, elle écrit des romances historiques et devient une auteure de best-sellers publiés dans le monde entier.

L'aventurier

Sabrina
JEFFRIES

LES HUSSARDS DE HALSTEAD HALL – 2

L'aventurier

Traduit de l'anglais (États-Unis)
par Cécile Desthuilliers

POUR elle

Si vous souhaitez être informée en avant-première
de nos parutions et tout savoir sur vos auteures préférées,
retrouvez-nous ici :

www.jailupourelle.com

Abonnez-vous à notre newsletter
et rejoignez-nous sur Facebook !

Titre original
A HELLION IN HER BED

Éditeur original
Pocket Star Books, a division of Simon & Schuster, Inc., New York

© Sabrina Jeffries, LLC, 2010

Pour la traduction française
© Éditions J'ai lu, 2014

*Aux deux femmes qui ont été déterminantes
pour ma carrière depuis le début . Micki Nuding,
aussi connue sous le nom de Super Éditrice,
et Pamela Gray Ahearn, alias Super Agent.
J'apprécie hautement que vous ayez fait usage
de vos super pouvoirs pour mon compte !*

*Et à Claudia Dain, Deb Marlowe, Liz Carlyle,
Caren Crane Helms et Rexanne Becnel
– vous êtes toutes les meilleures amies
dont un auteur puisse rêver.
Merci de me pousser en permanence à me dépasser !*

Prologue

Eton College, 1806

Lord Jarret Sharpe, treize ans, contempla le ciel nocturne par la fenêtre de la voiture. Il frissonna en songeant à la nuit de cauchemar qui l'attendait. 20 heures allaient bientôt sonner. Ils arriveraient à Eton au moment où l'on fermait la porte du dortoir. Et l'enfer allait recommencer.

Tirant sur sa cravate, il leva les yeux vers sa grand-mère. Comment la faire changer d'avis ? Six mois plus tôt, elle les avait emmenés vivre à Londres, ses frères et sœurs et lui. Ils avaient dû quitter Halstead Hall, l'endroit le plus merveilleux du monde. Il ne l'accompagnerait plus à la brasserie. Il devait aller dans cette horrible école. Tout cela parce que ses parents étaient morts.

Un frisson le parcourut. En lui aussi, quelque chose était mort. Il ne mangeait plus, ne dormait plus... Il ne pouvait même plus pleurer.

Était-il un monstre ? Même son grand frère Oliver avait sangloté aux obsèques. Jarret aurait voulu verser des larmes mais elles refusaient de couler. Pas même au cœur de la nuit, quand il imaginait son père dans son cercueil...

Il avait lu dans les journaux comment la balle avait « détruit le visage du marquis » et il ne pouvait chasser cette vision de son esprit. Pire, il était encore hanté par l'image de sa mère, pâle et glacée, dormant de son dernier sommeil dans la robe blanche qui dissimulait sa blessure mortelle.

— Tu diras à Oliver que je veux une lettre de lui chaque semaine, m'entends-tu ? dit sa grand-mère.

— Oui, madame.

Une douleur sourde lui étreignit la poitrine. Il avait toujours cru, en secret, être le préféré de sa grand-mère. Apparemment, ce n'était plus le cas.

— Et de toi aussi, bien entendu, ajouta-t-elle d'une voix plus douce.

— Je ne veux pas aller à l'école ! s'écria-t-il.

Comme elle arquait un sourcil surpris, il s'empressa d'enchaîner :

— Je veux rester à la maison. Je veux aller à la brasserie avec vous tous les jours.

— Jarret, mon enfant...

— Non, écoutez-moi !

Triturant nerveusement les gants noirs posés sur ses genoux, il débita d'une traite :

— Grand-père disait que j'hériterais de la brasserie. Je sais déjà tout : comment on fabrique le moût, combien de temps il faut faire griller l'orge... Et je suis bon en mathématiques, vous l'avez reconnu vous-même. Je pourrais tenir les livres de comptes.

— Je suis désolée, mon garçon, mais ce n'est pas raisonnable. Ton grand-père et moi avons commis une erreur en encourageant ton intérêt pour la brasserie. Ce n'est pas ce que ta mère voulait pour toi et elle avait raison. Si elle a épousé un marquis, c'est précisément parce qu'elle espérait pour ses enfants un destin plus noble que de diriger une brasserie.

— C'est pourtant ce que vous faites, protesta-t-il.

— Parce que je n'ai pas le choix. C'est la seule façon de vous faire vivre tous les cinq jusqu'à ce que la succession soit réglée.

— Je pourrais vous aider !

Il n'avait qu'une envie : se rendre utile aux siens. Travailler à la brasserie Plumtree lui semblait infiniment plus intéressant que d'apprendre qui avait traversé le Nil ou comment conjuguer en latin. À quoi cela lui servait-il ?

— Tu m'aideras en embrassant une carrière respectable et pour cela, tu dois aller à Eton. Tu es censé devenir évêque ou avocat. Je te laisserai même entrer dans l'armée ou dans la marine si c'est ce que tu souhaites.

— Je ne veux pas être soldat ! s'exclama Jarret, épouvanté.

La seule idée de toucher une arme à feu lui donnait la nausée. Sa mère avait tué son père accidentellement, avant de se donner la mort.

Jarret avait du mal à comprendre. Sa grand-mère avait expliqué à la presse que sa fille, découvrant que son mari était mort, n'avait pas supporté de vivre. Il trouvait cela absurde, mais elle leur avait ordonné de ne plus jamais en parler et il avait obéi.

Songer que sa mère avait pu retourner l'arme contre elle-même lui était insupportable. Comment avait-elle pu les abandonner tous les cinq ? Si elle était restée, elle aurait accepté qu'il ait un précepteur et il aurait pu continuer d'accompagner grand-maman à la brasserie.

Sa gorge se noua. Ce n'était pas juste !

— Bien, tu ne seras pas militaire, concéda sa grand-mère, se radoucissant. Tu pourrais étudier le droit. Tu es si vif d'esprit, tu ferais un excellent avocat.

— Non, s'entêta Jarret. Je veux diriger la brasserie avec vous.

À la brasserie, personne ne lui parlait méchamment. On le traitait comme un homme. Jamais on n'appelait sa mère « la meurtrière de Halstead Hall », jamais on ne racontait d'ignobles mensonges à propos d'Oliver.

S'avisant que sa grand-mère l'observait avec attention, Jarret chassa son expression soucieuse.

— Cela aurait-il un rapport avec tes bagarres à l'école ? s'enquit-elle d'une voix pleine d'inquiétude. Le directeur dit qu'il a dû te punir presque chaque semaine parce que tu te battais. Comment cela se fait-il ?

— Je ne sais pas, marmonna Jarret.

L'air affreusement mal à l'aise, sa grand-mère déclara :

— Si tes camarades de classe disent de vilaines choses sur tes parents, je peux en parler au directeur…

— Bon sang, non ! s'écria Jarret, affolé de découvrir qu'elle lisait en lui si aisément.

Elle ne devait surtout pas aller trouver le directeur – cela ne ferait qu'aggraver les choses.

— Pas de jurons, je te prie, Jarret. Allons, tu sais que tu peux tout dire à ta grand-mère, continua-t-elle d'un ton conciliant. Est-ce pour cette raison que tu refuses de retourner à l'école ?

Jarret fit la moue.

— Je n'aime pas étudier, c'est tout.

Sa grand-mère le scruta de son regard acéré.

— Donc, tu serais paresseux ?

Jarret se retrancha dans un silence buté. Mieux valait passer pour un cossard que pour un rapporteur. Sa grand-mère poussa un soupir.

— Eh bien, ce n'est pas une raison pour rester à la maison. Les garçons n'aiment jamais étudier, mais c'est bon pour eux. Si tu travailles dur, tu réussiras dans la vie. N'est-ce pas ce que tu veux ?

— Si, madame, murmura-t-il.

12

— Dans ce cas, je suis sûre que tu y arriveras.

Elle regarda par la fenêtre.

— Ah, nous y sommes !

La gorge nouée, Jarret avait envie de supplier sa grand-mère de ne pas l'obliger à y aller, mais une fois qu'elle avait pris une décision, rien ni personne ne pouvait la faire plier. Elle ne voulait pas de lui à la brasserie. Personne ne voulait plus de lui nulle part, dut-il admettre, accablé.

Ils descendirent de voiture et se dirigèrent vers le bureau du directeur, puis sa grand-mère procéda à son admission pendant qu'un domestique emportait ses malles dans le dortoir.

— Promets-moi de ne plus te battre, dit-elle.

— Je vous le promets, grommela-t-il sans conviction.

Qu'importait s'il mentait ? Plus rien ne comptait, de toute façon.

— Là, tu es un bon garçon. Oliver arrivera demain. Cela ira mieux quand il sera là.

Jarret ravala une réplique coléreuse. Même si Oliver essayait de s'occuper de lui, il ne pouvait le protéger en permanence. De plus, à seize ans, il passait le plus clair de ses loisirs à sortir avec ses amis. Et ce soir, il ne serait pas là.

Un nouveau frisson d'angoisse le secoua.

— Allez, à présent, embrasse ta grand-mère.

Jarret s'exécuta, puis il se détourna et gravit l'escalier, accablé. À peine le seuil du dortoir franchi et la porte refermée, John Platt s'approcha.

— Que nous as-tu apporté, cette fois, Babyface ? demanda-t-il en fouillant dans les sacs de Jarret.

Celui-ci détestait le surnom dont l'avaient affublé Platt et ses amis à cause de son menton imberbe et de sa petite taille. Mais à dix-sept ans, Platt mesurait une tête de plus que lui et était autrement plus mauvais.

Ce dernier dénicha le cake aux pommes que grand-maman avait enveloppé dans du papier, le déballa et mordit dedans. Jarret le regarda en serrant les dents.

— Eh bien, tu ne te défends pas ? le provoqua Platt en agitant le gâteau sous son nez.

À quoi bon ? Platt et ses amis lui flanqueraient une raclée et il serait de nouveau puni. Chaque fois qu'il s'attachait à quelque chose, on le lui enlevait. Et quand il laissait voir son attachement, c'était pire.

— Je déteste le cake aux pommes, mentit-il. La cuisinière y met de la pisse de chien.

Il eut au moins la satisfaction de voir Platt jeter un regard méfiant à la pâtisserie, puis la lancer à l'un de ses stupides amis. Qu'ils s'étouffent avec, tous autant qu'ils étaient !

Platt se remit à fouiller dans les affaires de Jarret.

— Voyons, qu'avons-nous là-dedans ? fit-il en sortant l'étui de cartes à jouer doré que son père lui avait offert pour son dernier anniversaire.

Jarret tressaillit. Il pensait l'avoir bien caché. Il l'avait emporté sur une impulsion, pour avoir un souvenir de ses parents. Cette fois, il eut plus de mal à conserver son calme.

— Je ne vois pas ce que tu en ferais, observa-t-il, s'efforçant d'adopter un ton blasé. Tu n'as jamais su jouer.

— Dis donc, espèce de petite fouine ! s'écria Platt.

Saisissant Jarret par sa cravate, il tira si fort qu'il l'étrangla presque. Ce dernier lui agrippait les doigts pour tenter de se libérer lorsque Giles Masters, fils de vicomte et frère du meilleur ami d'Oliver, accourut.

— Laisse ce gamin tranquille, ordonna Masters en repoussant Platt.

Il avait dix-huit ans, il était grand et avait un direct du gauche réputé.

— Ou quoi ? rétorqua Platt. Il me tirera dessus ? Comme son frère, qui a tué son père pour toucher l'héritage ?

— C'est un foutu mensonge ! cria Jarret en serrant les poings.

Masters posa une main apaisante sur son épaule.

— Cesse de le provoquer, Platt. Et rends-lui ses cartes ou je te fais une tête au carré.

— Tu ne prendrais pas le risque d'avoir des ennuis alors que tu es sur le point d'être admis à l'université, répliqua Platt sans conviction ; puis, regardant Jarret, il ajouta : Tiens, écoute ça. Si Babyface veut ses cartes, il peut les récupérer en gagnant au piquet. Tu as de l'argent à miser, Babyface ?

— Son frère lui a interdit de jouer, répondit Masters à la place de Jarret.

— Oh, que c'est mignon ! susurra Platt. Babyface fait tout ce que son grand frère lui demande.

— Pour l'amour du ciel, Platt… commença Masters.

— J'ai de l'argent, l'interrompit Jarret.

Il avait appris à jouer sur les genoux de son père et il se débrouillait plutôt bien. Il bomba le torse.

— Je vais te battre, ajouta-t-il.

Arquant un sourcil dédaigneux, Platt s'assit sur le plancher et tria le jeu pour ne garder que les trente-deux cartes nécessaires au piquet.

— Tu es sûr de toi ? demanda Masters quand Jarret s'assit en face de son ennemi.

— Fais-moi confiance, répondit celui-ci.

Une heure plus tard, il avait récupéré son jeu. Deux heures plus tard, il avait extorqué quinze shillings à Platt. Au matin, il avait empoché cinq livres, au grand désarroi de la bande de demeurés que Platt appelait ses amis.

De ce jour-là, plus personne ne l'appela Babyface.

1

Londres, mars 1825

Au cours des dix-neuf années qui s'étaient écoulées depuis cette nuit mémorable, Jarret avait grandi d'une bonne tête, il avait appris à se battre... et il jouait toujours. C'était même son gagne-pain, désormais.

Toutefois, ce jour-là, les cartes n'étaient qu'une distraction. Assis à une table dans le bureau de la maison londonienne de sa grand-mère, il recouvrit un nouveau rang.

— Comment peux-tu disputer une partie à un moment pareil ? demanda sa sœur Célia, assise dans le canapé.

— Je ne dispute pas une partie, rectifia Jarret, je fais une réussite.

— Tu connais Jarret, intervint Gabriel, son cadet. S'il n'a pas un jeu de cartes à la main, il n'est pas bien.

— Tu veux dire, s'il ne *gagne* pas, il est perdu, précisa son autre sœur Minerva.

— Alors il doit être sacrément mal, ricana Gabriel. Ces derniers temps, il ne fait que perdre.

Jarret tressaillit. Son frère avait raison. Et dans la mesure où ses gains au jeu lui permettaient de financer un mode de vie aussi prodigue qu'insouciant, cela devenait un problème.

Et donc, bien sûr, Gabriel ne se privait pas pour le harceler à ce sujet. Âgé de vingt-six ans, soit six de moins que lui, Gabriel était affreusement agaçant. Comme Minerva, il avait hérité de la chevelure châtain doré et des yeux verts de leur mère, mais c'était le seul trait qu'il partageait avec feu la marquise de Stoneville.

— Tu ne peux pas gagner chaque fois lorsque tu fais une réussite, fit remarquer Minerva. À moins de tricher, bien entendu.

— Je ne triche jamais quand je dispute une partie.

C'était la vérité, si l'on ne tenait pas compte du fait que Jarret possédait une faculté surnaturelle à mémoriser la trace de chaque carte.

— Ne viens-tu pas de dire qu'une réussite n'est pas une partie de cartes ? s'étonna Gabriel.

Dieu qu'il était insupportable ! Et comme si cela ne suffisait pas, il fallait qu'il fasse craquer ses articulations de la façon la plus exaspérante qui soit.

— Pour l'amour du ciel, arrête cela, marmonna Jarret.

— Tu veux dire, *ceci* ? s'enquit Gabriel qui recommença délibérément.

— Si tu ne cesses pas sur-le-champ, c'est moi qui vais faire craquer mon poing sur ta figure, l'avertit Jarret.

— Cessez donc de vous disputer, tous les deux ! s'écria Célia.

Ses grands yeux noisette s'emplirent de larmes tandis qu'elle lançait un regard désespéré vers la porte donnant sur la chambre de leur grand-mère.

— Comment pouvez-vous vous chamailler quand grand-maman est à l'article de la mort ?

— Grand-maman ne va pas mourir, assura Minerva, toujours pragmatique.

De quatre ans la cadette de Jarret, elle ne possédait pas la fibre dramatique de Célia... sinon dans les romans gothiques qu'elle écrivait.

En outre, tout comme Jarret, elle connaissait mieux leur grand-mère que Célia, la petite dernière. Hester Plumtree était indestructible. Sa « maladie » n'était sans doute qu'une nouvelle ruse pour les contraindre à céder à son ultimatum, à savoir qu'ils devaient être mariés tous les cinq à la fin de l'année ou elle les déshériterait en bloc.

Jarret l'aurait volontiers envoyée sur les roses s'il n'avait craint de condamner ses frères et sœurs à une vie de pauvreté.

Oliver avait tenté de déjouer les plans de grand-maman, et en moins de temps qu'il n'en faut pour le dire, il s'était retrouvé marié à une charmante Américaine. Cela n'avait pourtant pas suffi à calmer leur grand-mère, qui avait maintenu ses exigences. Et il ne leur restait à présent plus que dix mois pour trouver l'âme sœur.

Rien d'étonnant que Jarret ne parvienne plus à se concentrer, ces derniers temps. Face à cette tentative pour le forcer à épouser la première femme qui ne reculerait pas devant la scandaleuse réputation du clan Sharpe, il ne voyait qu'une solution : gagner une grosse somme qui lui permettrait de faire vivre ses frères et sœurs, et d'envoyer leur grand-mère au diable.

Mais être désespéré est désastreux devant une table de jeu. Pour gagner, il devait garder la tête froide et se moquer de l'issue de la partie. Or, ces derniers temps, l'émotion avait une fâcheuse tendance à prendre le pas sur la réflexion lorsqu'il s'agissait de prendre des risques.

Qu'escomptait leur grand-mère en les contraignant à se marier ? Elle ne ferait que les condamner aux mêmes souffrances que leurs propres parents !

« Mais Oliver n'est pas malheureux », lui souffla une petite voix.

Oliver avait eu de la chance, voilà tout. Il avait trouvé la seule femme capable de passer outre le parfum de scandale qui entourait les Sharpe. Les chances que cela se reproduise une deuxième fois étaient minces. Alors *cinq* fois ? Dame Fortune était aussi capricieuse dans la vie qu'autour d'une table de jeu.

Ravalant un juron, Jarret se leva et se mit à arpenter la pièce. Contrairement à celui d'Oliver à Halstead Hall, le bureau de leur grand-mère était vaste et clair, les meubles étaient à la dernière mode, et une maquette de la brasserie Plumtree trônait sur une table.

Jarret serra les dents. Cette maudite brasserie ! Grand-maman la dirigeait depuis si longtemps qu'elle s'imaginait pouvoir gouverner leurs vies de la même manière. Pourtant, il suffisait d'un regard sur les dossiers qui s'empilaient sur sa table de travail pour comprendre qu'à soixante et onze ans, il était temps qu'elle passe la main. Pourquoi cette tête de mule refusait-elle obstinément d'engager un gérant, comme le lui demandait Oliver avec insistance ?

— Jarret, as-tu écrit à Oliver ? demanda Minerva.

— Oui, pendant que tu étais à la pharmacie. Un valet est allé poster ma lettre.

Oliver et son épouse avaient embarqué pour les Amériques afin de rencontrer la famille de celle-ci, mais Jarret et Minerva tenaient à ce que leur frère aîné soit informé de la maladie de leur grand-mère au cas où l'affaire serait sérieuse.

— J'espère que Maria et lui profitent de leur séjour dans le Massachusetts, reprit Minerva. Il semblait tellement bouleversé l'autre jour, dans la bibliothèque.

— Tu l'aurais été toi aussi, si tu étais persuadée d'être responsable de la mort de nos parents, observa Gabriel.

À leur grande stupeur, Oliver avait en effet révélé que le jour du drame, il s'était querellé avec leur mère qui, folle de rage, était ensuite partie à la recherche de leur père.

— Vous croyez qu'Oliver a raison ? intervint Célia. Que c'est sa faute si mère a tiré sur père ?

Âgée de quatre ans à l'époque des faits, Célia se souvenait à peine de l'événement. Contrairement à Jarret.

— Non, répondit-il.

— Pourquoi ? insista Minerva.

Que dire ? Il se souvenait très bien que… Non. Il ne devrait pas formuler d'accusation infondée, quelle que soit la personne concernée. En revanche, il pouvait partager avec eux d'autres interrogations.

— Je revois encore père pendant le pique-nique, en train de marmonner : « Où diable va-t-elle ? » J'ai regardé de l'autre côté du champ, et j'ai vu mère chevaucher en direction du pavillon de chasse. Ce souvenir n'a cessé de me tarauder.

Poursuivant le raisonnement de Jarret, Gabriel déclara :

— Donc, si c'est bien père qu'elle cherchait, comme Oliver en est persuadé, elle serait allée le retrouver directement au pique-nique et n'aurait pas cherché ailleurs.

— Précisément, confirma Jarret.

Minerva pinça les lèvres.

— Ce qui signifie que la version des faits de grand-maman pourrait être juste. Mère s'est rendue au pavillon de chasse parce qu'elle était furieuse et voulait être tranquille. Là, elle s'est endormie, elle a été surprise par l'arrivée de père et a fait feu sur lui…

— … avant de se donner la mort en comprenant qu'elle l'avait tué ? acheva Célia. Je n'y crois pas. Cela n'a aucun sens.

Gabriel lui adressa un regard indulgent.

— Parce que tu ne veux pas admettre qu'une femme puisse être assez insensée pour tirer sur un homme sans réfléchir.

— Pour ma part, je ne ferais certes jamais une chose pareille, en effet, rétorqua Célia.

— Mais tu as une passion pour les armes et tu sais à quoi t'en tenir à leur sujet, fit remarquer Minerva. Ce n'était pas le cas de mère.

— Justement, s'entêta Célia. Elle aurait pris un fusil sans réfléchir et s'en serait servie pour la première fois ce jour-là ? C'est absurde. Pour commencer, comment l'aurait-elle chargé ?

Tous les regards se tournèrent vers elle.

— Ne me dites pas qu'aucun de vous ne s'est posé la question ! s'exclama-t-elle.

— Elle a pu apprendre, réfléchit Gabriel à voix haute. Grand-maman sait tirer. Ce n'est pas parce que nous n'avons jamais vu mère avec une arme qu'elle ne savait pas s'en servir.

Célia fronça les sourcils.

— D'un autre côté, si mère a délibérément fait feu sur père, comme le croit Oliver, quelqu'un peut l'avoir aidée à charger l'arme. Un valet d'écurie, par exemple. Elle a pu attendre père non loin du lieu du pique-nique, puis le suivre jusqu'au pavillon de chasse. Ce serait plus logique.

— C'est intéressant que tu mentionnes les valets d'écurie, dit Jarret. Il faut bien qu'ils aient sellé son cheval. Peut-être savent-ils où elle se rendait et quand elle est partie ? Elle pourrait même leur avoir dit pourquoi elle partait. Si nous pouvions leur parler…

— La plupart d'entre eux ont quitté Halstead Hall quand Oliver a fermé la propriété, lui rappela Minerva.

— Nous devrions demander à Jackson Pinter de les retrouver.

Célia émit un petit reniflement dubitatif.

— Tu ne l'apprécies peut-être pas, reprit Jarret, mais c'est l'un des meilleurs détectives de Londres.

Même si l'homme était censé les aider à enquêter sur le passé de fiancés potentiels, il n'était pas interdit de lui confier d'autres missions.

La porte de la chambre de leur grand-mère s'ouvrit et le Dr Wright apparut.

— Alors ? demanda Jarret. Quel est le verdict ?

— Pouvons-nous la voir ? demanda Minerva.

— Mme Plumtree veut parler à lord Jarret, répondit le médecin.

Jarret se raidit. À présent qu'Oliver n'était plus là, c'était lui l'aîné. Qu'est-ce que sa grand-mère allait exiger de lui sous prétexte qu'elle était malade ?

— Va-t-elle bien ? insista Célia sans cacher son inquiétude.

— Pour l'instant, elle ne souffre que de douleurs de poitrine. Ce n'est peut-être rien.

Le médecin croisa le regard de Jarret.

— Elle doit rester tranquille et se reposer jusqu'à ce que son état s'améliore, mais elle s'y refuse tant qu'elle ne vous aura pas parlé, lord Jarret.

Comme les autres se levaient, il précisa :

— Seul.

Jarret hocha brièvement la tête et suivit le Dr Wright dans la chambre.

— Ne dites rien qui pourrait la contrarier, murmura ce dernier avant de quitter la pièce en refermant derrière lui.

En voyant sa grand-mère, Jarret retint son souffle. Il devait le reconnaître, elle ne semblait pas au mieux de sa forme. Certes, elle n'était pas à l'agonie puisqu'elle était assise, adossée à ses oreillers, mais elle n'avait pas bonne mine.

Jarret s'efforça d'ignorer l'étau qui lui étreignit soudain la poitrine. Grand-maman traversait juste une mauvaise passe et elle en profitait pour les manipuler. Toutefois, si elle croyait que ses méthodes seraient aussi efficaces sur lui que sur Oliver, elle allait vite déchanter.

Elle lui indiqua le fauteuil près du lit et il s'y installa.

— Ce charlatan de Wright prétend que je dois rester alitée pendant au moins un mois, marmonna-t-elle. Un mois ! Je ne peux pas abandonner la brasserie aussi longtemps.

Sur ses gardes, Jarret répondit d'une voix neutre :

— Vous devez prendre le temps qu'il faut pour vous remettre.

— Je ne pourrai fainéanter dans ce lit que si une personne compétente s'occupe des affaires courantes à la brasserie. Quelqu'un en qui j'ai confiance et qui a intérêt à ce que tout aille bien.

Comme elle soulignait ses paroles d'un regard appuyé, Jarret se figea. Voilà donc ce qu'elle complotait.

— N'y comptez pas, dit-il en se levant d'un bond. Il n'en est pas question.

Il n'avait pas l'intention d'obéir au doigt et à l'œil à sa grand-mère. Il trouvait déjà assez pénible qu'elle essaie de lui imposer une date de mariage, elle n'allait pas en plus diriger sa vie entière.

Elle prit une inspiration douloureuse.

— Autrefois, tu n'aurais été que trop heureux d'accepter une telle proposition, lui rappela-t-elle.

— C'était il y a longtemps.

À l'époque où il cherchait désespérément sa place dans le monde. Entre-temps, il avait appris que même si vous la trouviez, le Destin pouvait vous en priver du jour au lendemain. Vos espoirs d'avenir pouvaient disparaître sur un mot, vos parents vous être enlevés en un clin d'œil et la réputation de votre famille être définitivement ternie.

Dans la vie, rien n'était certain. Mieux valait voyager léger, sans rêves ni attaches. C'était la seule façon d'éviter les déceptions.

— Un jour, tu hériteras de la brasserie.

— Seulement si nous réussissons tous à nous marier dans l'année, rétorqua Jarret. Et en supposant que j'en hérite effectivement, j'engagerai un gérant. Comme vous auriez dû le faire depuis des années.

À ces mots, sa grand-mère fronça les sourcils.

— Je ne veux pas qu'un étranger dirige ma société.

Combien de fois avaient-ils eu ce débat ?

— Si tu refuses, continua-t-elle, je devrai nommer Desmond à la tête de la brasserie.

Jarret réprima un mouvement d'humeur. Tous – et lui plus que les autres – méprisaient Desmond Plumtree, un cousin germain de leur mère. Ce n'était pas la première fois que grand-maman menaçait de lui laisser la brasserie. Elle connaissait les sentiments de Jarret à ce sujet et en jouait sans le moindre scrupule.

— Parfait, nommez Desmond à la tête de la brasserie.

Il s'était exprimé d'un ton léger, mais il lui avait fallu faire appel à toute sa volonté pour ne pas céder à la manipulation.

— Il en connaît encore moins que toi sur le métier de brasseur, observa grand-maman d'un ton faussement navré. En outre, il est très occupé par la dernière entreprise qu'il a montée.

Jarret s'efforça de dissimuler son soulagement.

— Il doit bien y avoir quelqu'un d'autre qui en sache suffisamment pour prendre la relève, dit-il.

Sa grand-mère toussa dans son mouchoir.

— Personne en qui j'aie assez confiance.

— Et vous avez confiance en *moi* pour m'en charger ? s'exclama-t-il avec un rire désabusé. Pourtant, si je me souviens bien, vous m'avez dit voilà des années que les parieurs étaient des parasites. Vous ne craignez pas que je mène votre précieuse brasserie à la faillite ?

Elle eut la bonne grâce de rougir.

— Je ne disais cela que parce que je ne supportais pas de te voir gâcher ton intelligence aux tables de jeu. Ce n'est pas une vie convenable pour un homme doté de ta vivacité d'esprit. Tu vaux mieux que cela. Tu as montré ta capacité à faire de bons investissements. Il ne te faudrait pas longtemps pour trouver tes repères à la brasserie. Et je serai là pour te conseiller, au besoin.

Ses accents plaintifs firent réfléchir Jarret. Elle semblait presque... désespérée. Il étrécit les yeux. N'était-ce pas là l'occasion de retourner la situation à son avantage ?

Il se rassit à son chevet.

— Si vous voulez vraiment que je dirige la brasserie à votre place pendant un mois, je pose une condition.

— Tu recevras un salaire, et je suis certaine que nous nous entendrons sur...

— Je ne parle pas d'argent. Je veux que vous annuliez votre ultimatum.

Il se pencha vers elle.

— Plus de menaces de nous déshériter si nous ne nous marions pas pour satisfaire votre caprice. Tout redeviendra comme avant.

Elle le fusilla du regard.

— Ce point n'est pas négociable.

— Alors je suppose qu'il ne vous reste qu'à engager un gérant, déclara Jarret en se levant.

— Attends ! s'écria-t-elle comme il se dirigeait vers la porte.

Pivotant sur ses talons, il l'interrogea du regard.

— Et si je renonce à mon ultimatum uniquement pour toi ?

Jarret réprima un sourire de triomphe. Elle devait bel et bien être aux abois pour marchander de la sorte.

— Je vous écoute.

— Je vais demander à M. Bogg de rédiger un avenant à mes volontés stipulant que tu hériteras de la brasserie quoi qu'il advienne.

Amère, elle ajouta :

— Ainsi, tu seras libre de finir vieux garçon.

Cela méritait réflexion, songea Jarret. Une fois qu'il posséderait la brasserie, il pourrait faire vivre ses frères et sœurs s'ils ne parvenaient pas à se marier dans les délais impartis. Ils devraient se débrouiller jusqu'au décès de leur grand-mère, mais il leur viendrait en aide. Ce serait toujours mieux que leur situation actuelle.

— Je m'en remettrai, rétorqua-t-il.

Elle prit une inspiration laborieuse, puis reprit :

— Mais tu devras t'engager à rester à la tête de la brasserie jusqu'à la fin de l'année.

Jarret se tendit.

— Pourquoi ?

— Trop de gens dépendent de cette entreprise pour vivre. Avant de t'en remettre les clefs, je veux m'assurer que tu sauras la maintenir à flot, même si tu choisis d'engager un gérant quand je ne serai plus là. Tu dois en connaître assez pour recruter le meilleur candidat, et je veux être certaine que tu ne la laisseras pas partir à vau-l'eau.

— Le ciel vous préserve de devoir la confier à votre petit-fils.

Cela dit, elle avait raison sur ce point. Il n'avait pas mis les pieds à la brasserie depuis dix-neuf ans. Que savait-il encore du métier de brasseur ?

Ma foi, il pouvait apprendre. Et il le ferait si cela lui permettait d'empêcher leur grand-mère de se mêler de leurs vies – mais selon ses propres conditions.

— Entendu, reprit-il. Je resterai jusqu'à la fin de l'année.

Comme un sourire fleurissait sur les lèvres de sa grand-mère, il ajouta :

— Toutefois, je veux avoir les mains libres. Je vous tiendrai informée de la situation et vous pourrez exprimer votre opinion, mais la décision finale me reviendra.

Le sourire de grand-maman disparut.

— Je dirigerai la brasserie Plumtree comme je le jugerai bon sans que vous vous en mêliez, poursuivit-il. Je veux un accord signé le stipulant.

À en juger par l'éclat d'acier dans les yeux bleus, sa grand-mère n'était pas aussi malade qu'elle le prétendait.

— Tu peux faire bien des dégâts en un an, marmonna-t-elle.

— Exact, mais je vous rappelle que ce n'était pas *mon* idée.

— Alors tu dois me promettre de ne pas engager de changements majeurs.

Jarret croisa les bras sur sa poitrine.

— Non.

Une expression alarmée crispa les traits de sa grand-mère.

— Au moins donne-moi ta parole de ne pas faire d'investissements risqués.

— Non. Soit vous me donnez carte blanche, soit vous trouvez quelqu'un d'autre.

Que c'était bon d'avoir enfin la main ! Il refusait de laisser sa grand-mère tirer les ficelles dans l'ombre et revoir chacune de ses décisions. S'il devait diriger l'entreprise, il voulait avoir les coudées franches. Et une fois l'année écoulée, il serait libre de vivre comme bon lui semblait… en sachant que ses frères et sœurs aussi.

À supposer que sa grand-mère accepte ses conditions. Jamais Hester Plumtree n'avait délégué quoi que ce soit, fût-ce pour une seule journée. Était-elle prête à remettre la brasserie entre les mains de son « parasite » de petit-fils ? Rien n'était moins sûr.

— C'est d'accord, grommela-t-elle, à sa grande surprise. Je ferai rédiger notre accord demain.

Son regard brilla soudain d'un tel éclat que Jarret eut un instant de doute, mais la lueur disparut si vite qu'il crut l'avoir imaginée.

— Je ne te demanderai qu'une seule chose, reprit-elle. Je veux que tu gardes M. Croft comme secrétaire.

Jarret ravala un gémissement. Le secrétaire de sa grand-mère était l'homme le plus bizarre qu'il avait jamais rencontré.

— Est-ce une obligation ?

— Je reconnais qu'il est assez particulier, mais je te promets qu'avant la fin de la première semaine, tu te féliciteras de l'avoir à tes côtés. Il est indispensable à la bonne marche de la brasserie.

Ma foi, songea Jarret, ce n'était pas trop cher payer pour reprendre son destin en main. Car de toute évidence, c'était lui le gagnant dans ce marché.

2

La brasserie Plumtree ne ressemblait à rien de ce qu'Annabel Lake avait imaginé. Chez elle, à Burton, ces établissements étaient de petits bâtiments où flottait un parfum de houblon et d'orge grillée.

Celui-ci sentait surtout le charbon qui alimentait l'énorme machine à vapeur qui se dressait devant elle. L'engin actionnait de longues pales qui brassaient, dans un silence presque surnaturel, le malt contenu dans de vastes cuves hautes d'une douzaine de pieds. La brasserie de son frère, Lake Ale, ne possédait pas d'équipement aussi sophistiqué. Si cela avait été le cas…

Non. Les difficultés de Lake Ale n'étaient pas dues à un problème de matériel, mais au fait que Hugh buvait trop.

— Vous, là ! Que faites-vous ? lança un ouvrier occupé à charger un fût sur un chariot.

Annabel ramassa son panier en prenant garde à ne pas en renverser le contenu.

— Je cherche Mme Plumtree.

— Par là, dit l'homme.

De la tête, il désigna un escalier qui menait à une galerie.

Tout en gravissant les marches, Annabel balaya les lieux du regard. Cet endroit était un rêve de brasseur. Le sol métallique et les murs de brique le mettaient à l'abri des flammes, et les cuivres étincelants étaient hauts de deux étages. Quelle quantité de houblon ils devaient contenir ! Cela dépassait l'entendement !

À son arrivée en ville avec Sissy, sa belle-sœur, et Geordie, un peu plus tôt dans l'après-midi, elle avait goûté la *porter* de chez Plumtree à l'auberge. Elle devait reconnaître qu'elle était excellente. Presque aussi bonne que sa propre recette.

Annabel ne put réprimer un sourire de fierté. Presque.

Elle ouvrit la porte située au sommet des marches... et pénétra dans un autre monde. Pas de doute possible, la brasserie Plumtree était dirigée par une femme. Le bureau d'accueil était orné de sofas rayés à la dernière mode, de fauteuils en noyer et d'épais tapis chatoyants. Annabel n'imaginait pas un homme se souciant de ce genre de détails.

Un homme blond et mince était assis derrière le superbe bureau situé au centre de la pièce. Il était tellement absorbé par son travail qu'il n'avait pas entendu Annabel entrer. Elle s'approcha mais il ne leva pas les yeux de la page de journal qu'il était occupé à couper en faisant courir une lame le long de traits au crayon.

Elle émit une toux discrète.

L'homme se leva d'un bond, renversant son siège.

— Que... Qui...

En la découvrant, il plaqua sur ses lèvres un sourire qui faisait ressembler son visage à une tête de mort.

— Que puis-je pour vous ? s'enquit-il.

— Désolée, je n'avais pas l'intention de vous surprendre. Je m'appelle Annabel Lake et j'aimerais voir Mme Plumtree, s'il vous plaît.

— Juste ciel, vous ne devez pas, dit-il, alarmé. Je veux dire, vous ne *pouvez* pas. C'est impossible. Mme Plumtree est indisponible.

— Oh, vraiment ? répliqua Annabel, incrédule.

Espérait-il la berner aussi facilement ? Derrière lui, il n'y avait qu'une seule porte. Ce ne pouvait être que le bureau de Mme Plumtree. Il n'avait pas dit qu'elle était sortie, elle devait donc être donc là, cloîtrée dans son cabinet de travail, fuyant les visiteurs.

— On m'a affirmé qu'elle était là du matin au soir, et il n'est que 15 heures.

L'employé battit des cils, visiblement prit de court.

— Eh bien, oui... C'est exact, mais pas aujourd'hui. Vous devez partir. Personne ne peut entrer. Personne. Laissez votre nom et l'adresse où l'on peut vous joindre. Dès qu'elle sera disponible...

— Combien de temps cela prendra-t-il ?

Une expression de pure panique s'inscrivit sur les traits de l'homme.

— Comment le saurais-je ? rétorqua-t-il en se tordant les mains, avant de jeter un regard anxieux en direction de la porte.

Décidément, ce petit homme était étrange. De sa voix la plus douce, afin de ne pas l'affoler plus qu'il ne l'était déjà, Annabel insista :

— Je vous en prie. Il est de la plus haute importance que je lui parle.

— Non, non, non. C'est hors de question. Absolument hors de question. C'est interdit. Elle est... je veux dire... Vous devez partir !

Il contourna son bureau comme pour la raccompagner. Ah, non ! Annabel n'avait pas fait tout ce chemin pour se faire congédier par quelque secrétaire bizarre. Sans laisser à celui-ci le temps de réagir, elle se rua vers la porte, qu'elle ouvrit sans frapper.

Il y avait effectivement une personne assise derrière le grand bureau d'acajou. Toutefois, à la place de la dame d'âge mûr qu'elle s'attendait à voir, se tenait un homme qui avait à peu près son âge, des cheveux noir corbeau et un visage fort séduisant.

— Qui diable êtes-vous ? demanda-t-elle, déconcertée.

Il s'adossa à son fauteuil. Et éclata de rire.

— Vous me volez ma réplique, répondit-il avec flegme.

À cet instant, le secrétaire accourut et agrippa Annabel par le bras.

— Pardonnez-moi, milord, dit-il en essayant d'entraîner Annabel vers la porte. J'ignore pourquoi cette jeune personne...

— Lâchez-la, Croft.

L'homme se leva, une lueur amusée dans le regard.

— Je prends le relais.

— Mais, milord, vous vouliez que personne n'apprenne que votre grand-mère...

— Tout va bien, Croft. Vous pouvez nous laisser.

— Oh ! fit l'employé en rougissant. Bien sûr. Si vous pensez qu'il n'y a pas de danger.

L'homme laissa échapper un petit rire.

— Si elle me mord ou met le feu à mon bureau, vous serez la première personne que j'appellerai, Croft.

Celui-ci lâcha le bras d'Annabel.

— Alors vous pouvez rester, mademoiselle. Milord va vous recevoir.

Puis il s'éclipsa, laissant Annabel avec l'homme, qui ne pouvait être que l'un des petits-fils de Hester Plumtree.

Juste ciel. Annabel avait entendu parler des Hussards de Halstead Hall par Sissy, qui était informée de tous les cancans. Quand il traversa la pièce à grands pas pour aller fermer la porte d'un geste ferme, la jeune femme réprima un mouvement de panique... qui ne fit que s'accentuer quand il se tourna vers elle pour la parcourir d'un long regard.

Elle regretta soudain que sa robe soit passée de mode depuis une bonne année, mais elle n'y pouvait rien. La famille Lake n'était pas très en fonds, en ce moment. Et plutôt que de gaspiller ses maigres ressources en nouvelles toilettes, Annabel préférait les économiser pour inscrire Geordie dans une bonne école, puisque Sissy et Hugh n'en avaient pas les moyens.

Auquel des scandaleux frères Sharpe avait-elle affaire ? s'interrogea-t-elle. Le cadet, Gabriel, que l'on surnommait l'Ange de la Mort à cause de son goût pour les vêtements noirs et les folles courses de chevaux ? Non. Celui-ci portait un gilet chamois sous une veste bleu foncé.

Peut-être l'aîné, le célèbre libertin ? Non plus. Sissy lui avait appris le matin même que le marquis de Stoneville était parti pour les Amériques avec sa toute nouvelle épouse.

Ce ne pouvait donc être que le benjamin, dont elle avait oublié le prénom. C'était un joueur, et probablement un séducteur, comme ses frères. Un homme qui possédait les traits du *David* de Michel-Ange ne pouvait qu'attirer les femmes. Sans parler de ses yeux qui, selon la lumière, prenaient des reflets d'émeraude ou de saphir. Les hommes aussi séduisants apprenaient très jeune à tirer parti de leur physique pour obtenir tout ce qu'ils voulaient. Comment s'étonner qu'ils plaisent aux femmes ?

— Veuillez pardonner à M. Croft, dit-il de sa belle voix grave. Ma grand-mère a fait de lui un garde du corps aussi dévoué qu'efficace, madame…

— Mademoiselle, rectifia Annabel spontanément.

Voyant ses lèvres s'incurver en un sourire carnassier, Annabel réprima un frisson.

— Mademoiselle Annabel Lake, se présenta-t-elle. Je suis brasseuse moi aussi, lord…

— Jarret. Jarret Sharpe.

Son visage s'était soudain durci. En vérité, Annabel n'en fut guère surprise. Les hommes qui dirigeaient de grandes brasseries n'avaient en général que du mépris pour les femmes. C'est du reste pour cette raison qu'elle avait d'abord frappé à la porte de Mme Plumtree – pour ne pas se faire éconduire au motif qu'elle appartenait au sexe faible.

— Je présume que vous êtes à la recherche d'un poste, dit-il froidement. C'est ma grand-mère qui vous a envoyée, j'imagine.

— Votre grand-mère ? Non, pourquoi aurait-elle fait cela ? Je ne la connais même pas.

Il darda sur elle un regard méfiant.

— Désolé. Il n'y a plus beaucoup de brasseurs de nos jours, mais des brasseuses jeunes, jolies et célibataires… Ma foi, j'ai cru que c'était une nouvelle ruse de ma grand-mère.

— Une ruse ?

— Peu importe.

— Je vous demande pardon, monsieur, mais si je pouvais m'entretenir avec Mme Plumtree…

— Ce n'est pas possible. Elle est… indisponible.

Annabel commençait à détester ce mot.

— Mais je suppose qu'elle sera bientôt de retour ?

Il avait dû percevoir une note d'espoir dans sa voix, car son expression se radoucit.

— Pas avant un certain temps. Elle doit se consacrer à des affaires familiales durant l'année à venir.

Un an ! Dans un an, les créanciers auraient fini de dépecer Lake Ale. Comme s'il avait perçu sa détresse, il ajouta :

— Elle m'a cependant confié les rênes de la brasserie. Peut-être puis-je vous aider ?

À *lui* ? Où Hester Plumtree avait-elle la tête ? Comment une femme dont le sens aigu des affaires était légendaire avait-elle pu remettre les destinées de son entreprise entre les mains de ce vaurien ?

Annabel le scruta, s'efforçant de déterminer si l'homme était sérieux. Pour un gentleman censé avoir des activités sédentaires, il remplissait son costume plus que correctement... Mais quel homme venait travailler dans une brasserie habillé en dandy ?

Un homme qui ne connaissait rien au métier, tout simplement ! Un homme qui avait sans doute accepté de prendre la direction de la brasserie pour tromper son ennui, et qui ne lui serait donc d'aucune aide. Cela dit, quel choix avait-elle ? C'était lui le responsable, à présent. Et Sissy et elle avaient fait tout ce chemin jusqu'à Londres...

Prenant sur elle, Annabel montra le panier qu'elle tenait à la main.

— Je viens de la part de mon frère, qui est malade, pour vous proposer un marché.

Il arqua un sourcil.

— Quelle sorte de marché ? Et qui est votre frère ?

— Hugh Lake. Le propriétaire de Lake Ale, à...

— Burton-upon-Trent, finit-il à sa place.

Elle cilla, stupéfaite.

— Vous connaissez Lake Ale ?

Il se pencha, feuilleta une pile de papiers dont il sortit une feuille couverte de notes.

— Votre père, Aloysius Lake, a fondé la brasserie en 1794. À sa mort, voici quelques années, votre frère en a hérité. Vos spécialités sont la bière brune, la *porter* et la petite bière.

Quand, relevant les yeux, il vit qu'elle le fixait, bouche bée, il ajouta :

— Il faut bien que je me renseigne sur la concurrence.

Tout compte fait, il ne se contentait pas d'être bel homme, songea Annabel.

— En vérité, si je suis là, c'est parce que Lake Ale préférerait être votre associé que votre concurrent.

Il croisa les bras sur son large torse, l'air dubitatif.

— D'après mes données, Lake Ale ne produit que cinquante mille tonneaux par an. C'est peu, comparé à nos deux cent cinquante mille. J'ai du mal à voir ce que vous pourriez nous apporter.

Annabel n'aurait su dire ce qui la surprenait le plus – que cet homme soit si bien informé sur l'activité de Lake Ale ou qu'il lui parle d'égal à égal. C'était agréable de ne pas s'entendre suggérer de rentrer à la maison et de ramener son frère. Il est vrai qu'avec une grand-mère comme la sienne, il devait être habitué aux femmes qui s'y connaissaient en la matière.

— Avant de vous répondre, j'aimerais vous faire goûter ceci.

Posant son panier sur le bureau, elle en sortit une bouteille de bière et un verre. Elle déboucha la première, remplit à moitié le second en veillant à ne pas faire trop de mousse.

Mais quand elle le lui tendit, lord Jarret lui adressa un regard interrogateur.

— Vous songez à empoisonner la concurrence ?

Annabel s'esclaffa.

— Je n'oserais pas. Mais si cela peut vous rassurer, je vais y goûter la première.

Elle but une gorgée. Aussitôt, il posa les yeux sur sa bouche. Impossible de se tromper sur la lueur qui s'alluma dans son regard quand elle essuya de la langue la mousse sur ses lèvres.

— À votre tour, dit-elle froidement.

Elle lui tendit le verre, s'attendant à demi qu'il s'autorise un commentaire grivois sur sa bouche avant de faire des suggestions qui n'auraient rien de professionnel.

Or il se contenta d'élever le verre devant ses yeux pour observer le liquide ambré.

— C'est une bière blonde ?

— Oui, une cuvée d'octobre.

— Ah ! Belle robe orange doré.

Il fit tourner la bière dans le verre, puis y plongea le nez pour en humer les parfums.

— Senteur de houblon bien présente... Notes fruitées... murmura-t-il en connaisseur.

Tandis qu'il buvait une gorgée, Annabel fit tourner la bague de sa mère autour de son doigt. Ce bijou lui avait toujours porté chance, raison pour laquelle elle ne s'en séparait jamais, même lorsqu'elle se rendait à la brasserie.

Les pupilles de lord Jarret prirent une nuance bleu cobalt lorsqu'il laissa la bière s'attarder un instant sur sa langue avant de l'avaler.

Il goûta une deuxième gorgée, comme pour confirmer sa première impression.

Puis il vida le verre d'un trait.

— Elle est plutôt bonne. Bien charpentée, avec une belle amertume sur la fin. Et il n'y a pas trop de malt. Elle vient de chez Lake Ale ?

Annabel laissa échapper un soupir de soulagement.

— Oui. C'est moi qui l'ai brassée.

Il se redressa de toute sa hauteur, qui était considérable comparée à sa propre taille.

— Je ne vois toujours pas en quoi cela concerne la brasserie Plumtree.

— Je veux que vous m'aidiez à la vendre.

Retrouvant son attitude d'homme d'affaires, il lui rendit le verre, et déclara :

— Je vais être franc avec vous, mademoiselle Lake. Le moment est mal choisi pour se lancer dans de nouveaux projets. Avec le ralentissement du marché russe...

— C'est précisément la raison de ma présence. Mon frère est malade et nous aussi, nous traversons une passe difficile. Je crois avoir trouvé une solution qui pourrait aider nos deux entreprises à surmonter la perte de la clientèle russe.

Elle remit le verre dans son panier mais laissa la bière sur le bureau.

— Avez-vous entendu parler de Hodgson ?

— Bien sûr, sa brasserie domine le négoce avec l'Inde.

— Plus depuis qu'il s'est associé à Thomas Drane. Ils ont décidé de passer outre la Compagnie des Indes orientales en expédiant eux-mêmes leurs marchandises.

Jarret Sharpe ouvrit des yeux ronds.

— Les imbéciles !

— Je ne vous le fais pas dire. Personne n'est jamais sorti gagnant d'un affrontement avec la Compagnie des Indes.

Celle-ci vivait de la vente des denrées importées des Indes et autorisait ses capitaines à tirer un profit personnel de certains biens qu'ils convoyaient pour les écouler auprès des Anglais établis aux colonies. La bière constituait désormais l'essentiel des cargaisons privées des capitaines, en particulier celle d'octobre brassée chez Hodgson. Ce dernier, en tentant de passer outre les capitaines, avait fragilisé son entreprise.

— Hodgson a également cessé de faire crédit et a augmenté ses tarifs, poursuivit Annabel. Résultat, les capitaines de la Compagnie des Indes ont décidé de se passer de ses services et cherché un concurrent capable de leur fournir un produit équivalent. Ils ont choisi Allsopp, à Burton. Les premières cargaisons sont parties il y a deux ans et ils n'ont eu que des retours favorables. C'est un vaste marché. Lake Ale veut y creuser son trou, mais nous avons besoin d'aide.

— Ma grand-mère a essayé sans succès de s'implanter sur le marché indien, il y a quelques années.

— Elle a voulu vendre la cuvée d'octobre de Plumtree, n'est-ce pas ?

Il hésita, puis hocha la tête.

— Nous avons découvert que l'eau de Burton donne une meilleure cuvée d'octobre que celle de Londres, expliqua-t-elle. Allsopp consacre la moitié de sa production destinée à l'exportation à la bière blonde. Je pourrais en faire autant si les capitaines de la Compagnie des Indes acceptaient de négocier avec Lake Ale, mais ils refusent à cause de l'al...

Annabel s'interrompit. Elle avait failli dire *l'alcoolisme*.

— De la maladie de mon frère, reprit-elle. Je crains aussi qu'ils n'aient pas confiance en moi parce que je suis une femme, et je n'ose prendre le risque de mettre une cuvée en production au cas où ils ne l'achèteraient pas. Voilà pourquoi j'ai besoin de vous.

Lord Jarret étrécit les yeux.

— Vous voulez que je vende votre bière aux capitaines de la Compagnie des Indes orientales.

Elle lui sourit.

— Exactement. L'accord serait aussi avantageux pour vous que pour nous. Il nous permettrait de compenser les pertes que nos deux entreprises ont subies depuis que les Russes ont augmenté les tarifs sur la bière anglaise.

— D'où tenez-vous que nous avons souffert de la situation ? demanda-t-il.

— Tous les brasseurs anglais en ont été affectés, vous le savez aussi bien que moi.

Il détourna les yeux et se frotta la mâchoire, pensif.

— C'est une proposition fascinante.

— Alors vous allez y réfléchir ?

Il tourna vers elle un regard empli de regrets.

— Non.

Le cœur d'Annabel se serra. La brasserie Plumtree était son seul véritable espoir.

— Pourquoi ?

— D'une part, parce que je ne suis ici que depuis une semaine et que je suis encore en train de faire le point sur la situation. Je ne vais pas me lancer dans une aventure audacieuse pour la seule raison qu'une jeune brasseuse me fait une proposition insensée...

— Ce n'est pas une proposition insensée ! protesta Annabel.

En outre, à bientôt trente ans, elle n'était plus si jeune que cela. C'était le problème quand on était de petite taille – les gens se trompaient sur votre âge.

— Demandez à n'importe qui ce qu'il pense de la réussite d'Allsopp. Vos collègues londoniens l'ont forcément remarquée. Et je fabrique une excellente bière d'octobre – vous l'avez admis vous-même !

— J'ai d'autres raisons, dit-il de ce ton supérieur qu'elle connaissait bien pour l'avoir souvent entendu chez les brasseurs de Burton.

Elle redressa le menton.

— Parce que je suis une femme, je suppose ?

— Parce que vous êtes une *brasseuse*, rectifia-t-il. Les brasseurs ne voient pas plus loin que le bout de leur nez. Ils s'imaginent qu'il leur suffit de créer une excellente cuvée pour qu'elle se vende. Seulement, il y a d'autres facteurs que la qualité de leur bière. Je suis certain que votre frère en est conscient et que c'est pour cela qu'il ne s'est pas déplacé lui-même.

— Il n'a pas pu venir parce qu'il est malade ! s'écria Annabel.

— Dans ce cas, il vous a sans doute donné une lettre d'introduction où il vous mandate pour le représenter.

Annabel déglutit péniblement. Hugh n'en avait rien fait, bien sûr. Il les croyait, Sissy et elle, à Londres pour chercher une école pour Geordie.

— Il n'est pas en état d'écrire.

Lord Jarret se contenta de hausser un sourcil. Exaspérée, Annabel tenta une autre approche.

— Pour un homme habitué aux paris, je vous trouve bien timoré.

Il fit la grimace.

— Je constate que ma réputation m'a précédé.

— Quand on passe son temps à scandaliser la bonne société, il faut s'attendre que cela se sache. Cela dit, je m'explique mal votre célébrité. Si vous reculez devant un investissement aussi sûr, vous ne devez pas parier si gros qu'on le prétend.

Un sourire amusé se dessina sur ses lèvres de lord Jarret, creusant deux irrésistibles fossettes dans ses joues.

— Chère mademoiselle Lake, de telles tactiques fonctionnent peut-être avec votre pauvre frère, mais il se trouve que j'ai des sœurs. Les femmes ne me manipulent pas si facilement. Vos provocations n'ont aucun effet sur moi.

Maudit soit cet homme ! On n'avait pas le droit d'être aussi… aussi… *masculin* !

— Votre grand-mère verrait l'intérêt de ma proposition. Elle comprendrait, *elle*.

Le sourire de lord Jarret s'évanouit. Il s'approcha d'elle, si près qu'il la dominait à présent de toute sa taille.

— Ce n'est pas ma grand-mère qui dirige cette entreprise pour l'instant. Et même si c'était le cas, je doute qu'elle approuverait votre idée.

Refusant de se laisser intimider par sa présence physique si imposante, Annabel répliqua :

— Vous n'en saurez rien tant que vous ne lui aurez pas posé la question.

— Je n'en ai pas besoin.

— Ne venez-vous pourtant pas de dire que vous n'êtes ici que depuis quelques jours ?

Elle tenta de le fusiller du regard, mais leur différence de stature rendait la chose difficile.

— Vous faites peut-être erreur, insista-t-elle. J'aimerais au moins l'entendre dire elle-même que la brasserie Plumtree n'est pas intéressée par ma proposition.

— Impossible. Ma grand-mère est...

— Indisponible, j'ai compris. Comme c'est pratique.

Elle lui décocha un regard furieux.

— Vous préférez rater une excellente occasion de gagner de l'argent plutôt que de vous donner la peine d'y réfléchir. Je me demande ce que votre grand-mère penserait de vos méthodes.

— Les menaces non plus n'ont pas de prise sur moi, mademoiselle Lake. À présent, si vous voulez bien m'excuser...

Comme il se dirigeait vers la porte, elle fut gagnée par la panique.

— Lake Ale est dans une situation précaire, avoua-t-elle. Tout ce que je vous demande, c'est de transmettre ma proposition à votre grand-mère. Est-ce si difficile que cela ? Si nous mettons la clef sous la porte, quarante hommes perdront leur emploi, ma famille en souffrira et...

— Oh, pour l'amour du ciel ! s'exclama-t-il en faisant volte-face. Si j'en parle à ma grand-mère, serez-vous satisfaite ?

L'espoir, de nouveau.

— Oui ! Quoique... Il serait peut-être préférable que je...

— N'y comptez pas. Je discuterai avec elle de votre proposition ce soir. Si elle refuse – ce dont je suis certain –, vous vous en tiendrez là. C'est compris ?

Après une brève hésitation, Annabel hocha la tête. En vérité, elle n'avait guère le choix.

Lord Jarret ouvrit la porte.

— Revenez demain matin et je vous donnerai sa réponse. Bonne journée, mademoiselle Lake.

Il la congédiait de la façon la plus cavalière qui soit, mais elle ravala la protestation qui lui venait aux lèvres. Elle n'obtiendrait rien de plus de lui. Il ne lui restait plus qu'à espérer qu'il tiendrait parole.

Tandis qu'elle descendait l'escalier, elle se demanda s'il en avait réellement l'intention. Il semblait résolu à refuser son offre. Dire qu'il n'avait même pas entendu parler des déboires de la maison Hodgson ! Il s'imaginait probablement qu'elle exagérait la gravité de la situation.

Mais s'il parlait à sa grand-mère, il découvrirait qu'elle...

Annabel laissa échapper un soupir découragé. Cela faisait un énorme « si ».

Sissy et Geordie l'attendaient devant la brasserie, assis sur les marches. Sissy bondit sur ses pieds lorsqu'elle apparut et sa capuche glissa, révélant ses boucles blondes.

— Alors ? s'écria-t-elle. Qu'a dit Mme Plumtree ?

Annabel soupira de nouveau.

— Elle n'était pas là. J'ai été reçu par son petit-fils, qui dirige provisoirement la brasserie.

— Tu as rencontré l'un des fameux Hussards de Halstead Hall ? demanda Sissy, ses yeux bleus pétillant d'excitation. Lequel ?

— Lord Jarret.

— Le joueur ? Est-il aussi beau qu'on le dit ? A-t-il l'air d'un débauché ?

— Maintenant que j'y pense, non.

C'était assez étrange, vu les histoires qui circulaient au sujet de cet homme – il avait joué pendant deux jours d'affilée sans dormir, avait perdu mille livres en une heure... et changeait de femme comme de chemise.

Ce dernier point n'était guère surprenant lorsqu'on avait des yeux couleur d'océan et un sourire à faire se pâmer la gent féminine.

Elle exceptée, bien sûr.

— Il a l'air malhonnête, ajouta-t-elle.

— Alors pourquoi sa grand-mère l'a-t-elle placé dans son fauteuil ?

— Parce que c'est un homme, voyons. Il ne m'a pas laissé grand espoir que notre proposition soit acceptée, mais il m'a promis d'en parler à Mme Plumtree.

— Crois-tu qu'il le fera ?

— Aucune idée. C'est un homme irritant et arrogant. Je n'ai pas confiance en lui. Il s'est comporté comme si j'abusais de sa gentillesse alors que je lui proposais juste un moyen idéal de gagner de l'argent.

— Tu n'aurais pas dû lui dire quoi faire, tante Annabel, intervint Geordie. Papa dit toujours que les femmes...

— Je sais ce que dit ton père, l'interrompit-elle.

Que les femmes n'avaient pas leur place dans une brasserie. Et que si elle cessait de travailler, elle trouverait peut-être un mari.

Annabel aurait préféré que Hugh évite de faire de telles remarques devant Geordie. À présent, le gamin tenait les mêmes propos que lui, alors que Hugh savait très bien pourquoi elle refusait de se marier.

Parce que cela l'obligerait à se séparer de Geordie.

Comment aurait-elle pu abandonner son propre fils ?

Bien entendu, Geordie ignorait qu'elle était sa mère. Il ne savait pas que Rupert, le fiancé d'Annabel, était son véritable père et qu'Annabel l'avait mis au monde peu de temps après que Rupert fut parti à la guerre pour ne pas en revenir. Et elle ne pouvait rien contre cela, à moins de condamner Geordie au sort infamant d'un enfant bâtard.

En revanche, elle pouvait faire en sorte qu'il soit aimé et entouré, même s'il devait appeler une autre femme « maman ».

Un sanglot lui noua la gorge, qu'elle ravala, comme toujours. Son fils grandissait si vite. Un jour, Hugh, Sissy et elle devraient lui dire qui étaient ses vrais parents. Tant qu'il était enfant, ils avaient estimé préférable de garder le secret sur sa naissance de peur qu'il ne révèle la vérité par inadvertance. Depuis quelque temps, cependant, Sissy affirmait qu'il était prêt. Que le moment était venu.

Oui, le moment était venu… mais Annabel ne trouvait pas le courage de lui parler. Il serait tellement bouleversé en découvrant que sa vie n'avait été qu'un mensonge, que son père était mort et sa mère, une dévergondée. Il lui en voudrait et elle le perdrait peut-être à jamais. Elle ne pouvait prendre un tel risque. Pas encore. Pas tant que les choses n'étaient pas réglées avec Hugh.

Elle fronça les sourcils. Qu'allaient-elles faire au sujet de Hugh ? Il était chaque jour plus désespéré. Plus il sombrait dans la mélancolie, plus il buvait, et moins il se souciait de ce qui se passait à la brasserie. Jusqu'à présent, elles avaient réussi à dissimuler son état, mais les gens finiraient par s'apercevoir que s'il avait été si souvent absent et avait manqué tant de rendez-vous importants, c'était parce qu'il était à la maison. En train de se soûler.

— Tu devrais écouter papa, déclara Geordie de ce ton supérieur qu'il avait adopté depuis qu'il avait douze ans. Il essaie juste de t'aider à trouver un mari avant que tu sois trop vieille, tu sais.

— Geordie ! s'écria Sissy. Ne sois pas méchant.

— Je n'ai pas envie de me marier, déclara Annabel non sans lassitude.

C'était un mensonge éhonté. Comme la plupart des femmes, elle voulait un mari, des enfants, une maison. Mais quel homme voudrait d'elle une fois qu'il saurait qu'elle n'était plus vierge ? Et même si elle en rencontrait un suffisamment indulgent pour accepter son amour de jeunesse pour Rupert, il ne voudrait pas s'encombrer de son bâtard. Elle devrait se séparer de Geordie, ne serait-ce que pour lui épargner la cruauté que l'on réservait aux enfants illégitimes.

Cela, elle ne pourrait pas le supporter.

Et elle n'avait aucune envie d'attirer le scandale sur Hugh et Sissy. Ils avaient été si bons envers elle. D'autres à leur place l'auraient abandonnée à son sort.

— Que faisons-nous, à présent ? s'enquit Sissy.

— Nous n'avons d'autre choix que de patienter jusqu'à demain pour savoir si lord Jarret a tenu sa promesse. Cela dit, je me sentirais mieux si je pouvais parler moi-même à Mme Plumtree.

— Pourquoi ne le fais-tu pas ? Nous pouvons sûrement découvrir où elle habite.

— Si seulement c'était possible !

Elle réfléchit à ce que lui avait dit lord Jarret.

— Je ne suis même pas certaine qu'elle soit chez elle. Son petit-fils a dit qu'elle devait s'occuper d'affaires familiales. Elle pourrait être n'importe où.

— Certes, mais s'il doit lui parler, il va nécessairement aller là où elle se trouve, non ? Nous n'avons qu'à le suivre.

Annabel regarda Sissy, bouche bée, puis la serra dans ses bras.

— Voilà une idée brillante ! Oui, bien sûr, c'est ce qu'il faut faire. Ou plutôt, ce que *je* dois faire. Si nous sommes trois à le filer, il risque de s'apercevoir de notre présence. Tandis que si je suis seule…

— C'est *moi* qui devrais y aller, déclara Geordie en bombant le torse.

— Certainement pas ! s'écrièrent Annabel et Sissy d'une seule voix, avant d'éclater de rire.

Elles avaient toujours été parfaitement d'accord lorsqu'il s'agissait de Geordie. À vrai dire, Annabel n'aurait pu rêver meilleure mère pour son fils. Hugh et Sissy avaient des enfants à eux – qui étaient pour l'heure chez la mère de Sissy à Burton –, mais jamais ils n'avaient traité Geordie différemment des autres.

Une autre femme aurait été furieuse de devoir assumer l'éducation d'un neveu un an après son mariage, mais pas Sissy. C'était elle qui avait décidé de raconter qu'Annabel et elle devaient aller dans le nord du pays, au chevet d'une cousine malade. Elle qui avait écrit des lettres pour annoncer qu'elle attendait un enfant. Elle qui avait adopté le bébé comme son propre fils et recueilli Annabel, qui pleurait son fiancé décédé.

En retour, Annabel s'était contentée de son rôle de tante toujours présente et généreuse, prête à s'occuper des enfants quand elle n'était pas à la brasserie, à seconder un Hugh de plus en plus perdu.

— Geordie, si nous laissions Annabel s'occuper de cela ? s'enquit Sissy en lui ébouriffant les cheveux.

— Maman, arrête ! bougonna-t-il en repoussant sa main. Je ne suis plus un bébé.

— Oh ! Nous sommes un homme, alors ? le taquina-t-elle.

— Parfaitement, répliqua-t-il en fusillant les deux femmes du regard. Père l'a dit.

Dieu qu'il ressemblait à Rupert ! songea Annabel.

— Dans ce cas, déclara-t-elle, tu protégeras ta mère sur le trajet du retour à l'auberge.

Par chance, celle-ci était toute proche.

— Quant à moi, je vais rester ici.

— Seule ? Après la tombée de la nuit ? s'inquiéta Sissy.

— Tout ira bien. Lord Jarret devrait sortir d'ici une heure ou deux. Ce n'est pas un bourreau de travail. Il y a de nombreuses boutiques dans la rue d'où je pourrai surveiller la brasserie.

Comme Sissy ne semblait toujours pas rassurée, elle ajouta :

— Je te promets d'être prudente.

— Au moins prends ma cape, proposa sa belle-sœur en se débarrassant de celle-ci pour la tendre à Annabel. Peut-être que si tu la boutonnes jusqu'au cou et rabats la capuche sur ta tête, personne ne se rendra compte que tu es une femme. Tu es si petite qu'elle couvrira tes jupes.

À tout le moins, cela la protégerait de la fraîcheur du soir.

— Cela peut me prendre un certain temps, tu sais, avertit-elle Sissy.

Elle ôta son chapeau, qu'elle tendit à Sissy, puis drapa la cape sur ses épaules.

— Une fois que j'aurai trouvé où Mme Plumtree habite, il faudra que j'aille frapper à sa porte.

— Prends un fiacre pour rentrer, lui conseilla Sissy en déposant quelques pièces ainsi que le double de la clef de leur chambre dans sa paume.

Annabel regarda l'argent, émue.

— Je suis désolée de t'avoir entraînée dans cette aventure, Sissy. Je suis désolée que mon frère…

— Chut ! coupa sa belle-sœur avec douceur. Ce n'est pas ta faute. Et Hugh est l'homme le plus gentil du monde quand il n'est pas… accaparé par ses soucis.

Elle jeta un regard furtif à Geordie, qui les écoutait avec attention.

— Je suis sûre que tu sauras convaincre Mme Plumtree de nous aider. Et si tu réussis à donner un nouvel élan à Lake Ale, cela sortira peut-être Hugh de sa mélancolie.

— Espérons-le, murmura Annabel en glissant les pièces et la clef dans une poche de la cape.

C'était le plan qu'elles avaient forgé, aussi pauvre soit-il. Chaque fois qu'Annabel avait mentionné le marché indien, Hugh avait paru intéressé, mais l'alcool l'empêchait de se mettre au travail. Une fois que la brasserie Plumtree aurait accepté de commercialiser leur bière blonde d'octobre, se disaient-elles, peut-être que Hugh, mis devant le fait accompli, trouverait en lui les ressources pour mener à bien ce projet. Cela devrait suffire à renflouer les caisses de Lake Ale et, du coup, il irait mieux.

Elles avaient la bénédiction de M. Walters, le gérant de la brasserie, et Annabel espérait toujours que Mme Plumtree donnerait son accord, en dépit de réserves de son arrogant petit-fils.

Elle carra les épaules. Elle obtiendrait le consentement à la propriétaire de la brasserie, avec ou sans l'approbation de lord Jarret. Parce que c'était le seul moyen de sauver sa famille de la ruine.

3

Jarret regarda la bouteille de bière à moitié vide que Mlle Lake avait laissée. En général, les brasseurs produisaient de la bière pour leur propre taverne et pour la consommation familiale. À sa connaissance, aucune femme, à l'exception de sa grand-mère, ne travaillait dans l'environnement rude et uniquement masculin d'une grande brasserie.

Était-ce pour cette raison qu'il s'était laissé attendrir par cette fille dont le frère était malade ? Il aurait dû la mettre à la porte à l'instant où elle avait évoqué une association avec la maison Plumtree. Car sa proposition était diablement tentante ! C'était exactement le genre d'aventure à hauts risques qui éveillait son intérêt... et qu'il devait éviter s'il ne voulait pas mener l'entreprise à une ruine certaine.

Avec un soupir de regret, il reporta le regard sur les chiffres accablants qu'il était occupé à étudier lorsque Mlle Lake avait fait irruption dans son bureau. La brasserie Plumtree connaissait des jours difficiles. La situation en Russie avait considérablement réduit le chiffre d'affaires. Pas étonnant que sa grand-mère ait tellement insisté pour que quelqu'un dirige la société pendant son absence.

Ce n'était pas le moment de prendre des risques. Certes, les plans de Mlle Lake pouvaient compenser la perte de profits occasionnée par la chute vertigineuse des commandes russes, mais ils pouvaient tout aussi bien porter un coup fatal à l'entreprise. Il n'avait pas le droit d'oser un tel pari.

Cela dit, si Mlle Lake avait effectivement brassé elle-même cette bière blonde, il devait reconnaître qu'elle était douée. Il ne prétendait certes pas être un expert – cela faisait bien longtemps qu'il ne considérait la bière que comme une boisson pour accompagner les repas.

L'expert, c'était son grand-père, autrefois. Jarret le voyait encore, déposant devant lui des piles de malt pour lui montrer quelle torréfaction permettait d'obtenir tel ou tel type de bière. Il lui laissait ajouter la levure dans les cuves de fermentation car il disait qu'un jour, la brasserie serait à lui. Toute son enfance, Jarret en avait été empli de fierté et d'impatience… jusqu'au jour où sa grand-mère avait brisé ses rêves d'un « non » ferme et définitif.

Il fronça les sourcils. Voilà qu'il était de nouveau ici, en train de humer le moût et de goûter la bière verte. Soudain, il lui semblait que dix-neuf années venaient d'être réduites à néant. Seule différence : il n'avait plus envie de sacrifier sa vie à cette brasserie.

— Croft ! aboya-t-il.

Le secrétaire s'encadra aussitôt sur le seuil. Sa grand-mère avait raison : Croft se comportait parfois bizarrement avec les inconnus et avait d'étranges manières, mais il connaissait la brasserie Plumtree comme personne.

— Pourriez-vous m'envoyer M. Harper ?

— Tout de suite, milord. Et je renouvelle mes excuses pour avoir laissé passer cette femme. J'ignorais quoi lui dire. Vous aviez donné pour consigne de ne révéler à personne que Mme Plumtree est souffrante, or elle ne cessait de me poser des questions…

— C'est bon, Croft, tout va bien.

Sa grand-mère avait insisté pour que personne, hormis ses proches, ne sache qu'elle était malade. Elle craignait que ses rivaux ne tournent autour de son entreprise tels des vautours s'ils apprenaient qu'elle était affaiblie.

— Comment va Mme Plumtree, si je puis me permettre ? risqua Croft.

— Elle semblait assez bien quand je l'ai quittée hier soir, répondit Jarret, évasif.

À vrai dire, elle n'avait pas bonne mine et toussait beaucoup. Tandis que Croft tournait les talons pour aller chercher Harper, Jarret réprima un soupir. Leur accord scellé, il s'attendait que son état s'améliore, or il n'avait fait qu'empirer. D'après le Dr Wright, elle souffrait d'un œdème du poumon et pouvait ne jamais s'en remettre.

À l'idée de la perdre, une sourde anxiété s'empara de lui. Elle avait toujours été là, avec cette énergie et cette vitalité qui faisaient d'elle un être tellement exceptionnel. Même quand elle s'opposait à eux, elle demeurait le ciment de leur famille. Si elle disparaissait…

Impossible ! C'était tout simplement impensable.

— Milord ? Croft me dit que vous souhaitez me voir ?

Jarret leva les yeux. Harper, le meilleur brasseur de Plumtree, se tenait sur le seuil, sa casquette à la main. Jarret désigna la bouteille de bière.

— J'aimerais avoir votre opinion sur cette cuvée d'octobre. Vous trouverez un verre dans le placard.

C'était là que sa grand-mère rangeait ses bouteilles de cognac. Un petit sourire flotta sur les lèvres de Jarret.

Mère avait toujours été mortifiée que sa propre mère boive du cognac. Ce n'était pas une boisson pour une dame ! Cela dit, grand-maman n'était pas une femme comme les autres.

De même que Mlle Lake.

Il fronça les sourcils. Mlle Lake n'était certainement pas sa grand-mère. Ou il n'aurait pas passé la moitié de leur entretien à se demander ce qui se cachait sous sa robe de lainage vert démodée. Si elle était aussi petite qu'un elfe, sa silhouette était définitivement féminine – toute en rondeurs délicieusement tentantes. Et l'unique sourire dont elle l'avait gratifié…

Seigneur, il l'avait transformée, allumant des étincelles dans ses grands yeux bruns et couvrant d'une adorable rougeur ses pommettes parsemées de taches de rousseur. Et s'il en jugeait aux boucles qui encadraient son visage, elle devait dissimuler sous son petit chapeau une somptueuse crinière aux reflets fauve.

Elle avait tout d'une fille de la campagne menant une vie saine, loin des vapeurs nauséabondes de la ville. Jarret avait toujours eu un faible pour les femmes à la beauté naturelle, qu'il préférait de loin aux créatures fardées qui pullulaient dans le beau monde. Il imaginait très bien Mlle Lake en train de danser autour d'un mât de mai ou se promener au bras de son fiancé sur la place du village. C'était le genre de femme pour qui un simple flirt ne pouvait mener qu'au mariage.

Voilà pourquoi il avait supposé qu'elle était envoyée par sa grand-mère. C'était exactement le tour que celle-ci aurait pu lui jouer – le pousser à engager une jolie brasseuse dans l'espoir qu'il serait tenté de l'épouser. Ainsi, elle aurait eu le dernier mot.

Mlle Lake était assurément un excellent choix. À l'instant où elle avait redressé avec fierté son petit nez d'elfe, il avait eu furieusement envie d'explorer ce qui se cachait sous ce chapeau et cette robe. Malédiction !

— Eh bien ? demanda-t-il sèchement à Harper.

Ce dernier venait d'avaler une gorgée de bière, et remettait cela.

— Elle est bonne. C'est même l'une des meilleures cuvées d'octobre que j'aie jamais goûtées.

— Bon sang, marmonna Jarret.

— Je vous demande pardon, milord ?

Jarret n'avait pas envie que son opinion sur cette bière soit confirmée. Il n'avait pas envie de s'entendre dire que Mlle Lake avait un bon produit à proposer et qu'elle pouvait en faire un succès s'il acceptait son offre.

— Vous pensez au marché indien ? reprit Harper.

— Pourquoi cette question ? s'étonna Jarret.

L'autre esquissa un haussement d'épaules évasif.

— Avec Hodgson au bord de la faillite et le marché russe qui s'effondre, j'ai pensé que nous devrions essayer de produire une bière blonde pour la Compagnie des Indes orientales.

Comme Jarret le fixait sans mot dire, agacé que tout le monde ait apparemment entendu parler de Hodgson sauf lui, Harper s'empressa d'ajouter :

— Je sais que Mme Plumtree n'y est pas favorable, mais les temps sont durs. Cela mérite réflexion.

— Dites-moi ce qui s'est passé avec Hodgson qui a contrarié la Compagnie des Indes.

Harper lui révéla un certain nombre de pratiques commerciales qui lui semblèrent assez hasardeuses, mais Jarret n'était pas depuis assez longtemps dans le métier pour en être certain. Même s'il lui en coûtait de l'admettre, la proposition de Mlle Lake paraissait intéressante… à condition que Lake Ale soit capable d'offrir une production à la hauteur de ses promesses, ce dont il n'avait aucune assurance.

— Pourriez-vous obtenir une bière d'octobre de cette qualité ? demanda-t-il en désignant la bouteille presque vide.

— Je n'en sais rien, avoua Harper. Elle est sacrément bonne. Il me faudrait la recette. Mais celle de Hodgson n'était pas meilleure que la nôtre. Nous avons toujours une chance de prendre ce marché, s'il est sur la touche.

« L'eau de Burton donne une meilleure cuvée d'octobre que celle de Londres », avait déclaré Mlle Lake.

— Je vous remercie, Harper. Ce sera tout.

Peu lui importait que Mlle Lake produise une bière parfaite pour le marché indien. Ce n'était pas parce qu'elle envisageait de profiter de l'erreur stratégique de Hodgson qu'il devait lui emboîter le pas.

Si nous mettons la clef sous la porte, quarante hommes perdront leur emploi.

Jarret se rembrunit. Cela n'était pas son problème. Il n'était pas mandaté pour sauver de la faillite toutes les brasseries du pays. Il avait déjà assez de mal à maintenir la sienne à flot.

C'était même précisément ce qu'il voulait éviter – être pris au piège d'engagements et d'attachements. Il n'avait pas envie de finir comme sa grand-mère. Elle s'était battue pour que sa fille fasse un beau mariage et son gendre avait rendu celle-ci malheureuse. Elle avait travaillé avec acharnement pour que la brasserie soit florissante, et du jour au lendemain, une décision arbitraire prise en Russie avait été source de difficultés pour son entreprise et sa famille.

Voilà ce qui arrivait quand on mettait tout son cœur dans quelque chose. On pouvait faire tout ce qu'il fallait, cela n'empêchait pas le Destin de vous jouer un mauvais tour.

À présent, il n'avait plus le choix. On lui avait distribué une mauvaise main et il devait en tirer le meilleur. Plumtree devait survivre pour que sa famille survive aussi, et Jarret semblait le seul capable de jouer cette partie.

Non, Plumtree ne devait pas seulement survivre. Elle devait sortir consolidée de cette épreuve afin qu'il puisse quitter l'entreprise à la fin de l'année en ayant la satisfaction du devoir accompli. Afin qu'il puisse retrouver son existence de joueur, où il ne misait que de l'argent et ne risquait pas de se trouver engagé dans quoi que ce soit. Où il acceptait que la vie soit imprévisible et que rien ne dure.

Mlle Lake devrait trouver un autre naïf pour l'aider dans sa folle entreprise.

Tout ce que je vous demande, c'est de transmettre ma proposition à votre grand-mère.

Il émit un ricanement ironique. Sa grand-mère était encore moins susceptible que lui d'accepter cette offre. Toutefois, il avait donné sa parole, il la tiendrait donc.

On frappa à la porte. Levant les yeux, Jarret découvrit son ami Giles Masters sur le seuil. Il se leva, le sourire aux lèvres.

— Quel bon vent t'amène ? demanda-t-il.

Avocat renommé, Masters plaidait dans différents quartiers de Londres.

— Je suis venu te débaucher. Ton frère m'a dit que tu ne nous rejoindrais pas ce soir pour jouer au whist ? C'est inacceptable.

— Tu ne dis cela que parce que je ne joue pas très bien ces derniers temps et que tu aimerais en profiter pour me soutirer un peu d'argent pour changer.

Masters se frappa la poitrine d'un geste théâtral.

— Ton plus vieil ami ne peut-il simplement souhaiter que tu te joignes à lui pour une soirée de conversation brillante et de distractions masculines ?

— La dernière fois que nous avons joué dans l'une des tavernes de la brasserie Plumtree, Gabriel et toi avez bu plus que de raison avant de vous lancer dans un concours de pets, lui rappela Jarret. Si ma mémoire est bonne, c'est toi qui as gagné.

— Oui, mais avec esprit. C'est bien ce que je dis : une conversation brillante et des distractions masculines.

Indiquant la porte, il enchaîna :

— Allons, viens. Ceux d'entre nous qui ont réellement besoin de travailler pour gagner leur vie ont aussi besoin de se détendre. Et nous ne tolérerons aucun refus de la part de ceux qui ne font cela qu'en dilettante.

Pour quelque raison inconnue, Jarret détestait l'idée d'être considéré comme un dilettante.

— Pourquoi le whist puisqu'il nous manque un quatrième joueur ? demanda-t-il. Et au risque de te contrarier, même quand Oliver rentrera des Amériques, il ne passera peut-être plus beaucoup de temps avec nous dans les tavernes. Il est marié. Pire, il est devenu sobre.

Masters soupira.

— Mon frère également. Les célibataires se font rares. Raison de plus pour nous serrer les coudes.

Avec un sourire, il ajouta :

— Du reste, nous avons un quatrième. Gabriel a convaincu Pinter de nous rejoindre.

— Jackson Pinter ? Ce rabat-joie qui prétend que les cartes sont une distraction frivole ?

— Ce n'est pas un mauvais bougre, tu sais. C'est même un type bien, et il lui arrive à l'occasion d'avoir le sens de l'humour. Allons, viens, tu jugeras par toi-même.

Jarret jeta un regard à la pile de dossiers sur son bureau. Voilà des jours qu'il étudiait les livres de comptes sans trouver la moindre solution aux difficultés de la brasserie. Peut-être aurait-il plus d'inspiration s'il se changeait les idées. Et quoi de mieux que de disputer une bonne partie de cartes, boire quelques pintes de la meilleure *porter* de chez Plumtree et trousser une jolie serveuse ?

Le visage de Mlle Lake, avec ses grands yeux implorants, s'imposa soudain à lui. Il ravala un juron. Tant pis, il attendrait le lendemain matin pour parler à sa grand-mère.

En outre, il avait prévu de demander au détective de Bow Street de rechercher les anciens domestiques de Halstead Hall. Il profiterait de cette soirée pour en discuter avec lui.

— C'est bon, céda-t-il. Je te suis.

Annabel suivit lord Jarret et son compagnon lorsqu'ils quittèrent la brasserie. Était-ce son frère ? s'interrogea-t-elle, le souffle court – ils marchaient à grandes enjambées, si bien qu'elle avait le plus grand mal à les suivre sans courir.

D'autant que des hommes portant des panneaux publicitaires lui masquaient la vue. Et que des vitrines regorgeant de merveilles attiraient irrésistiblement son regard – les modistes présentant les chapeaux dernier cri, les librairies avec leurs ouvrages colorés. De même que les colporteurs vantant qui ses grillades au fumet appétissant, qui ses ornements de cheminée, qui ses remèdes miracles contre la syphilis.

Annabel rougit devant ce dernier vendeur. C'était là un commerce que l'on ne voyait pas dans les rues de Burton.

Il fallut un quart d'heure à ces messieurs pour atteindre leur destination. En découvrant qu'il s'agissait d'une taverne, Annabel ravala un gémissement de dépit. Lord Jarret lui avait menti. Il n'allait pas chez Mme Plumtree ! Elle aurait pourtant dû savoir qu'elle ne pouvait se fier à un homme tel que lui.

Ou peut-être ne faisaient-ils qu'une halte pour boire un verre avant d'aller rendre visite à leur grand-mère. Après tout, une taverne de la maison Plumtree était le choix le plus logique pour se rafraîchir quand on était le petit-fils de la propriétaire de la brasserie.

Quoi qu'il en soit, elle devait prendre une décision. Attendre dehors qu'ils sortent ou les rejoindre à l'intérieur ? Rester dans la rue n'était pas une bonne idée. La nuit tombait et Londres grouillait de pickpockets. Elle ne pouvait pas non plus renoncer à son unique chance de découvrir où résidait Mme Plumtree.

Dieu merci, il était encore assez tôt pour que les clients de l'établissement soient surtout des travailleurs ou des couples venus dîner sur le pouce. Une femme seule se ferait moins remarquer maintenant qu'à une heure plus tardive. Elle poussa donc la porte et s'installa à une table non loin de celle de lord Jarret. Veillant à garder la tête baissée, elle commanda à manger. Cela lui permettrait de s'attarder.

Mais avant même qu'on lui apporte son repas, deux autres hommes rejoignirent la table de lord Jarret. Il ne s'agissait donc pas d'un verre entre frères. Quand ils demandèrent un pichet de bière et sortirent un jeu de cartes, elle comprit. C'était une soirée entre hommes.

Maudit soit Jarret Sharpe ! Il n'avait jamais eu l'intention de parler de son offre à Mme Plumtree. Que faire, à présent ?

Une heure plus tard, après avoir mangé une tourte et bu une pinte de bière, Annabel n'avait toujours pas décidé de la suite des opérations. Toutefois, elle avait glané quelques informations.

L'homme brun n'était pas le frère de lord Jarret mais un vieil ami nommé Masters, apparemment de bonne naissance. En fait, le frère de lord Jarret, c'était l'homme aux cheveux châtains, lord Gabriel, qui adorait ironiser sur l'âge canonique des deux autres.

Le quatrième, qu'ils appelaient Pinter, avait les cheveux noirs, une voix rocailleuse et affichait un calme presque sinistre. S'il ne partageait pas la jovialité des autres, il faisait à l'occasion une remarque flegmatique qui semblait les surprendre. Elle n'aurait su dire si c'était un ami ou une simple connaissance. Il ne semblait pas appartenir à l'aristocratie et était le seul à ne pas flirter outrageusement avec les serveuses.

D'après ce qu'elle en voyait, lord Jarret et son frère avaient une chance insolente au jeu. Les deux autres ne ménageaient pas leurs grommellements.

Se demandant à quoi ils jouaient, elle se leva et passa aussi près de leur table que possible. Ils disputaient une partie de whist. Elle s'attarda suffisamment longtemps auprès de lord Jarret pour noter qu'il se débrouillait plutôt bien.

L'homme appelé Masters commanda un autre pichet de bière.

— Je croyais que tu n'étais pas en veine, Jarret ? gémit-il en jetant ses cartes sur la table.

Un sourire suffisant apparut sur les lèvres de ce dernier.

— Pinter et toi ne représentez pas un défi majeur.

— Je vous demande pardon, marmonna Pinter, mais j'ai reçu les pires des mains. L'habileté ne peut rien contre la malchance.

— Voilà une excuse qui en vaut une autre, railla lord Jarret. Quelle est la tienne, Masters ? Devons-nous monter les enchères et vous donner une chance de récupérer votre mise ? J'ai besoin d'un défi qui en vaille la peine.

— Bonne idée, mon cher frère, lança lord Gabriel.

Dommage qu'elle ne puisse se joindre à eux, songea Annabel. Elle savait exactement quel enjeu elle aurait proposé. Elle avait souvent joué aux cartes avec ses parents, puis avec Hugh et Sissy, et même avec Geordie depuis qu'il était en âge de comprendre les règles. Bien sûr, ils ne jouaient plus beaucoup maintenant, à cause de Hugh et de son…

Des larmes lui brûlèrent les paupières. Maudit soit Hugh pour sa faiblesse ! Son grand frère lui manquait.

Et même si elle savait pourquoi il s'était mis à boire, cela n'y changeait rien.

— Si vous montez les enchères, je déclare forfait, lâcha Pinter. Le bureau des magistrats ne me paie pas assez pour miser aussi gros que vous autres, aristocrates.

— Vous croyez donc que nous avons de l'argent à jeter par les fenêtres, nous autres avocats ? marmonna Masters.

— Non, mais vous avez un frère assez fortuné pour régler vos dettes, rétorqua Pinter.

— Ne soyez donc pas aussi grincheux, dit Masters. J'ai dit à Jarret que vous étiez un brave type. Ne me faites pas mentir ! Si vous vous inclinez, je dois en faire autant et je perds ainsi ma dernière chance de rentrer dans mes frais.

— Ce n'est pas mon problème, répliqua l'autre avant de vider sa pinte et de la reposer, l'air de quelqu'un qui compte bien en rester là.

Annabel fit un pas et repoussa capuche.

— Je serais heureuse de prendre sa place, dit-elle.

Se trompait-elle, où un silence de mort s'était-il abattu dans la salle ?

Lord Jarret leva les yeux.

— Mademoiselle Lake, vous ici ? Intéressant…

Elle cacha ses mains tremblantes dans les poches de sa cape.

— Je suis même prête à faire monter les enchères si vous souhaitez jouer pour quelque chose qui en vaille la peine.

Le regard de lord Gabriel passa d'Annabel à son frère, puis un sourire amusé lui incurva les lèvres.

— Éclairez-nous, madame. Que proposez-vous ?

La chaise de lord Jarret racla le parquet quand il se leva.

— Si vous voulez bien nous excuser un instant, messieurs...

Prenant Annabel par le coude, il l'entraîna dans l'arrière-salle. Comme elle se libérait de sa poigne d'acier, il demanda :

— Que diable cherchez-vous, mademoiselle Lake ?

— La même chose que tout à l'heure. Votre aide. Je suis prête à jouer aux cartes pour l'obtenir s'il le faut.

— Une femme comme vous n'a rien à faire dans une taverne.

— Vous ne savez rien des femmes comme moi. Vous ne connaissez que cette existence oisive qui se résume au jeu, à l'alcool et aux catins. Vous ne pouvez même pas y renoncer le temps d'aller parler à Mme Plumtree de la proposition de Lake Ale !

— Vous m'avez *suivi* ? articula-t-il, incrédule. Auriez-vous perdu l'esprit ? Ce quartier est terriblement dangereux pour...

— Oh, épargnez-moi vos inquiétudes ! Elles sont aussi hypocrites que vos promesses.

Le visage de marbre, il croisa les bras.

— Pour votre information, j'avais l'intention d'en discuter demain matin avec ma grand-mère.

— Vous m'avez dit de revenir demain matin, au cas où vous l'auriez oublié. Et je suis certaine qu'après une nuit de beuverie, vous ne vous souviendrez plus de votre promesse. Si ce n'est déjà fait.

Un muscle tressaillit sur la mâchoire de lord Jarret.

— Ainsi donc, vous avez décidé d'obtenir mon concours en pariant avec moi ?

— Pourquoi pas ? Je joue très bien aux cartes. Votre ami semble résolu à quitter la partie, et vous avez déclaré que vous vouliez un vrai défi.

— Je présume que notre enjeu sera en rapport avec votre projet concernant la Lake Ale.

— En effet. Je veux que la brasserie Plumtree nous apporte son concours. C'est tout.

Il la fusilla du regard, interloqué.

— *C'est tout* ? répéta-t-il. Vous ne vous rendez pas compte de ce que vous demandez.

— Ce que je demande, c'est que vous m'aidiez à sauver la brasserie de mon frère. Certes, vous préféreriez sans doute voir un concurrent faire faillite.

— Ne dites pas de sottises ! Que m'importe le destin de je ne sais quelle brasserie insignifiante de Burton ? Plumtree est cinq fois plus grosse que Lake Ale.

— Vous n'avez donc aucune raison de me refuser votre aide.

Un sourire carnassier retroussa les lèvres de lord Jarret.

— Et si je gagne ? Que remporterai-je ?

Annabel ôta lentement la bague de sa mère, luttant pour ne pas laisser voir combien ce bijou comptait pour elle.

— Ceci. C'est de l'or massif avec des rubis et des diamants. Elle vaut au moins deux cents livres. Cela devrait répondre à vos critères.

Il eut un rire sans joie.

— Une simple bague. Et vous pensez que le marché est égal ?

— Elle m'a toujours porté chance, se défendit Annabel, aux abois. Toutes les bières que j'ai brassées alors que je la portais étaient excellentes.

— Nul doute que cela en décuple la valeur, commenta-t-il, sarcastique.

Il était d'une arrogance sans nom, songea Annabel, exaspérée.

— Très bien. Si vous avez aussi peur de jouer au whist contre moi…

Les yeux de lord Jarret prirent cette nuance cobalt qu'elle leur avait vue quand il avait goûté sa bière.

— Parce que vous vous imaginez que vous pouvez me battre au whist ?

— Absolument, répondit-elle.

Elle n'en était pas du tout sûre, mais elle devait au moins essayer. Il fit un pas vers elle.

— Si vous voulez que j'accepte, il me faut un gage plus… personnel.

Annabel avala sa salive.

— Personnel ?

— Nous jouerons l'un contre l'autre. Le premier à remporter deux manches sur trois sera le vainqueur.

— C'est d'accord.

— Je n'ai pas fini. Si vous gagnez, la brasserie Plumtree aidera Lake Ale à prendre sa place sur le marché indien.

Un sourire gourmand étira ses lèvres.

— Si *je* gagne, poursuivit-il, vous réchaufferez mon lit ce soir.

4

Il l'avait choquée, constata Jarret. Tant mieux. Cette fille manquait désespérément de bon sens. Si Célia ou Minerva s'étaient comportées comme elle, il les aurait enfermées et aurait jeté la clef.

Elle l'avait suivie, seule, dans les rues de Londres à la nuit tombée. Elle était entrée dans une taverne sans être escortée. Et voilà qu'elle le défiait aux cartes... Elle était trop téméraire pour son bien.

Séduisante et désirable, mais dangereusement téméraire.

Cela dit, elle ne se montrerait pas insensée au point d'accepter sa proposition. Une fois qu'il l'aurait raccompagnée là où elle séjournait, il exigerait de ses compagnons de voyage qu'ils l'aient davantage à l'œil.

— J'accepte votre offre, lâcha-t-elle.

— Sûrement pas ! répliqua Jarret, abasourdi.

Une expression têtue se peignit sur ses traits.

— Je vois. Vous avez menti. Une fois de plus.

— Je n'ai pas menti, cet après-midi ! hurla pratiquement Jarret.

— En revanche, là, c'est le cas ?

Elle redressa fièrement la tête et ses boucles dansèrent autour de son visage. Pour une raison qu'il ne s'expliquait pas, cela ne fit qu'accentuer sa colère. Cette fille avait-elle le don de le mettre hors de lui, bon sang ! Cela devait cesser.

— Vous avez décidément besoin que quelqu'un vous surveille de près, mademoiselle Lake.

— Oh ! Et je suppose que vous vous portez volontaire, répliqua-t-elle avec hauteur. Désolée, mais vous ne possédez pas de cage assez grande pour moi, milord.

Il se pencha vers elle.

— Vous êtes prête à risquer la ruine, la perte de votre réputation et de votre vertu, ainsi que la possibilité de vous marier dans l'espoir insensé de me battre aux cartes pour vous assurer mon aide pour votre brasserie ?

— Aux grands maux les grands remèdes, répliqua-t-elle avec une étrange expression.

Jarret prit une longue inspiration et détourna les yeux. Le désespoir, il connaissait. Il l'avait vécu enfant. Et il avait vu plus d'un adversaire aux cartes ayant tout perdu et priant pour que la roue tourne à la prochaine manche.

En revanche, hormis sa propre mère, jamais il n'avait vu une femme dans une telle détresse. Et cela le troublait au plus haut point.

— Et pour ma part, reprit-elle, je ne considère pas cela comme « un espoir insensé ». Sans vouloir me vanter, je sais jouer au whist.

Jarret ricana. Ce n'était pas une petite provinciale qui risquait de le battre aux cartes !

Cela dit, il n'avait pas l'intention de jouer à ce jeu-là, surtout vu la situation de Plumtree. S'il avait pensé qu'elle accepterait, jamais il ne lui aurait proposé un tel marché. Il n'avait pas le droit de miser sur l'avenir de la brasserie familiale.

— Bien sûr, poursuivit-elle, si vous avez peur de perdre…

— Vous voulez rire ? l'interrompit-il.

En vérité, que risquait-il ? Il pouvait remporter une partie de whist à deux les yeux fermés. Quand elle rentrerait à Burton, Mlle Lake aurait gagné en sagesse.

Et perdu sa vertu.

Jarret chassa ses scrupules. Au fond, quelle importance que cette fille se lance tête baissée dans un tel pari ? Cela lui servirait de leçon. Une leçon qu'il allait se faire un plaisir de lui offrir…

— À votre guise, dit-il. Nous jouerons pour les enjeux dont nous avons convenu.

À sa grande surprise, ce fut du soulagement qu'il lut sur son visage.

— Merci, dit-elle.

Et une lueur espiègle s'alluma dans ses yeux bruns.

— Je vous promets de ne pas vous battre à plate couture. Je m'en voudrais de vous embarrasser devant vos amis.

Jarret ne put retenir un éclat de rire. Vraiment, elle ne doutait de rien !

Quand ils retournèrent dans la salle, Masters était occupé à ramasser l'argent auprès des autres clients sous le regard désapprobateur de Pinter. La nouvelle qu'une inconnue avait défié Jarret Sharpe aux cartes devait s'être répandue comme une traînée de poudre car la pièce grouillait à présent de monde.

— Que se passe-t-il ? s'enquit Jarret, qui tira une chaise pour Mlle Lake avant de s'asseoir en face d'elle.

— Masters a parié que tu accepterais le défi de Mlle Lake, expliqua Gabriel. Pinter et moi, que tu refuserais. La cote est de cinq contre un.

— Eh bien, répliqua Jarret avec flegme, pour une fois, Masters a raison.

Des marmonnements s'élevèrent autour d'eux. Masters prit une chaise et commença à calculer ses gains.

— Ai-je droit à une part de tes profits, Masters, puisqu'ils dépendent de moi ?

— En vérité, ils dépendent de la connaissance que j'ai de toi, et de toute évidence, je te connais très bien.

Il glissa un regard à Mlle Lake avant d'ajouter :

— Tu ne refuserais pas une occasion de passer du temps avec une jolie femme, quel qu'en soit le prétexte. Si tu faisais les présentations ?

Dans un soupir, Jarret s'exécuta.

— Enchanté, mademoiselle Lake, fit Masters avec un sourire enjôleur. C'est un plaisir d'accueillir une si charmante partenaire à notre table.

La jeune femme leva les yeux au ciel.

— Je constate que vous possédez les mêmes manières que lord Jarret, commenta-t-elle d'un ton détaché. Votre mère doit être fière.

— Il ne se comporte pas ainsi avec elle, intervint Jarret en réprimant une envie de rire.

En général, les femmes étaient des proies faciles pour Masters. C'était agréable d'en croiser une qui était insensible à son charme.

— Elle risquerait de se fâcher contre lui, précisa-t-il.

— Ma mère ne sait faire autre chose que se fâcher contre moi, bougonna Masters. Surtout depuis que mon frère a convolé en justes noces.

— Assez bavardé, les interrompit Gabriel. À quoi jouons-nous ?

— *Nous* ne jouons à rien du tout, rectifia Jarret en battant les cartes. Mlle Lake et moi disputons une partie à deux.

— Quels enjeux ?

— Si on te pose la question, tu répondras que tu n'en sais rien, rétorqua Jarret.

— Oh, oh ! Un pari privé, ricana Masters en s'adossant à son siège. Les plus intéressants !

— Évite-nous les réflexions de corps de garde, marmonna Jarret. Mlle Lake est une dame.

— Et je suis assise dans la même pièce que vous, rappela l'intéressée. Si vous avez une insinuation à formuler, monsieur Masters, faites-le en face.

Jarret lui jeta un coup d'œil, surpris par son calme. Puis il remarqua que ses mains, croisées sur la table, tremblaient imperceptiblement.

Parfait. Elle n'était pas aussi sûre d'elle qu'elle feignait de l'être. Peut-être, si l'occasion se présentait de nouveau, y réfléchirait-elle à deux fois avant de se lancer dans une aventure aussi déraisonnable.

— Ce n'était pas une insinuation, répondit Masters dont le regard passa de Jarret à Mlle Lake. Juste une observation.

— Alors je te conseille d'aller faire tes observations ailleurs, déclara Jarret. Et puisque cette partie est privée, vous n'avez aucune raison de vous attarder, tous autant que vous êtes.

Gabriel s'esclaffa.

— Pas question de m'en aller, mon vieux ! La soirée ne fait que commencer.

— Quant à moi, renchérit Masters, je ne manquerais le spectacle pour rien au monde.

— À votre guise, riposta Jarret – au moins, il aurait essayé de se débarrasser d'eux.

Il posa le paquet pour que Mlle Lake le coupe et chacun prit une carte. Comme c'était elle qui l'emportait, il le lui tendit pour qu'elle procède à la distribution.

Masters se retourna pour s'adresser aux hommes rassemblés derrière lui.

— Je parie cinq contre un que la demoiselle bat lord Jarret.

Tout le monde misa contre lui. Manifestement, personne ne croyait que la jeune femme avait la moindre chance de gagner.

— Tu paries sur mon échec, Masters ? s'étonna Jarret.

— Tu as gagné toute la soirée. Il faut bien que la chance tourne un peu !

— Tant pis pour toi, répliqua Jarret.

Avisant Pinter, adossé à un pilier, les bras croisés, il lui lança :

— Si vous désapprouvez, Pinter, rien ne vous oblige à rester.

— Vous avez dit en arrivant que vous souhaitiez me parler de quelque chose, milord, lui rappela le détective.

Bon sang, il avait complètement oublié !

— Je me ferai donc un plaisir d'attendre. Et d'observer, ajouta-t-il avec un regard à Mlle Lake.

— Je vois, railla Gabriel. Pinter est un galant homme. Il ne prendrait pas le risque de laisser une dame seule avec nous de peur que l'un d'entre nous ne l'enlève pour l'emmener dans son antre.

— Oh ? fit Mlle Lake en arquant un sourcil. C'est donc une habitude chez vous d'enlever les femmes ?

— Seulement le mardi et le vendredi, répondit Masters. Comme nous sommes mercredi, vous êtes en sécurité.

— À moins que vous ne portiez une jarretière bleue, précisa Gabriel. Le mercredi, Masters et moi avons un faible pour cette couleur. Vos jarretières sont-elles bleues, mademoiselle Lake ?

— Seulement le lundi et le jeudi, répliqua-t-elle.

Elle distribua treize cartes à chacun d'eux, puis reposa le paquet et retourna celle du dessus.

— Désolée, messieurs, vous devrez enlever quelqu'un d'autre.

— Les jarretières de Mlle Lake ne vous regardent en rien, les avertit Jarret. Je vous suggère de vous en souvenir, ou je vous mets moi-même à la porte.

Il croisa le regard de Masters et se raidit. Ce dernier lisait un peu trop aisément en lui – sans doute parce qu'il ne le voyait jamais se montrer protecteur avec les femmes excepté ses sœurs. Cela dit, il fréquentait rarement des femmes respectables.

Ignorant son ami, il se concentra sur son jeu, qui était catastrophique. En d'autres circonstances, il aurait soupçonné Mlle Lake de tricher, mais il savait repérer les tricheurs à dix lieues à la ronde. Et Mlle Lake était honnête.

— Je me demande si cet enjeu a un rapport avec l'ultimatum de Mme Plumtree, dit Masters d'un ton songeur.

— L'ultimatum ? répéta Mlle Lake.

Maudissant Masters, Jarret commença à jouer et prit des cartes de la pioche pour remplacer celles qu'il avait posées.

— Mme Plumtree a annoncé à ses petits-enfants qu'ils devaient tous être mariés avant la fin du mois de janvier, faute de quoi ils seraient déshérités, expliqua Giles. Avez-vous accepté d'épouser Jarret s'il gagne cette partie, mademoiselle Lake ?

— Certainement pas !

Elle n'était pas obligée de répondre d'un ton aussi ferme, pensa Jarret, agacé.

Les yeux de Masters pétillèrent d'amusement.

— De plus en plus intéressant ! D'habitude, les dames tombent dans les bras de notre ami. Qu'est-ce qui ne vous plaît pas chez lui, dites-moi ?

— Je ne le connais pas assez pour qu'il me plaise ou me déplaise, répondit Mlle Lake d'un air guindé. Par conséquent, des fiançailles seraient prématurées.

— Comme la plupart des femmes, Mlle Lake rêve sans doute d'un mariage d'amour, commenta Jarret. Jamais elle n'épouserait un homme sur un pari.

— Curieux que vous présumiez connaître mon opinion sur le sujet, monsieur, dans la mesure où nous venons à peine de nous rencontrer ? Peut-être est-ce vous qui lisez dans les esprits et non votre ami ici présent.

L'impertinente !

— Priez pour que je n'en sois pas capable, rétorqua-t-il en déposant son valet de trèfle, ou vous perdrez cette partie en moins de temps qu'il n'en faut pour le dire.

— Je sais déjà que c'est le cas, rétorqua-t-elle.

Avec un sourire suffisant, elle recouvrit sa carte d'un roi de trèfle et ajouta :

— Parce que je viens de gagner cette manche.

Normal, songea Jarret. Avec le jeu qu'il avait, personne ne l'aurait emporté. Mais la chance de la jeune femme n'allait pas durer.

Tandis qu'il rassemblait les cartes pour les battre, Masters demanda :

— A-t-elle gagné la partie ?

— Non, répondit Jarret. Il faut en remporter deux sur trois.

— Et votre pari n'a vraiment rien à voir avec l'ultimatum de Mme Plumtree ?

— Si vous me l'aviez demandé à moi, intervint Gabriel, je vous aurais répondu que non. Jarret a déjà négocié ce point. Notre grand-mère l'a exempté de mariage s'il acceptait de diriger la brasserie pendant un an. Après quoi, il pourra redevenir le roi des cercles de jeu.

Jarret fronça les sourcils. Cela lui semblait soudain bien irresponsable. Non pas qu'il s'en souciât. Les responsabilités étaient une source d'ennuis et de soucis. Mieux valait s'en passer que d'en payer le prix.

— Donc, diriger cette entreprise n'est pour vous qu'une distraction, résuma Mlle Lake d'un ton désapprobateur.

— Ce n'est pas une distraction, répliqua Jarret, qui sentait le regard lourd de reproches de la jeune femme peser sur lui. C'est une situation temporaire. Je tiens la barre jusqu'à ce que le capitaine revienne, si l'on veut.

— Mais vous n'avez pas personnellement intérêt à ce que la brasserie prospère, observa-t-elle sans dissimuler son mépris.

Jarret croisa son regard.

— C'est précisément *parce que* je veux que la brasserie prospère que votre folle proposition si risquée ne me plaît pas.

Ils commencèrent à jouer. Jarret fit d'emblée trois plis.

— Quelle folle proposition ? demanda Gabriel.

Mlle Lake arrangea ses cartes.

— Mon frère dirige une brasserie à Burton. Nous aimerions unir nos intérêts à ceux de votre famille dans un projet qui bénéficierait aux deux parties.

— C'est du moins ce qu'elle affirme, rectifia Jarret.

— Alors c'est un pari purement professionnel ? fit Masters, visiblement déçu. Ce n'est pas drôle. Et si Mlle Lake joue pour obtenir ta coopération, Jarret, pour quoi joues-tu ?

— La brasserie de son frère ! s'écria Gabriel. Cela ne peut être que ça !

— Ne dites pas de sottises, répliqua la jeune femme. Si je possédais l'entreprise familiale, je n'aurais pas besoin de l'aide de la maison Plumtree. Et je ne serais pas en train de jouer aux cartes la coopération de lord Jarret. Qui serait assez stupide pour faire une chose pareille ?

— Vous seriez surprise, dit Jarret. Certains seraient prêts à parier n'importe quoi.

— *Certaines* aussi, précisa Masters en dévisageant Mlle Lake avec curiosité.

— Alors si Mlle Lake ne joue pas la brasserie de son frère, que joue-t-elle ? insista Gabriel.

Jarret lui jeta un regard furibond. Gabriel tressaillit, puis jeta un regard intrigué à la jeune femme.

Elle était rouge comme une pivoine. Elle dissimulait mal ses émotions, songea Jarret. Et, inexplicablement, il détestait l'idée que ses amis s'interrogent à son sujet.

— Mlle Lake a parié sa bague, mentit-il.

Elle lui adressa un regard reconnaissant.

— Elle a une grande valeur, renchérit-elle.

— Ah ! dit Masters en échangeant un regard entendu avec Gabriel. Une bague. Bien sûr.

Tous deux savaient que Jarret préférait jouer de l'argent et n'acceptait jamais de bijoux. Et s'il se fiait à l'intérêt que la jeune femme suscitait chez eux, ils avaient à l'évidence deviné ce qu'il avait exigé d'elle.

Jarret serra les dents. Jamais il n'aurait dû accepter ce pari. Il aurait dû sermonner cette inconsciente et la ramener là où elle demeurait à Londres.

Alors pourquoi avait-il cédé ?

Parce qu'il n'avait pas cru un instant qu'elle irait jusqu'au bout. Parce qu'elle avait le don de le mettre hors de lui. Et qu'elle rayonnait d'une sensualité saine et naturelle qui éveillait en lui de puissants appétits.

Tout ceci était de la folie. Rien de bon ne pouvait en sortir. Tant pis, songea-t-il, le sort en était jeté. Au moins, il l'aurait mise dans son lit.

Gabriel évalua la jeune femme du regard avant de demander :

— Êtes-vous venue seule à Londres, mademoiselle Lake ?

— Bien sûr que non. Je suis avec ma belle-sœur et mon… neveu.

Était-ce le fruit de son imagination ou avait-elle marqué une imperceptible hésitation avant ce dernier mot ? Aussitôt, Jarret en soupçonna la raison.

— Quel âge a ce jeune homme ? s'enquit-il.

— Je ne vois pas le rapport avec le sujet, répondit-elle en baissant les yeux sur ses cartes.

— S'il est censé être votre seule escorte masculine, c'est au contraire une question pertinente, riposta Jarret. Quel âge a-t-il ? Cinq ans ?

— Douze, répondit-elle.

— Douze ans ! s'exclama Masters. Vous ne pouvez pas vous promener dans Londres avec un gamin pour seule escorte. Comment votre frère a-t-il pu accepter cela ?

— Hugh est malade. Il n'avait pas le choix.

Jarret arqua un sourcil.

— Le lui avez-vous donné ?

— Pas exactement, marmonna-t-elle en abattant une carte sur la table.

Gabriel siffla entre ses dents.

— Si tu n'as pas l'intention d'épouser mademoiselle, Jarret, il faut que quelqu'un s'en charge. Elle a besoin d'un mari pour veiller sur elle.

— C'est exactement ce que je lui ai dit, grommela Jarret.

— Non, vous avez dit qu'il fallait que quelqu'un me surveille de près, rectifia-t-elle. Ce n'est pas tout à fait la même chose. Vous êtes sans doute de ces hommes qui considèrent les femmes comme des animaux de compagnie que l'on garde en cage et promène à l'occasion.

Une lueur de malice passa dans le regard de Masters.

— Entre nous, Jarret, c'est exactement l'opinion que tu as du beau sexe.

Puis, se penchant vers Mlle Lake, il ajouta :

— Soyez assurée, mademoiselle, que pour ma part, jamais je ne dirais une telle chose à une dame.

Alors même que Jarret laissait échapper un ricanement, Mlle Lake répliqua :

— Uniquement pour vous faire bien voir de la dame en question, j'imagine.

— Tel est pris qui croyait prendre, Masters ! s'exclama Gabriel. Méfie-toi, Mlle Lake semble lire dans les esprits.

— Faux, intervint Jarret. Si c'était le cas, elle ne ferait pas d'extrapolations fantaisistes sur mon opinion au sujet des femmes.

Il jeta un regard à sa partenaire, puis déclara :

— Apparemment, je ne suis pas le seul à formuler des suppositions sur quelqu'un que je connais à peine.

— Mes suppositions, monsieur, sont fondées sur vos déclarations. Si vous considérez qu'une femme a besoin qu'on la surveille de près, cela implique qu'elle est incapable de veiller sur elle-même. C'est tout bonnement insultant.

— Loin de moi une telle intention. Je faisais juste remarquer qu'une dame ne peut pas se comporter de la même façon à la ville qu'à la campagne. Et que si elle ne le comprend pas, mieux vaut que quelqu'un l'escorte.

— La campagne ? Il y a presque sept mille habitants, à Burton.

Tous s'esclaffèrent. Comme elle se renfrognait, Gabriel déclara :

— Pardonnez-moi, mademoiselle, mais Londres en compte plus d'un million.

— Je sais, mais cela ne fait pas pour autant de Burton un village.

— Disons qu'en comparaison... commença Jarret.

— Je vous assure, monsieur, coupa-t-elle, que nous avons aussi notre lot de vice et de violence. Il n'y a qu'une différence d'échelle.

Elle s'était exprimée d'un ton si amer qu'il ne put s'empêcher de s'interroger. Avait-elle souffert personnellement de ce lot de vice et de violence ? Quelque vaurien avait-il abusé d'elle ? Et, question subsidiaire, pourquoi cette possibilité le mettait-il tellement en colère ?

— Quoi qu'il en soit, poursuivit-elle, je suis tout à fait consciente qu'une femme doit être prudente à Londres.

Elle lui décocha un regard hautain.

— Je n'avais certes pas prévu de passer la soirée avec trois épouvantables libertins persuadés que j'ai besoin d'un mari pour me protéger de *leurs* semblables.

Masters éclata de rire.

— Un point pour Mlle Lake, dit-il.

— Ne l'encourage pas, maugréa Jarret.

Masters était peut-être un « épouvantable libertin », mais pas lui. Il était un libertin *insouciant*. Par conséquent, il refusait de se sentir responsable de la réputation de l'elfe à la langue bien pendue assis en face de lui, qui avait accepté le scandaleux gage qu'il lui avait proposé dans l'espoir de la faire fuir.

Ils achevèrent le deuxième jeu. Pour le plus grand agacement de Jarret, ils étaient à égalité puisque chacun avait emporté treize levées. Le tour suivant se conclut de la même façon.

Même s'il lui en coûtait, il devait admettre qu'elle jouait mieux qu'il ne s'y attendait. Certes, le whist à deux ne requérait pas un grand sens stratégique, mais il fallait rester sur ses gardes. Elle avait joué certaines levées avec une grande habileté. Pour tout dire, il était impressionné.

Et très ennuyé. Car ce soir, il n'avait pas le droit de perdre.

Ramassant les cartes qu'elle venait de lui distribuer, Jarret souleva la première carte sur la pioche. Atout carreau. Ah ! Il allait voir comment elle se débrouillait lorsque c'était lui qui avait de la chance.

— Eh bien, Lord Jarret, s'enquit-elle en posant une carte, quelle est donc votre opinion sur les femmes ?

— Oh-oh ! fit Masters, hilare. Tu es dans le pétrin, mon garçon.

— Pourquoi cela ? voulut savoir Mlle Lake.

Ce fut Gabriel qui répondit, après avoir éclaté de rire :

— Parce qu'aucun homme ne peut répondre à une telle question sans décevoir une femme. Toute tentative est vouée à l'échec.

— Et vous, monsieur Pinter, demanda Mlle Lake, quelle est votre opinion ?

Une expression affolée se peignit sur le visage du détective.

— Désolé, mademoiselle, mais je n'ai absolument aucune opinion sur la gent féminine.

Jarret prit une carte à son tour. Quelle bande de couards !

— Je vais vous dire ce que je pense des femmes.

Il songea à sa grand-mère, qui avait la manie de se mêler des affaires des autres. À sa mère, qui avait commis un acte irréparable. Et une vague de colère le submergea soudain.

— Les femmes ne sont jamais plus heureuses que lorsqu'elles sèment la pagaille dans la vie de leurs proches.

Un silence abasourdi tomba sur la tablée. En vérité, il semblait même que toute la salle, muette de stupeur, observait Mlle Lake dans l'attente de sa réaction.

À sa grande surprise, elle éclata de rire.

— Eh bien, nous avons plus en commun que je ne le croyais, car c'est exactement ce que je pense des hommes.

— Vraiment ?

Il la laissa remporter quelques plis pour se débarrasser de cartes sans valeur.

— Qui est le malheureux à qui vous devez une si piètre opinion de la gent masculine ?

— D'où tenez-vous qu'il n'y en a qu'un ? rétorqua-t-elle en dardant sur lui un regard dédaigneux. Une femme vous aurait-elle brisé le cœur pour que vous ayez une vision aussi amère de toutes les autres ?

À présent, la pioche était vide. Mlle Lake joua un as. Jarret coupa, le sourire aux lèvres. Il avait assez de carreaux dans son jeu pour mener, et suffisamment de figures pour conserver son avance jusqu'à la fin de la partie. Cette fois, il n'y aurait pas égalité.

— Aucune femme ne m'a brisé le cœur. Et aucune ne le fera jamais.

— Jarret n'en a jamais laissé une s'approcher assez près de lui, ne serait-ce que pour lui en voler un tout petit morceau, railla Gabriel.

Pourquoi aurait-il fait cela ? Une femme essaierait de le changer et il ne le tolérerait pas. Sa vie s'était déroulée sans heurts jusqu'à ce que sa grand-mère commence ses machinations. Mais une fois l'année achevée, tout rentrerait dans l'ordre.

Certes, il lui arrivait de ressentir une certaine solitude et de se lasser de ses nuits blanches autour d'une table de jeu. Toutefois, c'était le seul endroit où il se sentait à l'aise. Le seul endroit qu'il connaissait et dont il était sûr.

Il déposa une série de cartes, obligeant son adversaire à jouer tous ses atouts, ravi de la voir pâlir à mesure qu'elle comprenait qu'elle ne gagnerait pas cette manche.

— Je vous retourne la question, mademoiselle Lake. Est-ce parce qu'un homme vous a brisé le cœur que vous êtes toujours célibataire ?

— Je ne me suis pas mariée parce que je n'en vois pas l'utilité. Et ce n'est pas vos amis et vous qui me convaincrez du contraire.

— Ma foi, vous n'avez pas de souci à vous faire sur ce point.

Ramassant le dernier pli, il lui décocha un sourire de triomphe et ajouta :

— Parce que je viens de remporter cette manche. Nous sommes à égalité et je suis bien près de gagner la partie.

— Pas plus près que moi, répliqua-t-elle en rassemblant les cartes. À moi de distribuer. Je vais essayer de ne pas être aussi généreuse envers vous que vous l'avez été vous-même.

— Insinueriez-vous que j'ai triché ?

— En aucun cas, répondit-elle en rougissant. Je voulais juste dire que j'espérais avoir autant de chance que vous.

Elle avait parlé d'un ton si penaud que Jarret ne put retenir un sourire.

— Sentiriez-vous la défaite approcher, mademoiselle Lake ?

— Admettez que vous avez eu une main particulièrement chanceuse, cette fois.

Jarret haussa les épaules.

— Un mauvais joueur peut perdre avec d'excellentes cartes. Et un bon joueur gagner avec une distribution médiocre.

— Avez-vous fini de philosopher, tous les deux ? intervint Masters. Nous voulons savoir qui va gagner, pas écouter une conférence sur la dialectique des jeux de cartes.

— Est-il toujours aussi impatient ? demanda la jeune femme, agacée.

— Seulement quand il a lancé un pari absurde.

— Soyez gentille, mademoiselle Lake, battez-le à plate couture, voulez-vous ? demanda Giles. J'ai besoin d'argent. Et cela lui rabattrait un peu son caquet.

— Pourquoi ? fit-elle en battant le jeu. Il ne gagne tout de même pas toujours !

— Si, gémit Gabriel. Bien que sa bonne étoile semble un peu capricieuse depuis quelque temps.

— Pas ce soir, rectifia Jarret en découvrant son jeu.

Cette main n'était pas aussi exceptionnelle que la précédente, mais il pouvait en faire bon usage.

84

Le tour suivant se déroula très rapidement. Chacun des adversaires était silencieux, concentré sur son jeu. Quand il s'avéra qu'ils étaient de nouveau à égalité, les spectateurs émirent un grondement de frustration. La jeune femme poussa le paquet vers Jarret.

— Nous pouvons y passer la nuit, dit-elle.

— Commenceriez-vous à ressentir de la fatigue, mademoiselle Lake ? s'enquit-il, sarcastique, en battant les cartes.

— Pas du tout. Mais reconnaissez que nous sommes de niveau égal.

— Possible, dit-il en procédant à la distribution.

— Sentiriez-*vous* la défaite approcher, lord Jarret ? persifla-t-elle.

— Oui, mais peut-être s'agit-il de la vôtre, répondit-il du tac au tac.

Il regarda son jeu. Tout restait possible. À présent qu'il commençait à comprendre comment elle jouait, il devrait être capable de prévoir sa stratégie.

Cela dit, elle aussi risquait de prévoir la sienne.

En vérité, il appréciait d'avoir enfin un adversaire à sa hauteur. Masters et Gabriel jouaient sans passion. Aucun d'entre eux n'était prêt à fournir l'effort de se rappeler où était chaque carte. Ils préféraient boire et flirter avec les serveuses.

Mlle Lake, elle, était très attentive. Ses parents étant décédés, elle devait jouer avec son frère et sa belle-sœur. Sans doute vivaient-ils ensemble. Ce qui faisait d'elle la tante célibataire.

Quel dommage ! Elle était trop jeune pour être vieille fille – elle ne devait pas avoir plus de vingt-cinq ans. Ce n'était pas une vie !

Certes, Minerva avait vingt-huit ans et semblait heureuse de sa situation, mais Minerva avait ses livres. Qu'avait Mlle Lake ? Rien d'autre qu'une brasserie au bord de la ruine, qui d'ailleurs ne lui appartenait pas et dont son frère devait la tenir aussi éloignée que possible. D'un autre côté, si elle était à Londres, peut-être avait-elle des responsabilités.

Elle posa sa première carte. Jarret s'obligea à se concentrer. Il allait avoir besoin de toute son adresse pour gagner ou, à tout le moins, faire de nouveau jeu égal.

Ils disputèrent plusieurs levées dans un silence total. Ils en étaient à la moitié de la pioche quand Masters demanda :

— Eh bien, Gabriel, puisque Jarret a trouvé le moyen d'échapper au mariage, à vous trois maintenant. As-tu trouvé la femme de ta vie ?

Gabriel se rembrunit.

— Je compte bien attendre le dernier moment.

— Sage précaution, approuva Masters. Et… hum… tes sœurs ? Elles ont fait leur choix ?

Quelque chose dans la voix de Masters alerta Jarret. Quand il leva les yeux, son ami était occupé à inspecter ses ongles avec une nonchalance qui aurait pu le tromper s'il n'avait remarqué ses mâchoires serrées.

Gabriel ne parut pas s'en apercevoir.

— Célia en veut encore à notre grand-mère, et Minerva est furieuse que Jarret s'en sorte à si bon compte. Elle dit qu'elle aussi va trouver une échappatoire, mais je ne vois pas ce qu'elle pourrait faire. Jarret était le seul à avoir les moyens de négocier. Quant aux plans d'Oliver pour faire renoncer grand-maman, ils ont lamentablement échoué.

— Ma foi, si quelqu'un est capable de déjouer la ruse de Mme Plumtree, c'est bien lady Minerva, déclara Masters d'un ton trop prudent pour être honnête.

Jarret se tendit. Au bal de la Saint-Valentin, en voyant ce dernier danser avec Minerva, il s'était demandé s'il y avait anguille sous roche, mais il avait oublié ses soupçons à l'annonce des fiançailles d'Oliver et de Maria.

Masters n'avait pas intérêt à lui jouer ce sale tour. C'était peut-être son meilleur ami, mais c'était aussi un séducteur invétéré. De plus, il avait la mauvaise habitude de disparaître Dieu sait où, parfois plusieurs jours d'affilée. Minerva méritait mieux qu'un époux à temps partiel. Sans les machinations de leur grand-mère, elle ne serait pas obligée de…

— C'est atout cœur, lord Jarret, lui rappela Mlle Lake.

Baissant les yeux, il s'aperçut qu'il avait essayé de lui prendre son valet de carreau avec un cinq de pique. Par tous les diables ! L'idée que Masters tente de séduire sa sœur l'avait déconcentré.

— Bien sûr, acquiesça-t-il, suave, en poussant le pli vers elle.

À présent, il était mal engagé. Cela faisait au moins trois levées qu'il jouait sans réfléchir. Il tenta de se remémorer les cartes qui avaient été utilisées. En vain.

Nom de nom ! Impossible de se souvenir où étaient la dame de trèfle et le dix de cœur. Il ne les avait pas eus en main – cela, il se le rappelait très bien –, mais quelle carte Mlle Lake avait-elle jouée ?

C'étaient les deux derniers plis et ils étaient de nouveau à égalité. Il avait le neuf de cœur et le cinq de trèfle. C'était à lui de jouer. Il était presque certain qu'elle avait le huit de carreau et soit la reine de trèfle, soit le dix de cœur.

Il effectua un rapide calcul. S'il jouait le cinq, toutes les combinaisons possibles se concluraient par un match nul. S'il jouait le neuf de cœur, elle pouvait gagner, il pouvait gagner, ou le pli pouvait s'achever sur un jeu nul, selon la façon dont elle répondrait.

Il devait jouer le cinq, c'était le choix le plus prudent puisque ainsi, il ne pouvait pas perdre. Seulement, il ne pouvait pas non plus gagner. Et si sa prochaine main était mauvaise ? Au moins, en jouant le neuf de cœur, il avait une *chance* de gagner.

Tout dépendrait du fait qu'elle ait gardé l'atout ou la figure. Et s'il se fiait à sa façon de jouer, rien n'était certain.

Jarret prit une profonde inspiration. La prudence n'était pas dans sa nature.

Le cœur lui martelant sourdement la poitrine, il posa le neuf. Mlle Lake lui décocha un regard perplexe. Et joua le dix de cœur.

Jarret fixa les cartes, abasourdi. Il s'était trompé. Et à présent, il allait plonger.

Le dernier pli ne fut qu'une simple formalité. Mlle Lake avait gagné ce maudit tour. Et la partie.

Et son pari.

Enfer et malédiction !

5

Annabel regarda les cartes, incrédule. M. Masters poussa un cri victorieux. Autour d'eux, tous ceux qui avaient parié sur la victoire de lord Jarret émirent des grommellements déçus. Lord Gabriel, qui avait misé sur son frère, laissa échapper un juron.

Quant à son adversaire, il observait le jeu sans la moindre expression.

Ce qui n'avait en soi rien de surprenant – durant toute la partie, il avait arboré un visage impassible, lui interdisant d'anticiper ses stratégies. Lorsque c'était lui qui avait commencé, Annabel avait été certaine que le jeu s'achèverait de nouveau sur une égalité. Elle savait exactement quelles cartes il avait laissées et était persuadée qu'il en avait autant à son service. Ses amis ne s'étaient du reste pas privés de souligner qu'il était célèbre pour sa capacité à mémoriser chaque carte utilisée.

Alors pourquoi avait-il mis le neuf de cœur ? Avait-il supposé qu'elle ne se souviendrait pas des cartes qui avaient été jouées ? Non, cela n'avait aucun sens. Une fois qu'il avait déposé le neuf, elle n'avait eu d'autre choix que de jouer dans la couleur. Ce qui signifiait qu'elle ne pouvait que l'emporter.

L'avait-il *laissée* gagner ? Cela semblait la seule explication logique. Mais pourquoi aurait-il fait cela alors qu'il s'était montré si résolument opposé à son offre ?

Elle ne voyait qu'une seule raison : il n'avait pas envie de la mettre dans son lit.

Elle songea de nouveau à leur discussion. Quand il lui avait fait cette proposition scandaleuse, et qu'elle l'avait acceptée, il avait effectivement paru inquiet de constater que son coup de bluff n'avait pas fonctionné. Or, un homme tel que lui devait être trop fier pour revenir sur un pari.

Avait-il décidé que la seule façon de lui éviter de finir dans son lit était de perdre volontairement ? Dans ce cas, il n'était pas aussi libertin qu'elle le croyait. Ou bien il ne la trouvait pas à son goût, encore que ce n'était pas l'impression qu'il lui avait donnée. Certes, elle n'était plus de première jeunesse, mais elle n'avait pas encore un pied dans la tombe !

Cela dit, s'il avait juste voulu jouer les gentlemen, il lui aurait suffi de refuser qu'elle s'acquitte de sa dette. Ou d'accepter sa bague. Pourquoi ne l'avait-il pas fait ?

Parce qu'elle l'avait bel et bien battu ?

Un lourd silence était tombé sur la salle. Tout le monde semblait attendre que lord Jarret, ou elle, dise quelque chose.

— On dirait que la brasserie Plumtree va s'associer à Lake Ale, lord Jarret, risqua-t-elle.

Il plongea son regard dans le sien. À la lueur des chandelles, ses iris prenaient des nuances vertes d'océan en furie.

— En effet.

Même sa voix ne révélait rien. C'était terriblement déstabilisant.

— Merci d'avoir accepté ce pari, dit-elle. D'avoir accepté de jouer aux cartes avec moi, en premier lieu.

— Tout le plaisir était pour moi.

Ah ! Elle venait de discerner une pointe d'irritation. Il se leva abruptement.

— Où êtes-vous descendue, mademoiselle Lake ?

Prise au dépourvu, elle hésita un instant, puis :

— À *Spur Inn*.

— Dans High Borough Street, c'est cela ?

Comme elle hochait la tête, il attrapa le chapeau et le manteau qu'il avait accrochés à un pilier derrière lui.

— Je vous raccompagne.

— C'est inutile. Je vais prendre un fiacre.

— Il n'en est pas question.

— Je peux la ramener, proposa M. Pinter.

— Non, répondit lord Jarret d'un ton ferme.

Comme l'autre semblait sur le point de protester, il ajouta :

— Mlle Lake et moi avons quelques détails à discuter. En privé.

Annabel se leva, méfiante. Elle avait supposé que cette discussion aurait lieu le lendemain.

— Tu reviens ici ensuite ? s'enquit M. Masters, qui semblait ravi d'avoir gagné son pari. Puisque la chance semble te bouder, j'ai bien l'intention d'en profiter.

— Un vrai charognard, commenta lord Jarret.

— Tu n'as pas fini d'entendre parler de cette soirée, renchérit son ami.

— C'est bien ce qui m'effraie.

S'il était en colère, il le cachait bien.

— Malheureusement, reprit-il, tu devras attendre une autre occasion pour t'amuser à mes dépens. Je reviens discuter avec Pinter, puis je rentre chez moi. Je dois me lever tôt demain. Je pars pour Burton.

Alors qu'Annabel le fixait encore, bouche bée, il contourna la table et lui offrit son bras.

— Allons-y, mademoiselle Lake.

Elle glissa la main au creux de son coude et, dès qu'ils furent dans la rue, lui demanda :

— Comment cela, vous partez pour Burton ? Ce n'est pas nécessaire. Il vous suffit de négocier avec la Compagnie des Indes pour qu'elle assure le transport de notre bière d'octobre et de leur donner les garanties qu'elle exigera.

Il lui décocha un regard froid.

— L'enjeu de notre pari, c'était que je m'engagerais à aider la Lake Ale, pas à fermer les yeux sur ses activités. Je ne mettrai pas en danger les relations de la maison Plumtree avec la Compagnie des Indes tant que je n'en saurai pas plus sur votre brasserie : sa situation, les quantités qui peuvent être raisonnablement fournies, les plans de votre frère pour...

— Vous ne pouvez pas venir à Burton ! l'interrompit-elle.

Il fronça les sourcils.

— Pour quelle raison ?

— Je... parce que... bégaya-t-elle, prise de court. Comment votre entreprise tournera-t-elle en votre absence ?

Dès qu'il verrait Hugh, il comprendrait qu'elle avait inventé sa « maladie » et que son frère n'avait pas vraiment approuvé son projet. Il annulerait leur accord, même s'il avait donné sa parole.

— La brasserie peut se passer de moi quelques jours. Je laisserai des instructions au maître brasseur et à Croft, qui assureront l'intérim jusqu'à mon retour. Ce voyage ne devrait pas me prendre plus de quelques jours, je suppose.

Il la scruta.

— M'avez-vous dissimulé quelque chose ?

Annabel s'obligea à soutenir son regard.

— Bien sûr que non. Je ne voudrais pas vous déranger, voilà tout.

Il émit un petit rire sec.

— C'est un peu tard. Vous souhaitiez mon aide, vous l'avez. Dès que vous serez prêts à partir, je me ferai un plaisir de vous ramener à Burton, votre famille et vous.

Annabel réfléchit rapidement. S'il effectuait le trajet avec eux, elle contrôlerait mieux la situation que s'il arrivait à l'improviste. Toutefois, l'idéal serait qu'il ne vienne pas du tout.

— Pardonnez-moi, monsieur, mais j'ai du mal à vous imaginer dans une malle-poste inconfortable avec ma belle-sœur, mon neveu et moi.

— Moi aussi. Voilà pourquoi nous prendrons la berline familiale.

— Oh, non ! Je ne pourrais pas…

— Mon frère aîné est le seul à l'utiliser et il n'est pas en Angleterre pour le moment.

Tandis qu'ils s'engageaient dans High Borough Street, il la regarda de biais.

— Cela vous permettra d'économiser le trajet du retour.

Les joues d'Annabel la brûlèrent. Elle ne l'aurait avoué pour rien au monde, mais il lui rendrait là un fier service. Ni Sissy ni elle n'avaient imaginé qu'un hébergement à Londres leur coûterait si cher. Il leur restait tout juste de quoi payer leur voyage de retour, et rien pour s'offrir une nuit d'auberge comme elles l'avaient fait à l'aller.

Sans compter qu'elle n'était guère impatiente de se retrouver de nouveau enfermée dans une malle-poste pendant une journée et demie avec un enfant de douze ans surexcité. La proposition de lord Jarret leur permettrait de dormir dans un vrai lit, et même de payer celui de leur bienfaiteur.

Ravalant sa fierté, elle répondit :

— Je vous remercie, c'est très généreux de votre part. Bien entendu, nous prendrons en charge le coût de votre chambre à l'étape.

— Pas question. Puisque je vous impose ma présence, c'est à moi d'assumer les frais. Et comme je vais travailler avec votre frère, il est normal que je fasse la connaissance de votre famille.

Prise de panique, Annabel le regarda.

— Que voulez-vous dire ?

— Nous devons mettre au point le détail de notre association. Si Lake Ale fournit la bière, qui en assurera le transport ? Avez-vous assez de tonneaux ou est-ce à nous de les fournir ? Un contrat tel que celui-ci implique un certain nombre de variables qui doivent être négociées.

Annabel l'observa, surprise une fois de plus par son esprit vif et incisif. Pour un homme qui ne dirigeait une entreprise que temporairement, il se montrait doué. Cela pouvait se révéler utile... ou dangereux.

— N'oubliez pas que mon frère est souffrant, dit-elle. Il ne pourra peut-être pas vous fournir toutes les informations que vous souhaitez.

Il la dévisagea d'un air si pensif qu'elle détourna les yeux, mal à l'aise. Elle ne lui mentait pas vraiment. Hugh était bel et bien malade. D'une certaine façon.

— De quoi votre frère souffre-t-il ? demanda-t-il.

Que répondre à cela ? Si elle disait que son cas était grave, lord Jarret refuserait de les aider de peur que Lake Ale ne fasse faillite. Hugh devait toutefois être assez mal en point pour justifier l'impossibilité pour lord Jarret de lui rendre visite pendant son séjour à Burton.

Elle choisit rester vague.

— Le médecin dit qu'il devrait aller mieux dans quelque temps, à condition de ne pas être perturbé par la marche de la société. Le gérant et moi-même vous donnerons toutes les informations nécessaires.

— On dirait que vous passez beaucoup de temps à la brasserie. Je croyais que vous aviez juste fabriqué cette bière blonde. Je n'avais pas compris que vous dirigiez l'entreprise.

— Hugh étant indisponible, je n'ai pas vraiment le choix.

— Cela s'est passé de la même façon pour ma grand-mère. Mon grand-père est tombé malade et elle lui a apporté son aide. Il lui donnait des conseils depuis son lit.

La voix de lord Jarret s'adoucit quand il poursuivit :

— Quand il est mort, un ami de la famille a proposé de vendre l'entreprise afin que le fruit de la vente aille à ma grand-mère et à ma mère, mais ma grand-mère a préféré rester à la tête de la brasserie. À ce moment-là, elle en savait assez pour se débrouiller seule.

— Votre grand-mère est courageuse.

— Ou folle. C'est ce qu'ont prétendu certains.

— Laissez-moi deviner : des concurrents ?

Il se mit à rire.

— Exactement.

Il avait beau faire, on sentait dans ses paroles le respect qu'il avait pour sa grand-mère. Il n'approuvait peut-être pas ses manigances pour marier ses petits-enfants – ce qu'Annabel comprenait –, il ne l'en admirait pas moins.

— J'ai cru comprendre que vous aviez tous été élevés par Mme Plumtree après… eh bien…

Le visage de lord Jarret se durcit.

— Je vois que les échos du scandale sont parvenus jusqu'à Burton.

Bonté divine, elle n'aurait pas dû évoquer le sujet. Elle devait apparaître terriblement cancanière ! Comme tout le monde, elle avait entendu diverses versions du tragique fait divers. Une où sa mère avait tué son père qu'elle avait pris pour un cambrioleur, avant de retourner l'arme contre elle en découvrant ce qu'elle avait fait. Une autre où son frère aîné avait fait feu sur sa mère alors qu'elle tentait de s'interposer entre son père et lui, puis avait assassiné son père. Aucune des deux ne lui semblait convaincante.

Que s'était-il vraiment passé ? Elle n'osa le lui demander. Du reste, il n'avait manifestement pas envie d'en parler, à en juger par le silence pesant qui était tombé entre eux. Alors qu'elle s'apprêtait à lui offrir des excuses pour son indiscrétion, il reprit :

— Notre grand-mère est devenue notre tutrice quand j'avais treize ans, mais je n'irais pas jusqu'à dire qu'elle nous a élevés.

Son ton était froid, détaché.

— Elle était trop occupée à la brasserie. Nous nous sommes débrouillés seuls, dans l'ensemble.

— Cela explique que vous soyez tous aussi...

— Rebelles ?

Elle tressaillit. Et voilà. Elle avait de nouveau parlé sans réfléchir.

— Indépendants, rectifia-t-elle.

Il laissa échapper un rire un peu tendu.

— C'est une façon délicate de le dire.

Puis, l'observant avec attention, il ajouta :

— Et d'où vient que *vous* soyez « indépendante » ? Votre père vous a-t-il élevé seul ? Est-ce pour cela que vous êtes tellement déterminée à vous occuper de sa brasserie ?

— Non. Ma mère travaillait avec lui. Toutes nos recettes ont été transmises de mère en fille depuis des générations dans sa famille. J'ai juste repris le flambeau.

Elle marqua un silence pensif, puis :

— Un flambeau lourd à porter.

— Cela fait donc un certain temps que vous êtes à la brasserie ?

— J'ai commencé avant le décès de papa. Il y a sept ans.

— Impossible, vous étiez bien trop jeune.

— J'avais vingt-deux ans quand maman est morte et que j'ai pris sa place à la brasserie.

Lord Jarret ouvrit des yeux ronds.

— Alors vous auriez...

— Presque trente ans, oui. Je suis assez vieille.

Il ricana.

— Vous êtes exaspérante, et l'une des femmes les plus effrontées que j'aie jamais connues, mais vous êtes loin d'être vieille.

Elle se mordit la lèvre pour réprimer un sourire. C'était peut-être ridicule, mais elle ne pouvait s'empêcher d'être flattée qu'il ne la considère pas comme une vieille fille, contrairement à la plupart des hommes de Burton.

Ils continuèrent de marcher en silence. Dans ces rues animées, ce n'était guère difficile. High Borough Street était connue pour ses nombreux pubs et auberges où l'on se bousculait jusque tard dans la nuit. Elle n'était pas mécontente, finalement, qu'il ait insisté pour la raccompagner. Auprès de lui, elle se sentait en sécurité.

Même s'il lui en coûtait de l'admettre, il avait eu raison à propos de la différence entre Londres et Burton. Dans Burton, elle pouvait se déplacer en toute liberté, en particulier parce que sa famille était connue. Elle n'avait jamais eu besoin de se faire escorter par un valet. Elle était toujours en sécurité tant qu'elle évitait le quartier mal famé de la ville.

Ici, en revanche... Londres semblait avoir quantité de quartiers mal famés ! Elle n'aurait certes pas couru grand risque dans un fiacre, mais un voleur déterminé pouvait y entrer de force.

Ils longèrent la brasserie Plumtree, paisible à cette heure où seule l'équipe de nuit s'activait, et parvinrent en vue de *Spur Inn*. Annabel avait choisi cette auberge parce qu'elle était proche de la brasserie et pratiquait des tarifs modiques, mais à présent, elle le regrettait. La foule qui se pressait dans la salle était particulièrement bruyante. Jamais elle ne trouverait le sommeil.

Lord Jarret ouvrit la porte et s'effaça pour la laisser entrer.

— Je vous accompagne jusqu'à votre chambre. Ce n'est pas un endroit sûr pour une femme seule.

— Merci, milord, murmura-t-elle tandis qu'ils gravissaient l'étroit escalier.

— Dans la mesure où vous aviez accepté de passer une nuit dans mon lit si je gagnais, vous n'êtes peut-être plus obligée de m'appeler milord, observa-t-il à mi-voix.

Les joues en feu, Annabel s'avisa soudain qu'ils étaient pratiquement seuls. Elle n'avait toujours pas résolu ce dilemme : lui avait-il proposé ce gage pour la faire fuir ou parce qu'il la désirait ? Et si la dernière hypothèse était la bonne, pourquoi l'avoir laissée gagner ?

S'ils devaient passer les deux journées à venir enfermés dans une berline, elle devait savoir s'il était un gentleman ou un séducteur.

— À ce sujet, lord Jarret…

— Jarret, la corrigea-t-il.

— Jarret.

Elle frissonna. L'appeler par son prénom lui semblait si intime.

— Je me demandais…

Oh, bonté divine ! Comment formuler une telle question ?

— Oui ? l'encouragea-t-il.

Ils avaient atteint le palier, qui était désert. Annabel se félicita d'avoir accepté qu'il l'accompagne, car la chambre qu'elle partageait avec Sissy et Geordie se trouvait tout au bout d'un couloir plongé dans l'ombre.

Ils s'arrêtèrent devant la porte de sa chambre et elle s'obligea à le regarder dans les yeux.

— M'avez-vous laissé gagner ?

— Pourquoi aurais-je fait cela ?

— Parce que vous n'êtes pas aussi libertin que vous voudriez le faire croire. Parce que vous êtes un gentleman.

— Je ne le suis pas à ce point.

— Un gentleman n'obligerait pas une dame à partager son lit à cause d'un pari, répliqua-t-elle en baissant la voix.

— Dans ce cas, pourquoi aurais-je proposé un tel gage ?

— Pour m'effrayer. Et comme vous n'y avez pas réussi, vous avez dû trouver un moyen de faire marche arrière.

Il fronça les sourcils.

— J'aurais pu ne pas vous demander d'honorer votre promesse, tout simplement, répondit-il d'une voix où perçait une pointe d'irritation.

— J'y ai pensé, mais cela aurait fait de moi votre obligée et peut-être avez-vous pensé que cela me serait intolérable. Me laisser gagner était la seule façon d'agir en gentleman.

— Je ne vous ai *pas* laissée gagner, articula-t-il sèchement.

— C'est juste que... vous n'aviez aucune raison de perdre. Je vous ai regardé jouer. Vous ne pouviez ignorer que j'avais le dix de...

— Vous allez m'obliger à le reconnaître, n'est-ce pas ?

Il s'avança, la forçant à reculer jusqu'à ce qu'elle heurte le mur derrière elle. Posant les mains de chaque côté de ses épaules, il se pencha vers elle et reprit dans un grondement :

— Vous avez gagné de la façon la plus légitime et la moins contestable qui soit, grâce à la supériorité de votre jeu. Là, vous êtes contente ?

— Non. Je refuse de croire qu'un homme aussi doué que vous avec les cartes ait pu...

Sans la laisser finir, il s'empara de ses lèvres. Les siennes étaient tièdes, avec un léger goût de houblon, et d'une douceur inattendue. Il ne faisait qu'effleurer sa bouche, mais cela suffit à réveiller en elle des désirs longtemps réprimés.

C'était comme de boire une longue gorgée de bière l'estomac vide – la soudaine vague de chaleur, le vertige, le picotement qui se déployait dans tout le corps... Les senteurs de savon, de lainage fin et d'*homme* qui émanaient de lui la grisaient – elle n'avait pas été aussi proche d'un homme depuis des années. Elle avait oublié combien c'était bon.

Il pressait ses lèvres sur les siennes avec sensualité. Oubliant toute retenue, elle les entrouvrit. Il tressaillit, comme s'il était surpris, puis plongea la langue dans sa bouche tout en se plaquant contre elle. Elle sentait avec acuité chaque centimètre carré de son corps, depuis son torse musclé qui lui écrasait les seins jusqu'au renflement qui durcissait à toute allure au bas de son ventre.

Nullement intimidée par l'évidence de son désir, elle noua les bras autour de son cou et se hissa sur la pointe des pieds afin de mieux s'offrir à son baiser. Il la prit par la taille et l'attira entre ses cuisses sans cesser de l'embrasser.

Le temps s'était arrêté. Rien d'autre n'existait que cet homme qu'elle connaissait à peine, qui avait pris possession de ses lèvres comme s'il en était le propriétaire légitime. Ses grandes mains se resserrèrent sur sa taille et ses pouces se firent caressants tandis que sa langue se mêlait à la sienne, explorait sa bouche avec fièvre, faisant naître en elle un tourbillon de sensations. Elle n'était plus que désir brûlant, attente, impatience.

Seigneur ! Cela faisait si longtemps qu'elle n'avait pas ressenti un tel désir.

À cet instant, quelqu'un fit tomber un objet dans une chambre voisine. Aussitôt, lord Jarret s'arracha à sa bouche et se redressa, sur le qui-vive. Ils demeurèrent immobiles, le souffle court, les yeux dans les yeux.

À quoi diable avait-elle pensé ? Elle l'avait laissé l'embrasser. Pire, elle avait répondu à son baiser !

Elle n'avait fait l'amour avec Rupert qu'une seule fois, mais il l'avait bien souvent embrassée. Ils étaient si jeunes, si innocents, tellement épris l'un de l'autre. Jamais elle n'avait oublié les plaisirs qu'il lui avait fait découvrir. Et voilà que lord Jarret venait de faire voler en éclats treize années d'une existence vertueuse. Sans qu'elle fasse rien pour l'en empêcher.

N'avait-elle donc pas retenu la leçon du passé ? Encourager de tels comportements ne pouvait apporter que des ennuis à une femme comme elle. Surtout si l'homme en question était connu pour ses mœurs dissipées. Les fils de marquis n'épousaient pas les vieilles filles de Burton. Ils les mettaient dans leur lit. N'avait-il pas été parfaitement clair à ce sujet ?

Il se pencha de nouveau sur elle.

— Croyez-moi, Annabel, je ne suis pas à ce point un gentleman.

Il avait prononcé son prénom avec d'une voix si rauque de désir que son pouls s'emballa.

— Je ne vous ai pas laissée gagner. J'ai joué le neuf de cœur parce que j'étais distrait et que je n'ai pas remarqué que vous n'aviez pas mis le dix. Je n'avais nullement l'intention de vous libérer de votre engagement.

Son regard étincela dans la pénombre, s'attarda sur sa bouche.

— Si vous vous imaginez que je suis un brave type que vous pourrez ensorceler avec quelques jolis sourires, empressez-vous de chasser cette idée. Et si je ne vous ai pas encore convaincue, réfléchissez-y à deux fois quand vous serez de nouveau tentée de m'offrir votre corps en gage. Parce que ce jour-là, je ferai en sorte de gagner. Et je réclamerai mon dû.

Les joues d'Annabel s'enflammèrent, mais elle n'aurait su dire si c'était de honte ou d'excitation.

— Ne vous inquiétez pas, milord…

« Ne montre aucune faiblesse, lui souffla une petite voix, ou il ne fera qu'une bouchée de toi. »

— … je n'ai plus de raison de vous défier aux cartes puisque j'ai obtenu ce que je voulais de vous.

Il se raidit tandis qu'un sourire glacial étirait ses lèvres.

— Faites attention, mademoiselle Lake. D'autres avant vous ont cru avoir obtenu ce qu'ils voulaient de moi. Avant de s'apercevoir que c'était moi qui avais obtenu ce que je voulais d'eux. Vous jouez dans la cour des grands, à présent. Nous ne sommes pas aussi faciles à manœuvrer que votre frère.

Il marqua une pause, sans doute pour s'assurer qu'elle avait bien compris le message. Puis il se redressa et son expression se fit de nouveau indéchiffrable.

— Je dois rendre visite à ma grand-mère demain matin mais j'aurai fini avant midi. Nous partirons pour Burton ensuite.

Il toucha son chapeau pour la saluer.

— À demain… Annabel.

Muette de stupeur, elle le regarda pivoter sur ses talons et s'éloigner. Une fois qu'il eut disparu, elle demeura adossée au mur, les jambes flageolantes et les mains moites.

L'arrogant personnage ! *La cour des grands*, vraiment ? Comment pouvait-il être aussi sûr de lui, aussi suffisant ! Il la mettait hors d'elle comme aucun des hommes de la brasserie n'y était parvenu durant toutes ces années où elle s'était battue pour être acceptée parmi eux.

102

Et cette menace qu'il avait proférée – *réclamer son dû*… Elle n'était pas aussi stupide qu'il le croyait. C'était lui qui avait proposé ce pari indécent, pas elle ! Elle n'avait accepté que parce que c'était là sa dernière chance de sauver Lake Ale. S'imaginait-il vraiment qu'elle se laisserait de nouveau prendre à ce piège ?

Oui, bien sûr. Il était probablement persuadé d'être tellement irrésistible qu'il pouvait faire de n'importe quelle femme sa maîtresse. D'ailleurs n'en avait-il pas déjà une, qu'il allait voir chaque fois que le besoin s'en faisait sentir ? Cette pensée la hérissait, mais uniquement parce qu'elle détestait l'idée de n'être que l'une des nombreuses femmes dont il avait profité pour… pour *cela*.

Manifestement, les femmes n'étaient pour lui que des créatures destinées à assouvir ses besoins charnels. Certes, elle comprenait pourquoi la plupart d'entre elles se jetaient si volontiers dans ses bras. Cet homme savait embrasser, c'était indéniable. Et elle imaginait sans peine à quel point il devait être habile pour le reste.

Des images oubliées depuis longtemps affluèrent à son esprit – deux corps enlacés, des mains avides sur des peaux nues, l'irrésistible montée du désir…

Maudit soit cet homme ! Il lui avait fallu des années pour réussir à enfermer à double tour ces souvenirs, ces espoirs, ces élans, et voilà que d'un simple baiser il les avait libérés. Elle ne le tolérerait pas.

S'efforçant d'ignorer l'inavouable chaleur qui l'embrasait, elle prit sa clef dans la poche de sa cape et ouvrit la porte.

En entrant, elle aperçut le fruit de son amour de jeunesse endormi sur un matelas à même le sol. Geordie avait repoussé sa couverture, qui gisait à présent par terre, et sa chemise de nuit était entortillée autour de ses jambes minces.

Le cœur d'Annabel se serra. À pas de loup, pour ne pas réveiller Sissy qui somnolait dans un fauteuil, elle alla recouvrir son fils, qui marmonna dans son sommeil en réponse.

S'était-il jamais demandé pourquoi sa « tante » venait l'embrasser chaque soir, en même temps que sa mère, pour lui souhaiter bonne nuit ? s'interrogea-t-elle, les yeux embués de larmes. Ou pour quelle raison elle s'intéressait de si près à son avenir ? Se souciait-il seulement de ce qu'elle éprouvait pour lui ? N'aimait-il que sa « mère » ?

Cette idée la poinait tellement qu'elle préféra ne pas s'y attarder. Quelquefois, lorsqu'elle le regardait, elle avait l'impression de contempler un château de conte de fées, au loin sur une montagne. Il était à elle sans l'être vraiment. Serait-il un jour réellement son enfant ? En lui révélant la vérité n'allait-elle pas le faire fuir ?

Une mèche brune lui couvrait le visage, mais Annabel résista à l'envie de l'écarter de peur de le réveiller. Il semblait si paisible dans son sommeil…

— Tu es rentrée, dit une voix douce.

Levant les yeux, elle vit Sissy qui s'étirait.

— Oui.

— Tu as parlé avec Mme Plumtree ?

— Pas exactement, mais j'ai convaincu lord Jarret de nous aider.

Sissy sourit.

— Vraiment ! C'est merveilleux.

Le souffle régulier de Geordie s'interrompit et l'enfant se retourna.

— Je savais que tu en étais capable, déclara Sissy un ton plus bas.

— Seulement, il y a un *hic*.

En quelques mots, Annabel expliqua que lord Jarret s'était mis en tête de se rendre à Burton avec elles et lui en donna les raisons.

— Bonté divine, murmura Sissy. Que se passera-t-il s'il voit Hugh dans une de ses… enfin…

— Nous devrons faire en sorte que cela n'arrive pas. Je compte sur ton aide.

— Bien entendu.

— Et il faut empêcher Geordie de révéler quoi que ce soit. En vérité, j'ignore ce qu'il pourrait dire – je ne suis même pas certaine qu'il ait compris quel était le problème de Hugh. Il suffira de veiller à ce qu'il prétende, comme nous, qu'il est malade.

— Je lui parlerai demain matin. Ne t'inquiète pas, je ne laisserai ni Hugh ni Geordie tout faire échouer.

Sissy s'adossa de nouveau à son fauteuil.

— Et maintenant raconte-moi tout. Comment es-tu parvenue à faire changer d'avis lord Jarret ?

Annabel soupira. Sa belle-sœur voulait toujours tout savoir et, en général, elle était heureuse de la renseigner, mais ce soir, une version censurée s'imposait.

Elle avait attiré l'opprobre sur sa famille autrefois par son comportement scandaleux. Elle ne laisserait pas Sissy penser qu'elle pouvait recommencer.

6

Jarret descendit High Borough Street au pas de charge dans l'espoir d'apaiser la rage qu'Annabel Lake avait éveillée en lui. Ah, elle avait obtenu ce qu'elle voulait de lui ? Il avait bien envie de lui montrer ce qu'*il* voulait d'*elle* !

Certes, jamais elle ne lui aurait dit cela s'il ne lui avait pas montré qu'il la désirait. Avait-il perdu la tête ? Après avoir parié l'honneur de la jeune femme, voilà qu'il l'avait traitée sans le moindre égard dans une auberge miteuse. Et si quelqu'un les avait surpris ? Si, Dieu l'en préserve, sa belle-sœur avait ouvert la porte ?

Il s'était laissé gouverner par ses sens comme un collégien excité. D'un autre côté, cette femme possédait un talent rare pour lui faire perdre tout contrôle.

Oh, elle était jolie ! Mais elle n'était pas la seule. En revanche, elle était la seule capable d'entrer dans une taverne pleine d'hommes pour sauver une entreprise familiale en péril. La seule à oser le défier aux cartes… et à le battre.

Ces absurdes suppositions qu'elle avait émises concernant l'issue de la partie l'avaient mis en rage. Après ce qui s'était passé, il avait l'espoir qu'elle se montrerait un peu raisonnable. Or au lieu d'admettre qu'elle avait été à deux doigts de ruiner sa réputation, elle l'avait soupçonné de l'avoir laissée gagner.

Elle le rendait fou. Fou à lier ! Était-elle seulement consciente de la tentation qu'elle représentait pour un homme peu scrupuleux ? Elle n'avait aucun sens du danger ! Comment pouvait-elle être aussi naïve à son âge ? Presque trente ans ? Jamais il ne l'aurait deviné… Elle était aussi fraîche et éclatante qu'un bouquet de printemps. *Vieille*, franchement !

Et qu'est-ce qui ne tournait pas rond chez les hommes de Burton pour qu'aucun d'eux n'ait eu l'idée de l'épouser ? C'était incompréhensible.

Je ne me suis pas mariée parce que je n'en voyais pas l'utilité.

Ma foi, sur ce point, il ne pouvait lui donner tort. Lui non plus ne voyait pas l'intérêt de convoler en justes noces. Ils avaient au moins cela en commun.

En revanche, il voyait très bien l'intérêt de la mettre dans son lit, de couvrir son corps du sien, de la débarrasser de cette robe informe, de caresser ses seins étonnamment généreux, ses hanches rondes, sa…

Maudite soit-elle ! Son obsession pour la brasserie familiale la poussait à prendre des risques inconsidérés. Elle ignorait manifestement que tout miser sur quelque rêve de succès était de la folie pure et pouvait mener au pire. Il venait de le prouver. Pour la première fois, confondant les affaires et le plaisir, il avait enfreint ses propres règles et joué pour un gage qu'il n'avait pas le droit d'exiger.

Et le résultat avait été désastreux.

Certes, son échec s'expliquait en partie par le fait qu'il s'était laissé distraire par ses réflexions sur sa grand-mère et ses machinations. Sans elle, il n'aurait pas de raisons de s'inquiéter pour l'avenir de la brasserie ou de ses frères et sœurs. Il passerait d'une partie de cartes à l'autre sans avoir besoin de personne et sans que personne ait besoin de lui.

Traînant un ennui chaque jour un peu plus pesant.

Il réprima un mouvement d'humeur. D'où lui venait cette idée saugrenue ? Il ne s'ennuyait pas. Sa vie lui convenait parfaitement.

« Ce n'est pas une vie convenable pour un homme doté de ta vivacité d'esprit », avait déclaré sa grand-mère.

Lâchant un juron, il ouvrit la porte de la taverne. Elle ignorait tout de lui. Elle avait été jusqu'à suggérer qu'il devienne avocat alors que tout, en lui, se rebellait contre cette idée.

— Tiens, tiens, regardez qui est de retour ? lança Gabriel, un sourire railleur aux lèvres.

À présent que la fièvre était retombée, l'assistance s'était dispersée. Pinter buvait un verre, Gabriel avait une serveuse assise sur un genou, et Masters battait les cartes.

Dès qu'il vit Jarret, ce dernier lui tira une chaise.

— Maintenant que la demoiselle est partie, tu peux nous avouer la vérité. Qu'aurais-tu gagné si la chance avait été en ta faveur ?

Jarret dut lutter pour conserver son calme.

— Je te l'ai dit. La bague de sa mère.

— C'est ça, une bague ! s'esclaffa Masters.

— Me traiterais-tu de menteur ?

Son ami cilla.

— Pas du tout. Je m'étonne simplement que tu…

— Étonne-toi si tu veux, mais garde tes suppositions pour toi. C'est clair ?

— Bon sang, Jarret, que t'arrive-t-il ? s'exclama Gabriel.

— Le conseil vaut aussi pour toi, l'avertit son frère. Pas un mot à qui que ce soit, c'est compris ?

Comme il tournait les yeux vers Pinter, celui-ci leva les mains.

— Épargnez-moi vos menaces, milord. Je ne répands pas de rumeurs au sujet des dames.

— Ne faites pas attention à lui, Pinter, maugréa Masters. Il est de mauvaise humeur parce qu'il a été battu. Par une femme, qui plus est.

Se rappelant pourquoi il avait été battu, Jarret se tourna vers Masters.

— Au fait, pourquoi ces questions sur les perspectives de mariage de Minerva ?

Giles afficha aussitôt une expression méfiante.

— Je ne me souviens pas d'avoir parlé de cela.

— Si, confirma Gabriel. Tu as demandé si nos sœurs avaient fait leur choix.

— C'était histoire de faire la conversation, répliqua Masters avec un haussement d'épaules que contredit le tressaillement de sa mâchoire.

Jarret se leva et, dominant son ami de toute sa hauteur, articula :

— Ne t'approche pas de ma sœur.

Un éclat sombre vacilla dans le regard de Masters qui se leva à son tour et soutint le regard de Jarret.

— Tu te conduis comme un imbécile.

Puis il ajouta à l'adresse de Gabriel.

— Viens, allons à mon club. J'ai besoin d'une compagnie plus chaleureuse pour finir la soirée.

Gabriel murmura quelques mots à la fille assise sur ses genoux. Elle fit la moue, se leva et s'éloigna.

— Je te suis, mon vieux, acquiesça-t-il.

Après leur départ, Jarret commanda deux chopes de la meilleure *porter* pour Pinter et lui, puis il se rassit. Il s'était donné en spectacle sans raison valable. Même si Masters lorgnait Minerva, celle-ci aurait son mot à dire. Elle n'avait jamais supporté les sots et les libertins. Si une femme pouvait se défendre contre lui, c'était bien elle.

Il songea toutefois que Giles n'avait pas répondu à son avertissement. Il n'avait pas ri, ni promis de se tenir à distance, ni assuré qu'il n'y avait rien entre Minerva et lui. Et cela l'inquiétait au plus haut point.

— Alors vous vous rendez à Burton demain ? demanda le détective sur le ton de la conversation.

Jarret s'obligea à revenir au présent.

— Oui. Je veux jeter un coup d'œil sur Lake Ale.

— La demoiselle a paru surprise de l'apprendre.

— En effet.

Le mot était faible. Annabel Lake avait semblé affolée. Elle avait même tenté de l'en dissuader. Il se tramait là-bas quelque chose dont elle refusait de parler.

Jarret avala une longue gorgée de bière. Quel que soit son secret, il le découvrirait. Pari ou non, il avait bien l'intention de s'engager dans cette entreprise les yeux grands ouverts. Les enjeux étaient trop importants.

Mais cela ne regardait en rien le détective.

— Pinter, j'ai besoin de vos services.

— Je vous écoute.

Jarret évoqua ses doutes quant à la version qu'Oliver avait racontée de la mort de leurs parents – à savoir que la querelle entre leur mère et lui avait poussé celle-ci à tuer leur père dans un accès de fureur. Toutefois, Oliver ayant précisé que Pinter savait tout de cette nuit hormis la raison de ladite querelle, Jarret garda ce détail pour lui.

— Voilà pourquoi, conclut-il, je voudrais que vous retrouviez les palefreniers qui étaient présents cette nuit-là.

— Aucun d'entre eux ne travaille plus à Halstead Hall ?

— Non. Ma grand-mère nous a emmenés vivre à Londres après le… l'accident.

Il refusait d'utiliser le mot « meurtre ». Leur mère n'aurait jamais tué leur père de sang-froid, quand bien même Oliver en était persuadé.

— Elle a laissé partir presque tout le personnel quand elle a fermé Halstead Hall.

— J'avais cru comprendre que lord Stoneville avait engagé de nouveau ces gens lorsqu'il a atteint sa majorité et s'est installé dans la propriété familiale d'Acton.

— Pas les palefreniers. Ils avaient trouvé d'autres postes. Je suppose qu'à l'heure qu'il est, ils sont dispersés à travers toute l'Angleterre.

Pinter parut songeur.

— Pas forcément. Les domestiques ont tendance à rester près des endroits qu'ils connaissent. Je crois que je n'aurai pas à chercher bien loin.

— Si vous allez à la propriété demain, vous pourrez obtenir la liste des noms auprès de l'intendant d'Oliver.

Pinter carra les épaules.

— Votre famille se trouve-t-elle à Halstead Hall en ce moment ?

Jarret réprima un sourire. Il savait parfaitement pourquoi Pinter posait cette question.

— Non. Mes sœurs sont retournées à Londres pour veiller sur notre grand-mère lorsqu'elle est tombée malade. Quant à Gabriel et à moi, nous résidons dans nos appartements respectifs.

Il esquissa un sourire complice.

— Vous n'aurez pas à affronter les reproches de Célia.

Les yeux gris du détective ne trahirent aucune émotion.

— Lady Célia a le droit d'avoir ses opinions.

— Même lorsqu'elles concernent votre « adhésion rigide à des règles ineptes » ? insista Jarret, déterminé à faire réagir le stoïque Pinter.

S'il ne l'avait pas observé avec attention, il n'aurait pas remarqué l'imperceptible tressaillement sur sa joue.

— Lady Célia a le droit d'avoir ses opinions, quelles qu'elles soient, répéta-t-il avec une nonchalance admirablement feinte. Dois-je envoyer mon rapport à Burton ? Y resterez-vous longtemps ?

Jarret eut pitié de Pinter et n'insista pas.

— Je ne sais pas. J'espère que non. Dans le doute, expédiez-m'en une copie à Lake Ale. Si je ne la reçois pas à temps, je trouverai l'original à mon retour.

— Très bien.

Comme le détective se levait, Jarret l'arrêta.

— Une dernière chose, Pinter.

Depuis les aveux d'Oliver, un soupçon le taraudait. Peut-être était-il temps de clarifier ce point également, ne serait-ce que pour cesser de se torturer l'esprit.

— J'ai une autre mission à vous confier si vous avez le temps.

— Si vous avez de quoi me payer, je le trouverai.

Pinter était l'un des meilleurs détectives sur la place de Londres, l'un des fameux *Bow Street Runners*. Cela lui permettait d'imposer ses horaires et ses règles. C'était l'un des rares à pouvoir s'offrir un bureau, car il était très demandé pour des enquêtes privées quand il ne travaillait pas pour le bien public.

— Parfait. Voilà ce que j'aimerais que vous cherchiez…

Hester Plumtree commençait à regretter d'avoir accepté les maudites conditions imposées par son petit-fils. Jarret allait lui sabrer dix ans de sa vie avant la fin de l'année ! Il avait passé un marché avec une minuscule brasserie de Burton ? Et il en avait même parlé avec M. Harper ? Voilà qui n'augurait rien de bon.

Elle regarda M. Croft qui, assis à son chevet, raide comme la justice, venait d'achever son rapport.

— Vous êtes certain qu'il a parlé du marché indien ? insista-t-elle. Pas des Amériques, à tout hasard ?

— Pourquoi aurait-il parlé des Amériques ? Ce n'est pas du tout le même pays. Je ne vois pas lord Jarret confondre les deux. Les cours de géographie à Eton ne sont peut-être pas d'un niveau exceptionnel, mais je n'imagine pas que votre petit-fils soit ignorant au point de...

— Monsieur Croft ! l'interrompit-elle.

Parfois, obtenir une information de lui, c'était un peu comme de dénouer un tapis brin après brin.

— Je vous demande pardon. Je bavarde, je bavarde... Quoi qu'il en soit, c'était bel et bien le marché indien, car je me souviens très bien que vous aviez dit que vous refusiez de vous y aventurer, et c'est ce qu'il a répondu à cette femme. En vérité, il semblait partager votre point de vue.

Au moins Jarret avait-il un peu de bon sens. La Compagnie des Indes orientales était imprévisible. Il suffisait de voir comment ses capitaines avaient évincé Hodgson quand celui-ci avait revu ses tarifs à la hausse.

— Parlez-moi de cette brasseuse, ordonna-t-elle.

Elle se doutait que Mlle Lake était charmante, car chaque fois que Croft l'évoquait, il rougissait. Son secrétaire devenait un idiot fini en présence d'une jolie femme, ce qui expliquait probablement que Mlle Lake ait réussi à déjouer sa vigilance.

— Que désirez-vous savoir ?

Hetty fut saisie d'une quinte de toux, et Croft afficha une expression alarmée. Maudite maladie ! Quand allait-elle finir ?

— Quel âge a-t-elle ?

— Elle est jeune, il me semble.

Hetty soupira. Croft faisait un excellent espion, mais il n'avait aucun don pour estimer l'âge des gens.

— Vous avez dit qu'elle avait forcé le passage. Est-ce une demoiselle bien née ?

114

— Je l'ai cru. Jusqu'à ce qu'elle s'introduise dans le bureau de votre petit-fils sans tenir compte de mon interdiction.

— Et il ne l'a pas mise à la porte sur-le-champ ?

— Non. Il a goûté sa bière et a discuté avec elle pendant un certain temps. Puis il lui a promis qu'il vous parlerait le soir même de sa proposition.

Par chance, Croft était doué pour écouter aux portes.

— Au lieu de quoi, il est allé boire et jouer aux cartes avec Giles Masters, précisa Croft.

Hetty fut secoué par une nouvelle quinte de toux.

— Celui-là, marmonna-t-elle, je vais finir par lui tailler les oreilles en pointe un de ces jours.

— À lord Jarret ?

— À Masters.

Une voix retentit depuis le seuil de la chambre :

— Je le tiendrai pour vous faciliter la tâche.

Hetty sursauta et leva vivement les yeux. Bonté divine, Jarret était là ! Il ne venait jamais le matin, et certainement pas si tôt. Qu'avait-il surpris de leur conversation ?

Il adressa un regard glacial au secrétaire.

— Monsieur Croft, dit-il, si vous envisagez de continuer à travailler à la brasserie, le compte rendu de ce matin sera le dernier. Je ne tolérerai pas d'être espionné.

L'autre bondit sur ses pieds.

— Milord, je ne…

— Bien, monsieur Croft, intervint Hetty, vous pouvez disposer.

Le pauvre homme gagna la porte en coulant un regard méfiant à Jarret, comme s'il craignait qu'il ne lui décoche un coup de poing. Puis il fila sans demander son reste.

Jarret prit le siège qu'il avait libéré, étira ses longues jambes devant lui et croisa les mains sur son abdomen.

— Vous ne me faites pas confiance pour diriger l'entreprise, n'est-ce pas ?

Hetty le fixa sans manifester le moindre repentir.

— Le ferais-tu si tu étais à ma place ?

— Je suppose que non. Mais je vous donne ma parole que je mettrai cette fouine de Croft à la porte si je le reprends à…

— Je te l'interdis. Il fait vivre sa mère et ses cinq sœurs. Et il connaît la brasserie mieux que quiconque.

Jarret se pencha en avant.

— Dans ce cas, c'est moi qui partirai. Selon notre accord, vous étiez censée rester en retrait. Si vous n'en êtes pas capable, je me retire du jeu.

Oh, très bien ! maugréa-t-elle. Je dirai à Croft de ne plus venir ici.

Elle toussa dans son mouchoir.

— Si tu me tenais davantage informée, comme tu avais promis de le faire, je n'aurais pas besoin de recourir à de telles mesures.

— Je vous tiens suffisamment informée, je trouve.

— Alors comment se fait-il que je doive attendre le rapport de Croft pour entendre parler de cette proposition de Lake Ale ? riposta-t-elle avant de tousser de nouveau.

— Du calme, grand-maman. Le Dr Wright a dit que vous ne deviez pas vous énerver.

— Le Dr Wright peut aller en enfer, grommela-t-elle.

— Si vous ne l'écoutez pas, vous y serez avant lui.

Hetty lui jeta un regard acéré.

— Ah, parce que tu penses que mon âme est destinée à aller en enfer ?

Il esquissa un sourire.

— Qui sait ?

Elle le foudroya du regard ; son sourire s'effaça aussitôt.

— Ce que je pense, c'est que vous devez prendre soin de vous. Et vous n'y parviendrez pas si vous vous inquiétez chaque fois que Croft vous rapporte une rumeur.

Ce gamin ignorait combien il était difficile de céder sa place après tant d'années de dévouement, songea Hetty.

— Que fais-tu ici à une heure aussi matinale ? s'étonna-t-elle. Je croyais que tu avais passé la nuit à jouer aux cartes avec tes amis.

— Les comptes rendus de Croft sont très détaillés, commenta Jarret, agacé.

— Vu le prix que je le paie, c'est la moindre des choses. Eh bien, pourquoi t'es-tu levé avec les poules ?

— Je pars pour Burton.

Elle se redressa, soudain alarmée.

— Pourquoi ?

— Je vais discuter avec le propriétaire de Lake Ale de la possibilité de vendre leur bière d'octobre.

— À la Compagnie des Indes orientales ?

— Entre autres.

Ainsi donc la jolie Mlle Lake l'avait convaincu de réfléchir sérieusement à son offre ? Intéressant. À présent, Hetty devait décider de la façon de jouer cette partie.

D'un côté, elle n'avait pas envie que Jarret mène la brasserie à sa perte à cause d'une femme. D'un autre, l'entreprise battait de l'aile et elle n'était pas certaine d'avoir la force de redresser la barre.

Jarret, lui, le pouvait. Elle n'avait pas l'intention de réintégrer son fauteuil de directrice à la fin de l'année. Jarret devait rester à cette place. Et on ne ferrait un poisson qu'en donnant un peu de mou à la ligne.

Mais la brasserie supporterait-elle l'expérience en cette période difficile ?

Peu importait. Si elle s'en mêlait, plus jamais Jarret n'accepterait d'assumer des responsabilités. Or, Plumtree avait besoin d'un homme doté de son intelligence. Elle n'avait d'autre choix que de le laisser agir à sa guise.

En outre, cette jeune femme serait peut-être la clef pour que Jarret oublie le jeu et s'intéresse à la brasserie. De même que son frère aîné, il avait toujours entretenu des relations très superficielles avec la gent féminine. Mlle Lake pouvait changer cela. Surtout si elle avait réussi à éveiller suffisamment sa curiosité pour qu'il fasse le voyage jusqu'à Burton.

La passion de la brasserie, Jarret l'avait reçue en héritage. Hetty avait commis l'erreur de l'ignorer autrefois et de l'envoyer à Eton contre son gré. Depuis, il n'avait cessé de le lui faire payer. Et il devait continuer de s'imaginer que c'était le cas.

Il ne devait pas deviner qu'elle le manœuvrait. De tous ses petits-enfants, Jarret était le plus soupçonneux.

— Je ne veux pas que la brasserie Plumtree s'engage sur le marché indien, déclara-t-elle, suivant son intuition.

Jarret fronça les sourcils et se leva.

— Vous n'avez pas votre mot à dire.

Ah, c'était ainsi ?

— Enfin, Jarret…

— Cela pourrait nous apporter un profit considérable.

— Ou nous couler. Regarde Hodgson.

— Possible, mais Allsopp, à Burton, en retire des bénéfices. Pourquoi pas nous ?

— Et si je t'interdis d'engager Plumtree dans l'affaire ?

Il afficha une expression butée.

— Et si je vous rends votre brasserie ? rétorqua-t-il avant de se lever et de se diriger vers la porte.

— Attends !

Bien joué, Jarret. Très bien joué ! Un jour, il ferait un grand capitaine d'industrie. Elle avait été folle de l'imaginer avocat.

À présent venait la partie délicate. Céder, mais sans avoir l'air de renoncer trop vite.

— Que va devenir la brasserie pendant ton absence ?

Il s'immobilisa sur le seuil et lui jeta un regard méfiant.

— Harper et Croft peuvent se débrouiller pendant quelques jours. Je leur donnerai les instructions nécessaires. Je ne compte pas partir très longtemps.

Elle se rembrunit.

— Je ne te donne pas ma bénédiction pour cette aventure.

— Tant mieux, je n'en ai pas besoin, répondit-il en croisant les bras sur sa poitrine. Je ne suis pas venu vous demander votre approbation ni votre permission, mais pour vous tenir informée. Puisque c'est fait, je m'en vais. Est-ce clair ?

L'insolent garnement ! Hetty hocha la tête avec raideur.

— Parfait.

Il la prit de court en venant déposer un baiser sur son front.

— Suivez les conseils du Dr Wright, voulez-vous ? Et par pitié, prenez soin de vous.

Sur ce, il disparut.

Hetty attendit d'avoir entendu la porte se refermer au rez-de-chaussée avant d'appeler son valet le plus débrouillard.

— Suivez mon petit-fils, ordonna-t-elle. Discrètement. Il devrait se rendre dans une auberge où une certaine Mlle Lake doit se trouver. Il va quitter Londres en sa compagnie. Après leur départ, interrogez l'aubergiste au sujet de cette jeune femme et venez me faire votre rapport.

Le domestique hocha la tête et s'éclipsa.

Hetty s'adossa à ses oreillers, le sourire aux lèvres. La journée commençait sous les meilleurs auspices.

7

Annabel regardait Sissy arpenter nerveusement la salle commune de l'auberge.

— Comment suis-je ? demanda-t-elle soudain en s'arrêtant devant elle.

Elle portait sa plus jolie robe – celle en velours pourpre –, ainsi que les améthystes qu'elle réservait aux grandes occasions. Ses joues étaient colorées et ses yeux brillants.

— Tu es ravissante, comme toujours, répondit Annabel.

— Et toi, tu as l'air d'une fille de ferme, répliqua Sissy. Je n'arrive pas à croire que tu aies choisi cette affreuse robe marron. Nous allons voyager avec le fils d'un marquis, pour l'amour du ciel !

— Nous allons passer d'une auberge à l'autre, et il risque de pleuvoir, rectifia Annabel. Il n'est pas question que je porte ma plus belle tenue sous prétexte que Jarret Sharpe est un aristocrate.

Ni parce qu'il l'avait embrassée avec passion dans le couloir. Ou qu'il lui avait fait ressentir et désirer certaines choses...

Elle devait cesser de penser à cela ! Il allait probablement chercher à en savoir plus sur les difficultés de

Lake Ale et elle devait rester vigilante. Se laisser aller à rêver chaque fois qu'il souriait n'aiderait en rien sa cause.

Avec un soupir, Sissy consulta l'horloge.

— J'espère que rien de grave n'est arrivé. Ne devrait-il pas être là ?

Il avait envoyé un mot indiquant qu'il serait là à 10 h 30 et il était presque 11 heures.

— Je suppose qu'il prend son temps, répondit Annabel. En vrai lord qu'il est.

— Le voilà ! s'écria Geordie, qui était posté à la fenêtre depuis une demi-heure.

— Comment sais-tu que c'est lui ? s'enquit Annabel.

— Il y a une couronne sur la portière de sa voiture, répondit l'enfant.

Puis, bombant le torse, il ajouta :

— Attendez un peu que cet idiot de Toby Mawers me voie dans la voiture d'un marquis. Il en sera vert de jalousie.

Annabel eut tout juste le temps de se composer une expression détachée que lord Jarret faisait son entrée. En manteau de lainage bleu-gris parfaitement coupé et hautes bottes de cuir noir, et il affichait cette assurance teintée d'arrogance typique de la noblesse. N'importe quelle femme se serait pâmée devant lui.

Sauf elle. Elle ne mangeait pas de ce pain-là !

— Mademoiselle Lake, la salua-t-il. Veuillez excuser mon retard, il y avait un problème avec les chevaux.

— Ce serait mal venu de ma part de me plaindre, milord, alors que vous avez la gentillesse de nous ramener à Burton, répondit-elle en lui tendant la main.

Il la lui serra brièvement tout en la parcourant d'un regard qui lui arracha un frisson. Un éclat fiévreux s'alluma dans ses yeux, puis il lui adressa un sourire cordial.

Tout compte fait, elle allait peut-être se pâmer.

Sissy émit une petite toux. Annabel sursauta.

— Lord Jarret, permettez-moi de vous présenter ma belle-sœur, Cecelia Lake. Sissy, voici lord Jarret Sharpe.

Tandis qu'ils échangeaient les salutations de rigueur, Geordie rejoignit Sissy.

— Et voici mon fils, Geordie, dit celle-ci.

— George, rectifia l'enfant en tendant la main à lord Jarret. George Lake, à votre service. C'est très aimable à vous de nous faire profiter de votre voiture, monsieur. J'espère que cela ne vous dérange pas trop.

Annabel avait la gorge nouée d'émotion. Seigneur, Geordie avait dû passer du temps à répéter ces quelques phrases.

— Mais pas du tout, répondit Jarret sans la moindre trace de condescendance. Je suis heureux de vous rendre service, ainsi qu'à votre famille.

Geordie semblait si heureux d'être traité comme un homme qu'Annabel en aurait embrassé lord Jarret. Malgré ses vantardises, Geordie était un enfant sensible et elle n'avait pas besoin qu'il pique une colère ce jour-là.

— Y allons-nous ? reprit lord Jarret en offrant le bras à Annabel.

Elle s'en empara, plus nerveuse qu'elle ne l'aurait voulu. Ils avaient marché ainsi la veille au soir et elle n'en avait pas été aussi affectée... mais c'était *avant* qu'il l'embrasse. À présent, elle était intensément consciente de son corps puissant près du sien, des muscles durs sous sa main, de l'odeur de romarin de son eau de Hongrie.

— Vous êtes très élégante aujourd'hui, mademoiselle Lake.

Derrière eux, Sissy étouffa un rire.

Alors que son compagnon lui jetait un regard perplexe, Annabel expliqua :

— Ma belle-sœur aurait préféré que je choisisse une tenue plus extravagante pour voyager dans la voiture d'un marquis.

L'air amusé, il répliqua :

— Et, bien entendu, comme les titres de noblesse ne vous impressionnent pas, vous avez refusé.

— Il me semble qu'il va pleuvoir, répliqua-t-elle, sur la défensive.

Pour toute réponse, il haussa un sourcil ironique.

Quand ils atteignirent la voiture et qu'il l'aida à monter, Annabel intercepta le regard de sa belle-sœur et ravala un soupir agacé. Sissy avait, de toute évidence, remarqué combien lord Jarret et elle étaient à l'aise ensemble.

Bonté divine. Elle aurait dû se montrer plus discrète.

Geordie s'arrêta près de Jarret et demanda :

— Me serait-il possible de voyager à côté du cocher ?

— Certainement pas ! s'écrièrent Annabel et Sissy d'une seule voix.

Lord Jarret leur adressa un regard interrogateur.

— Personnellement, mesdames, je n'ai rien contre.

— C'est trop dangereux, déclara Sissy.

— Et s'il tombait ? renchérit Annabel. Ce n'est pas la place d'un enfant. Monte dans la voiture, Geordie.

Le gamin obéit en pestant, puis s'assit dans un coin. Même après que le marquis eut donné le signal du départ, il conserva son expression boudeuse.

Il ne resta cependant pas longtemps insensible au spectacle de la ville. Très vite, il fut captivé par une péniche qui manœuvrait sur le fleuve.

— Cette voiture, c'est une berline, n'est-ce pas, milord ? demanda-t-il au bout d'un moment.

— En effet.

— Avec double flèche ?

— Je n'en ai pas la moindre idée, avoua lord Jarret.

— Geordie se passionne pour les voitures, expliqua Annabel.

— Ce doit être une double flèche, décréta Geordie. La voiture tourne trop facilement pour que ce soit autre chose.

Il rebondit sur la banquette et ajouta :

— Et la suspension est parfaite. Cette voiture a dû vous coûter une fortune.

— Geordie ! le gronda Sissy. Ne sois pas grossier.

— En vérité, j'ignore combien elle a coûté. Elle appartient à mon frère.

— Ah, fit Geordie. Alors c'est lui qui est marquis.

Puis, après avoir observé lord Jarret avec attention, il reprit :

— C'est peut-être pour cela que vous ne ressemblez pas à un lord.

Jarret cilla.

— À quoi un lord est-il censé ressembler ?

— Il a un monocle et une canne.

— Oh, bien sûr ! répondit lord Jarret, qui semblait lutter pour ne pas sourire. J'ai dû les oublier dans l'autre voiture.

Le visage de Geordie s'éclaira.

— Vous en avez une autre ? Un cabriolet ? Un phaéton ? C'est ce que conduisent les lords !

— Un cabriolet, répondit lord Jarret.

— Un cabriolet, répéta Geordie, extatique. J'en ai entendu parler mais je n'en ai jamais vu. L'utilisez-vous pour des compétitions ?

— Non, je laisse cela à mon frère cadet. Vous avez peut-être entendu parler de lui : lord Gabriel Sharpe.

À présent, Geordie semblait en transe.

— Vous êtes le frère de l'Ange de la Mort ?

— Où as-tu entendu cela ? intervint Annabel d'un ton sec.

— C'est maman qui me l'a dit. Elle l'a lu dans le journal.

Sissy rougit jusqu'aux oreilles.

— Pardonnez à mon fils, milord. Il a tendance à parler sans réfléchir.

Lord Jarret s'esclaffa, puis jeta à Annabel un regard indéchiffrable.

— C'est un trait de famille, je suppose. Quoi qu'il en soit, je vous rassure, je sais comment l'on surnomme mon frère.

Un long silence s'ensuivit, que Sissy brisa en déclarant :

— Nous vous sommes très reconnaissantes d'avoir accepté de venir en aide à Lake Ale, lord Jarret.

— J'espère qu'aucun de nous ne le regrettera. Je suis novice dans le domaine de la bière. En vérité, sans notre pari, jamais je n'aurais...

Il s'interrompit abruptement.

— Ne vous inquiétez pas, milord, dit Sissy. Je sais que ma belle-sœur vous a battu aux cartes. Elle m'a tout raconté.

— Tout ? répéta-t-il en plissant les yeux. Vous a-t-elle détaillé les termes de notre pari ?

— Bien sûr, répondit Sissy en tapotant la main d'Annabel. Elle a pris un gros risque. La bague de sa mère lui est très précieuse. Jamais elle n'aurait dû la miser ainsi.

Une lueur espiègle dansa dans le regard de lord Jarret et le cœur d'Annabel manqua un battement. Il n'avait tout de même pas l'intention de révéler que... Seigneur, il ne pouvait pas...

— Ah, mais si elle ne l'avait pas fait, je n'aurais pas accepté ce pari ! déclara-t-il. Il fallait que la tentation soit assez forte pour que je prenne le risque de faire affaire avec votre mari.

Il eut le culot d'adresser un clin d'œil à Annabel avant d'ajouter :

— Par chance, Mlle Lake a su trouver l'offre la plus… tentante.

Annabel le fusilla du regard. Il prenait un malin plaisir à jouer avec ses nerfs. D'un autre côté, elle l'avait bien cherché en acceptant un pari aussi absurde.

— Elle est persuadée que cette bague est un porte-bonheur, expliqua Sissy.

— Vraiment ? fit-il avec un sourire exaspérant.

— Oui, mais je n'y crois pas. Si c'était le cas, jamais Rupert ne serait…

Elle se mordit la lèvre et jeta un coup d'œil furtif à Annabel.

— Je suis désolée, ma chérie.

Le sourire supérieur de lord Jarret disparut.

— Qui est Rupert ? voulut-il savoir.

— Le fiancé de tante Annabel, claironna Geordie. Il est mort à la guerre juste après le mariage de papa et maman. C'était un héros. Pas vrai, maman ?

— En effet, Geordie. Un homme bon et courageux, répondit Sissy avec douceur, mais je n'aurais pas dû parler de lui. C'est encore douloureux pour tante Annabel.

— Non, protesta celle-ci en s'efforçant de paraître calme. C'était il y a longtemps. Et nous n'avons été fiancés que très peu de temps. J'avais seize ans et mon père trouvait que nous étions trop jeunes. Il m'avait demandé d'attendre jusqu'à dix-huit. L'année de mes dix-sept ans, le frère de Rupert est mort à la bataille de Vitoria. Il s'est engagé par esprit de vengeance. Il a perdu la vie peu de temps après avoir quitté l'Angleterre.

Annabel avait cessé de pleurer son amour de jeunesse depuis longtemps, mais elle trouvait humiliant de l'évoquer devant lord Jarret après leurs baisers de la veille.

Non pas que ce dernier s'en souciât. À ses yeux, elle n'était qu'une femme qui l'avait manœuvré pour l'obliger à faire ce qu'il n'avait pas envie de faire. Que lui importait qu'elle ait souffert ?

Et cependant, il la couvait d'un regard scrutateur, intrigué.

— Et vous ne vous êtes jamais mariée ? demanda-t-il d'un ton neutre. Vous avez dû l'aimer beaucoup.

— En effet.

Elle l'avait aimé avec toute la passion pure et innocente d'un cœur de seize ans. Parfois, elle se demandait si son père n'avait pas eu raison en affirmant qu'ils étaient trop jeunes. Hormis le fait qu'ils ne vivaient pas loin l'un de l'autre et la griserie du désir naissant, qu'avaient-ils en commun, Rupert et elle ? Elle aimait lire et jouer aux cartes, il préférait chasser et parier aux courses. Que se serait-il passé s'ils n'avaient pas fait l'amour ? Aurait-elle trouvé un autre homme à aimer après sa mort ? Un homme qui aurait partagé ses passions ?

Peu importait. Ce qui était fait était fait.

Elle se força à sourire.

— De toute façon, c'est du passé.

Puis, croisant le regard de lord Jarret, elle demanda :

— Je crois que vous aviez des questions sur la brasserie. N'est-ce pas le moment d'en discuter ?

— Pourquoi pas ? concéda-t-il après l'avoir dévisagée un instant.

Annabel était soulagée de changer de sujet, même s'ils devaient maintenant aborder la situation délicate de Lake Ale. Elle espérait juste qu'ils en avaient fini avec son passé. Lord Jarret n'avait certes pas besoin de connaître tous ses secrets.

La conversation que Jarret eut avec Mlle Lake concernant la brasserie ne laissa pas de l'intriguer. Elle en savait bien plus qu'il ne l'avait imaginé. Ainsi, il ignorait que l'orge pour le malt était devenue si chère, ou que les tonneliers avaient augmenté leurs tarifs.

Plus important, non seulement le plan qu'elle avait établi pour sauver l'entreprise de son frère était judicieux, mais il pouvait effectivement fonctionner. Après avoir quitté sa grand-mère, ce matin, il avait discuté avec un capitaine de la Compagnie des Indes qu'il croisait parfois dans les tripots. L'homme lui avait confirmé les informations de Mlle Lake. Il s'était même vanté d'avoir empoché une petite fortune avec sa première cargaison de bière blonde de chez Allsopp.

Ce projet lui semblait de moins en moins hasardeux, même si la question du frère malade demeurait épineuse. Quel dommage que Mlle Lake ne soit pas à la tête de l'entreprise familiale ! Tant que son frère serait propriétaire de la Lake Ale, personne ne traiterait avec elle. Les femmes n'avaient pas leur mot à dire en affaires. Si Hetty avait réussi à s'imposer dans ce milieu d'hommes, c'était uniquement parce qu'elle avait hérité de l'entreprise à la mort de son mari.

Annabel Lake était à coup sûr une femme de tête, mais seul son frère pouvait prendre les décisions. Elle devait se contenter de s'occuper des affaires quotidiennes avec le gérant de la brasserie familiale.

La situation semblait très étrange. Pire, il avait l'impression que la jeune femme ne lui disait pas tout. Elle demeurait évasive sur certains points, esquivait des questions. Parce qu'elle ne connaissait pas les réponses ? Ou parce qu'elle ne voulait pas les lui donner ?

Et puis, il y avait le comportement curieux du jeune George. Dès qu'ils avaient commencé à discuter de la brasserie, il s'était enfermé dans un mutisme total. Comme si on lui avait demandé de ne pas parler. Et

Mme Lake paraissait bien nerveuse chaque fois que l'on mentionnait son mari. Cela donnait à réfléchir, d'autant qu'Annabel semblait, elle, parfaitement à l'aise.

Sauf lorsqu'elle évoquait son fiancé.

Il lui jeta un regard rapide. Même son affreuse robe marron ne parvenait pas atténuer l'éclat de son teint et la vivacité de son regard tandis qu'elle discutait affaires. Pas étonnant qu'elle ait été fiancée ! Peut-être les hommes de Burton n'étaient-ils pas aveugles, après tout.

Elle n'avait pas nié avoir aimé ce fiancé. Elle avait dû éprouver pour lui des sentiments sincères pour lui être restée fidèle après toutes ces années. Ce Rupert devait être un solide gaillard, jeune, beau, courageux. Mort en héros ? Exactement le genre d'homme que les femmes adoraient.

Il ravala un soupir agacé. En comparaison, sa propre vie semblait encore plus futile.

Ce qu'il ne s'expliquait pas, c'était pourquoi elle s'était enfermée dans ce personnage de vieille fille qui tenait les hommes à distance parce qu'elle avait perdu son amour de jeunesse. C'était une attitude ridiculement romantique. Or, Mlle Lake était tout sauf ridiculement romantique.

C'était une femme séduisante, sensuelle, débordante de vitalité. Le genre de femme capable d'accueillir avec enthousiasme les baisers d'un homme au lieu de jouer les vierges effarouchées. De cueillir l'instant, de mordre la vie à belles dents. Alors pourquoi consacrait-elle toute son énergie à l'éducation de son neveu et à l'entreprise de son père ? Elle aurait dû être l'épouse de quelque négociant fortuné, illuminant sa table de sa présence et réchauffant son lit de sa passion.

Curieusement, cette idée ne lui plaisait pas du tout. Encore qu'il n'aurait su dire pourquoi.

— Cela m'ennuie de t'interrompre, Annabel, dit sa belle-sœur, mais nous arrivons à Dunstable et lord Jarret apprécierait peut-être de faire une halte pour prendre un rafraîchissement.

Annabel se mit à rire.

— Tu veux surtout faire un arrêt pour rendre visite à Mme Cranley à *Bear Inn*.

À Jarret, elle expliqua :

— Elles se connaissent depuis toujours. Mme Cranley est une épouvantable commère dont Sissy boit les paroles.

— Se tenir informé de ce qui se passe dans le monde n'a rien de honteux, répliqua Sissy. Et puis, j'ai une petite faim.

— Dans ce cas arrêtons-nous, décréta Jarret. Je mangerais bien quelque chose, moi aussi.

Il avait besoin de se dégourdir les jambes, et cela ne ferait pas de mal au gamin non plus. Annabel leva les yeux au ciel lorsqu'il ordonna au cocher de faire halte à Dunstable, mais Mme Lake ne cacha pas sa joie.

Une fois qu'ils furent descendus de la voiture, devant *Bear Inn*, Mme Lake entraîna son fils vers l'auberge. Annabel, qui suivait avec Jarret, ralentit le pas et murmura :

— Merci de ne pas avoir révélé les termes exacts de notre pari.

— Votre belle-sœur n'approuverait pas ?

— Elle serait choquée.

— Pas autant que je l'ai été, croyez-moi, chuchota-t-il.

Il avait été choqué. Et intrigué. Et secrètement excité. Et il avait très envie de la pousser dans un coin pour lui voler un autre baiser.

Il se renfrogna. Voilà qu'il recommençait à penser avec son sexe.

Une femme corpulente au teint vif vint au-devant de Mme Lake.

— Quel plaisir de vous revoir, ma chère ! J'en déduis que votre mission à Londres a été couronnée de succès ?

Ce devait être la fameuse Mme Cranley.

— Cela s'est encore mieux passé que nous ne l'escomptions, répondit Mme Lake. Monsieur a eu la bonté de nous faire profiter de la voiture de son frère pour rentrer à Burton.

Mme Cranley jeta un regard étonné à Jarret.

— Vous ne deviez pas demander l'aide de Mme Plumtree ?

— Elle n'a malheureusement pas pu venir, mais son petit-fils a accepté de nous aider. Lord Jarret, puis-je vous présenter Mme Cranley ?

En entendant son nom, celle-ci changea d'expression. Elle s'inclina avec raideur et murmura quelques paroles polies, mais il était clair qu'elle le considérait comme un envoyé du démon... voire le diable en personne. Manifestement, sa réputation l'avait précédé.

— Venez, mes amies, fit l'aubergiste en prenant les deux femmes par le bras. Allons discuter.

— Geordie, reste avec lord Jarret, veux-tu ? demanda sa mère.

De mieux en mieux. Voilà qu'il en était à jouer les tuteurs.

— Et pense à aller aux toilettes, ajouta Annabel.

— Tante Annabel ! protesta George en rougissant.

Tandis que les trois femmes s'éloignaient, le gamin se tourna vers Jarret.

— Elles me traitent toujours comme un bébé. C'est sacrément embarrassant.

— Désolé, George, mais à leurs yeux, vous serez toujours un bébé, quel que soit votre âge.

Le jeune garçon parut atterré.

— Votre mère aussi vous parle comme à un enfant ?

— Non.

La gorge soudain serrée, Jarret articula :

— Elle est morte quand j'avais à peu près votre âge.

— Oh, c'est vrai ! J'avais oublié.

Il enfouit les mains dans ses poches.

— C'est affreux. Je ne voudrais pas que mère et tante Annabel meurent, mais parfois j'aimerais qu'elles me laissent tranquille. Surtout devant Toby Mawers.

— Qui est Toby Mawers ?

— Mon pire ennemi. Il a dix-sept ans, il est plus grand que moi, et il traîne toujours dans le champ derrière chez nous avec ses amis pour me chercher des histoires.

— Ah. Moi aussi j'avais un pire ennemi à l'école. Il s'appelait John Pratt. Il me volait mes affaires.

— Exactement. Toby a essayé de me prendre la montre que mon père m'a offerte pour Noël mais j'ai réussi à lui échapper. Il me surnomme Geordie-la-Sardine. Une fois, il a vu ma mère me donner un baiser sur la joue, il m'a traité de fifils à sa maman. Pourquoi faut-il toujours qu'elle fasse cela devant les autres ?

— Parce que les femmes choisissent toujours le pire moment pour nous faire ce genre de choses. Moi aussi je détestais cela, à votre âge.

Il se retint d'ajouter qu'aujourd'hui, il aurait tout donné pour que sa mère l'embrasse de nouveau, même devant tout le monde, et qu'en voyant Mme Lake et Annabel l'entourer de leur affection, il éprouvait une sourde nostalgie. George ignorait à quel point un tel amour était précieux… et fragile.

Bonté divine, il devenait un vrai cœur d'artichaut. Voilà ce qui se passait quand on laissait les gens entrer dans sa vie par effraction.

Il donna une tape affectueuse sur l'épaule du gamin.

— Assez parlé de cela. Si nous prenions une table pendant que ces dames papotent ?

À cette heure de la journée, l'auberge était relativement calme, aussi n'eurent-ils aucun mal à trouver de la place. Jarret commanda ce que, à en croire George, les deux femmes apprécieraient, puis il décida de profiter de son tête-à-tête avec le gamin.

— Depuis combien de temps votre père est-il malade ?

Aussitôt, l'enfant se ferma.

— Je... Eh bien... Un certain temps. Assez longtemps.

Assez longtemps ? Ce n'était pas ce qu'Annabel avait laissé entendre.

— Alors c'est sérieux, dit-il, désolé pour le gamin.

— Non. Je veux dire, si.

George lui adressa un faible sourire.

— Je ne sais pas vraiment.

Étrange, songea Jarret.

— Il ne va jamais à la brasserie ?

— Si, quelquefois. Quand il n'est pas trop... trop malade.

— Et quand il n'y va pas, c'est votre tante qui s'y rend. Vous l'accompagnez ?

— Non.

L'enfant avait l'air perdu.

— Pourquoi ? demanda Jarret.

— Parce que tout le monde dit que c'est trop dangereux pour moi.

Décidément, Mme Lake et Annabel semblaient trouver que tout était *trop dangereux* pour ce pauvre George.

— Et vous vous demandez pourquoi c'est trop dangereux pour vous, si ça ne l'est pas pour une femme.

— Je... je n'ai pas dit cela, se défendit George, mais sa lèvre se mit à trembler, et Jarret comprit qu'il avait vu juste. Mon père dit que la place d'une femme n'est pas dans une brasserie, ajouta-t-il.

Pas étonnant que la jeune femme soit tellement sur la défensive à ce sujet ! Et pourtant, elle se rendait tout de même à la brasserie. Son frère l'y autorisait-il parce

134

qu'il n'avait pas le choix ? Ou avait-elle d'autres raisons d'y aller ?

Une fois de plus, il eut l'impression qu'on ne lui disait pas tout.

— Et vous ? demanda-t-il. Pensez-vous qu'une femme ait sa place dans une brasserie ?

George cilla. À l'évidence, on lui demandait rarement son avis.

— Je ne sais pas, puisque je ne suis pas autorisé à y aller moi-même. Tante Annabel semble aimer s'y rendre, et mère dit qu'elle fait du bon travail.

— Et votre père ? Que dit-il d'elle ?

La voix d'Annabel s'éleva derrière lui, cassante :

— Il dit que je ferais mieux de trouver un mari et de laisser le gérant s'occuper de la brasserie. Mais vous n'aviez pas besoin d'interroger mon neveu s'il ne s'agissait que d'apprendre *cela*, n'est-ce pas ?

Jarret arqua un sourcil amusé. On lui cachait bel et bien quelque chose. La question était : quoi ? Et surtout, en quoi cela pouvait affecter leur projet.

D'une façon ou d'une autre, il était résolu à le découvrir.

8

Annabel, que les bavardages de Mme Cranley avaient énervée, eut le plus grand mal à garder son calme en trouvant lord Jarret occupé à soumettre Geordie à un interrogatoire en règle. S'il découvrait la véritable raison des difficultés de Lake Ale, il refuserait de l'aider.

Toutefois, comme il ne semblait pas en colère, elle en déduisit qu'il n'avait pas eu le temps de tirer les vers du nez de Geordie.

Tant mieux. Ils avaient d'autres problèmes plus urgents à régler.

— J'ai de mauvaises nouvelles, annonça-t-elle. Apparemment, un témoin de notre partie de cartes est passé ici ce matin. Il a dit à Mme Cranley qu'une certaine Mlle River, de Wharton, avait joué aux cartes avec vous dans une taverne hier soir.

Un mince sourire incurva les lèvres de lord Jarret.

— Une « Mlle River » ? Et votre amie Mme Cranley n'a pas fait le rapprochement avec vous ?

— Par chance, non. Et ce n'est pas mon amie. Son informateur ayant fait des... insinuations concernant votre « conduite scandaleuse » avec cette Mlle River, Mme Cranley s'inquiète que nous voyagions avec vous.

Sa voix se fit amère tandis qu'elle enchaînait :

— Elle dit que vous êtes un séducteur notoire, et que Sissy et moi ferions mieux de finir le trajet en malle-poste.

Lord Jarret arborait un visage de marbre. Seul l'éclat de ses yeux trahissait sa colère. Un instant, Annabel ne put s'empêcher d'éprouver de la compassion pour lui. Il devait être las de tous ces ragots à son sujet.

Cela dit, la seule personne qui en souffrirait si quelqu'un s'avisait de faire le lien entre « Mlle River de Wharton » et Mlle Lake de Burton, c'était elle ! Elle était bien punie pour avoir accepté le pari de lord Jarret. Elle aurait dû se douter que les clients de la taverne feraient des suppositions choquantes quant au gage que lui avait demandé Jarret Sharpe si elle perdait. Les hommes imaginaient toujours le pire chez les femmes, elle aurait dû le savoir...

Une porte s'ouvrit, et Annabel murmura :

— Voilà Sissy. Nous devrions partir sans attendre. J'ignore de quoi cette stupide aubergiste est capable si nous nous attardons, mais j'imagine que vous n'avez pas envie de le découvrir.

Croisant les bras, lord Jarret adressa à Annabel un regard qui ne souffrait aucune discussion.

— J'ai l'habitude des ragots. Et j'ai déjà commandé notre repas.

Avec un sourire qui semblait un peu forcé, il ajouta :

— Qu'elle dise ce qu'elle voudra. Je ne partirai pas avant d'avoir mangé mon rôti de porc.

Sissy les rejoignit, l'air anxieux.

— Je pense que mon amie saura rester discrète, lord Jarret. Je lui ai dit combien vous vous étiez montré généreux avec nous.

Elle s'assit près de Geordie, en face de lord Jarret, et poursuivit :

138

— Mme Cranley n'est pas idiote. À présent que je lui ai parlé de vous dans les meilleurs termes, elle comprendra, j'en suis certaine.

Annabel en doutait, mais elle ne dit rien.

Sissy déplia sa serviette de table d'un geste nerveux.

— Au demeurant, il est préférable qu'elle n'ait pas deviné la véritable identité de Mlle River. J'ai du mal à croire que les gens puissent inventer de pareilles horreurs. J'ignore qui est cet homme, mais il mériterait d'être pendu pour avoir affirmé qu'Annabel et vous avez parié pour un gage aussi salace que…

— Sissy, l'interrompit Annabel avec un regard en direction de Geordie.

Sa belle-sœur rougit.

— Oh, pardon !

Comme il fallait s'y attendre, Geordie demanda :

— Ça veut dire quoi « salace » ?

— Cela ne te regarde pas, Geordie, répliqua Sissy. Annabel, assieds-toi. Je suis sûre que Mme Cranley saura se tenir.

Laissant échapper un soupir, Annabel s'assit près de lord Jarret. Sissy avait tendance à penser du bien de gens qui ne le méritaient pas.

— Je veux savoir ! insista Geordie.

— Cela ne te regarde pas, s'impatienta Annabel. Tu chercheras dans un dictionnaire quand nous serons à la maison.

— Mais je veux savoir maintenant ! se fâcha Geordie.

— Cela signifie « lubrique », intervint lord Jarret. C'est lié à la chair.

Comme Annabel et Sissy le fusillaient du regard, il déclara :

— Ce garçon est assez grand pour être informé qu'un membre de sa famille a été insulté.

Geordie se redressa.

— Oui. Et je suis assez grand pour aller provoquer cet homme en duel.

— Ne dis pas de bêtises, Geordie, répliqua Sissy. Il est parti depuis longtemps.

— Et il refuserait de se battre en duel contre un garçon de douze ans, renchérit Annabel. Vous voyez où mènent vos explications ? ajouta-t-elle à l'adresse de Jarret.

— Si George doit vous protéger, il faut qu'il apprenne à penser en homme. Comment le pourrait-il si vous le traitez comme un enfant ?

Alors qu'Annabel se hérissait, Sissy décocha un sourire contraint à leur compagnon.

— C'est très gentil à vous de vous intéresser ainsi à Geordie, milord. N'est-ce pas, Annabel ?

— Très gentil, en effet, dit-elle entre ses dents.

— Pas vraiment, fit remarquer lord Jarret. Je me souviens simplement de ce que c'est que d'avoir douze ans.

Annabel ne put s'empêcher de se demander comment il était à cet âge. Sa grand-mère, lui avait-il dit, l'avait élevé à partir de treize ans. Son caractère avait-il alors changé ? Personne ne pouvait être confronté à la mort brutale de ses parents sans en être profondément et durablement transformé.

Mais peut-être que la séduction qu'il exerçait sur elle la conduisait à chercher en lui une profondeur qu'il ne possédait pas. « Prudence, l'avertit une petite voix. Il n'y a pas de fumée sans feu. Si des rumeurs circulent sur lui... »

À cet instant, une serveuse apporta leur repas. Par chance, Mme Cranley n'avait pas reparu. Elle avait dû considérer que mettre Sissy et Annabel en garde contre lord Jarret suffisait.

La domestique déposa de la bière sur la table. Annabel la huma. On pouvait faire confiance à Mme Cranley pour la choisir de mauvaise qualité ! Puis elle la goûta et fronça le nez. Elle était si concentrée qu'elle remarqua à peine que Sissy renvoyait l'une des assiettes en cuisine.

— La patronne m'a demandé de servir ceci à lord Jarret, insista la fille.

Sans lui laisser le temps de réagir, Sissy lui ôta l'assiette des mains. Sans insister, la bonne posa l'autre assiette devant lord Jarret.

— C'est le même plat, maman, dit Geordie d'un air surpris. J'ai dit à lord Jarret que vous aussi, vous aimiez le rôti de porc.

Sissy en avala une bouchée, et fit la grimace. Étrécissant les yeux, lord Jarret s'empara de l'assiette de Sissy et observa le contenu avec attention.

— Vous ne pouvez pas manger cela.

Annabel se pencha à son tour sur l'assiette. La couleur douteuse et l'odeur qui montait de la viande lui soulevèrent le cœur. Elle regarda les autres assiettes, elles avaient l'air tout à fait appétissantes.

— Cette commère de Mme Cranley t'a servi de la viande avariée, Sissy ! s'exclama-t-elle, choquée. Je vais lui dire ma façon de penser.

Elle se leva, mais lord Jarret l'attrapa par le bras et la força à se rasseoir.

— Cette assiette n'était pas destinée à votre belle-sœur, dit-il, mais à moi.

— Je... je suis sûre que c'est une erreur, balbutia Sissy.

— La seule erreur, c'est moi qui l'ai commise en insistant pour manger ici, déclara Jarret.

Il leva, vida l'assiette dans le seau à charbon près de la cheminée, puis alla offrir son bras à Sissy.

— Nous partons, décréta-t-il. Nous déjeunerons à la prochaine auberge.

Dieu merci, Sissy ne protesta pas.

— En as-tu mangé beaucoup ? demanda Annabel tandis qu'ils se dirigeaient vers la porte.

— Une bouchée.

— Je suis désolé, madame Lake, intervint lord Jarret. Je n'avais pas compris pourquoi vous vouliez renvoyer cette assiette en cuisine, ni avec quel empressement votre amie voulait vous arracher à mes vilaines griffes.

— Je suis certaine que Mme Cranley n'avait pas l'intention de...

— Ne lui cherche pas d'excuses, Sissy, coupa Annabel. Personne ne te reproche rien. C'est cette femme qui devrait être pendue.

Dans l'entrée, ils croisèrent Mme Cranley, qui lança un regard mauvais à lord Jarret. Lâchant le bras de Sissy, il murmura :

— Allez dans la voiture, tous les trois. Je vous rejoins.

— Avez-vous bien mangé, milord ? eut l'audace de demander l'aubergiste tandis qu'Annabel poussait Sissy et Geordie vers la porte.

— La prochaine fois que vous tenterez d'empoisonner quelqu'un, madame, assurez-vous que votre personnel a compris vos instructions. C'est Mme Lake qui a goûté au plat que vous me destiniez.

Annabel regarda par-dessus son épaule. L'aubergiste avait pâli.

— S'il lui arrive malheur, poursuivit lord Jarret, je vous traîne devant les tribunaux pour tentative de meurtre. Est-ce bien clair ?

— Milord, je n'ai pas... C'est-à-dire que...

Annabel poussa Sissy vers la voiture. Sa belle-sœur semblait aller bien, mais elle n'en était pas moins inquiète. Elle s'était toujours méfiée de Mme Cranley, mais à présent, elle la détestait cordialement. Comment pouvait-on commettre un acte aussi vil ? Et sur la base de simples rumeurs ! Cette femme n'avait pas toute sa raison.

142

Lord Jarret l'avait tout de suite vu, mais il n'en avait rien montré. Manifestement, il était accoutumé à être l'objet des pires rumeurs. Si celles-ci étaient parvenues jusqu'à Burton, il les avait nécessairement entendues à Londres.

Mais, en l'occurrence, cette rumeur-ci était de son fait à elle. Cette pensée la hanta durant tout le trajet jusqu'à l'étape suivante. Et même en voyant Sissy manger de bon appétit, elle ne put s'empêcher de ressentir une certaine culpabilité. Rien de tout cela ne serait arrivé si elle n'avait pas accepté ce pari stupide.

D'un autre côté, sans cela, elle n'aurait pas réussi à convaincre lord Jarret d'aider Lake Ale.

Quand ils firent halte, peu avant la tombée de la nuit, dans une auberge de Daventry, elle l'observa tandis qu'il réservait deux chambres – une pour lui, une autre pour Sissy, Geordie et elle. Comme c'était étrange qu'un homme prenne ainsi soin d'eux ! Hugh avait pratiquement abdiqué toute responsabilité, et Rupert n'avait pas eu le temps de le faire.

Ces dernières années, c'était elle qui avait tout pris en charge. Qu'il était agréable, pour une fois, de laisser quelqu'un d'autre s'occuper de tout. Et dans la mesure où elle lui avait forcé la main, où il n'avait pas le moins du monde envie d'être ici…

Alors qu'ils atteignaient l'étage et que lord Jarret se dirigeait vers sa chambre, elle éprouva de nouveau une sourde culpabilité.

— Sissy, je vous retrouve dans un instant, Geordie et toi, murmura-t-elle. Je dois parler à lord Jarret.

Sissy lui lança un regard étonné, mais elle entraîna l'enfant dans le couloir tandis qu'Annabel s'éloignait à grands pas dans la direction opposée.

— Lord Jarret ? appela-t-elle alors qu'il ouvrait la porte de sa chambre.

Il s'immobilisa sur le seuil.

— Oui ?

— Je vous dois des excuses.

Il parut déconcerté.

— À quel propos ?

— D'abord, pour avoir fait de vous l'objet de nouveaux ragots. Je ne pensais pas que l'on entendrait parler de notre partie de cartes en dehors de Londres. Et je n'aurais certes jamais imaginé que certains devineraient que vous et moi… que vous…

Elle s'interrompit alors que deux clients passaient à leur hauteur en posant sur eux des regards empreints de curiosité. Dès qu'ils eurent disparu, elle entraîna lord Jarret dans sa chambre et poussa la porte pour qu'ils puissent parler en toute discrétion.

— Je n'aurais jamais dû accepter votre gage, lâcha-t-elle.

— C'est moi qui n'aurais jamais dû le proposer, répondit-il en la gratifiant de son irrésistible sourire. Mais ce qui est fait est fait. Les regrets ne servent à rien.

— Peut-être, mais c'est ma faute si Mme Cranley…

— Ne dites pas de bêtises. Vous n'en êtes pas plus responsable que votre belle-sœur. Mme Cranley était de mauvaise humeur et nous en avons fait les frais. Je regrette que cela ait touché votre famille et je prie pour que Mme Lake ne souffre pas de ses actions irréfléchies.

— Moi aussi. Je frémis à l'idée de ce qui se serait passé si vous n'étiez pas intervenu. Merci infiniment.

Comme elle se tournait vers la porte, il demanda :

— Êtes-vous certaine de ne rien oublier ?

Annabel pivota sur ses talons.

— Pardon ?

Un sourire entendu aux lèvres, il s'approcha d'elle.

— Il y a d'autres choses dont vous devez me remercier.

— D'autres choses ? répéta-t-elle sans comprendre.

— Pendant que vous médisiez de moi, je me suis occupé de votre neveu.

144

— C'est vrai. Et je vous en remercie, milord, dit-elle d'un ton un peu guindé.

Le regard étincelant, il continua de réduire l'espace qui les séparait.

— Il y a aussi le fait que je vous fasse profiter du confort de ma voiture pour aller jusqu'à Burton.

Le cœur d'Annabel battit un peu plus vite.

— C'est plutôt votre frère que je dois remercier pour le prêt du véhicule.

— Ah, mais c'est moi qui vous offre la possibilité de l'utiliser !

Il la prit par la taille.

— Et je vois une excellente façon dont vous pourriez me montrer votre gratitude.

— Composer une ode à votre générosité ? suggéra Annabel d'une voix suave, les jambes flageolantes.

Avec un petit rire, il se pencha pour lui effleurer le lobe de l'oreille de ses lèvres.

— Trouvez une autre idée, chuchota-t-il d'une voix rauque qui lui arracha un délicieux frisson.

Le souffle court, elle proposa :

— Brasser une bière spécialement pour vous ?

— J'avais pensé à quelque chose de plus… personnel.

Puis il couvrit sa bouche de la sienne.

9

Jarret était las de voir Mlle Lake le traiter avec le détachement froid d'un associé en affaires. Toute la journée, elle ne s'était passionnée que pour ses projets concernant la brasserie, n'avait réservé ses sourires et ses mots gentils qu'à son neveu et à sa belle-sœur.

Elle se comportait comme s'il ne s'était rien passé la veille au soir et cela l'exaspérait. Il brûlait de lui rappeler qu'elle avait été loin de se montrer distante entre ses bras, qu'elle avait fondu sous ses baisers.

Comme elle était en train de le faire en cet instant même. Il exulta lorsqu'elle se cambra contre lui en agrippant les revers de sa veste et le laissa plonger la langue dans sa bouche soyeuse. Étouffant un grondement, il la plaqua contre lui. Son odeur le grisait. Ce n'était pas une senteur fleurie écœurante, comme chez les autres femmes, mais un parfum de fruit et de miel, qui lui donnait envie de la dévorer toute crue.

Il fit courir ses lèvres le long de sa joue, la respira avec bonheur, chercha la peau si tendre de son cou, puis le lobe délicat de son oreille. Quand il le mordilla, elle émit un petit soupir tandis que ses mains se crispaient sur sa veste.

— Je suppose que je vous ai suffisamment remercié pour votre... aide, milord, murmura-t-elle.

— Alors c'est à moi de vous exprimer ma gratitude pour la vôtre, répondit-il en parsemant son cou de baisers.

— Je n'ai rien fait pour mériter un tel enthousiasme.

— Si. Vous m'embrassez.

Elle lui faisait battre son cœur, le rendait fou de désir... et dur comme le roc.

— Des baisers... en remerciement de baisers... haleta-t-elle. Cela pourrait être dangereux. Qui sait où cela nous mènerait ?

Jarret savait très bien où lui aimerait que cela le mène. Dans son lit, entre les cuisses d'Annabel, son corps s'arquant sous le sien pour trouver son plaisir. Leur plaisir mutuel.

Il referma la main sur son sein.

Elle se figea.

— Cela ne doit pas nous mener *là*, dit-elle en lui attrapant la main pour la repousser.

Impatient, il captura de nouveau ses lèvres, cette fois avec plus d'ardeur. Malgré ses déclarations, il sentait qu'elle avait envie d'audace et non de tendresse.

Il devait avoir deviné juste car bientôt sa main s'amollit sur la sienne, puis elle la posa de nouveau sur son sein.

Bonté divine, elle en avait autant envie que lui, ce qui ne fit qu'accroître son désir. Elle se montrait peut-être froide avec lui devant sa famille, mais lorsqu'ils étaient seuls, elle était si passionnée qu'il en devenait fou.

Il lui pétrit le sein jusqu'à ce que la pointe durcisse sous sa paume. Elle gémit doucement. Ivre de désir, il la plaqua contre le mur à côté de la porte entrouverte, se plaça entre ses jambes...

— Tante Annabel ? Lord Jarret ? Êtes-vous là ? demanda une voix juvénile derrière le battant.

Jarret eut à peine le temps de s'écarter d'Annabel que George entrait. Il contourna la porte et les vit.

Annabel rougit jusqu'aux oreilles et darda sur Jarret un regard accusateur.

— Que se passe-t-il ? demanda l'enfant d'un ton méfiant.

Avec un sourire forcé, elle répondit :

— Lord Jarret et moi discutons affaires.

— Maman est malade. Il faut venir.

— J'arrive.

La jeune femme tapota vaguement son chignon quelque peu défait, puis passa devant Jarret et gagna le couloir.

— Tu viens, Geordie ?

Sans quitter Jarret des yeux, celui-ci répondit :

— Je te rejoins tout de suite.

Jarret ravala un juron. Le gamin n'avait tout de même pas l'intention de lui passer un savon ? Fermant la porte, il regarda Jarret dans les yeux et demanda :

— Puis-je savoir, milord, quelles sont vos intentions envers ma tante ?

Ses *intentions* ? Cela eut le mérite de calmer instantanément les ardeurs de Jarret.

— J'ignore ce que vous vous imaginez, mon garçon, mais...

— Je sais reconnaître une femme qui vient de se faire embrasser par un homme, déclara George avec emportement.

S'il n'avait pas eu l'air aussi sérieux, Jarret aurait éclaté de rire.

— Grâce à votre longue expérience en la matière, je présume ?

Le gamin rougit, mais ne se laissa pas impressionner.

— J'ai des yeux pour voir. Et je connais votre réputation avec les femmes.

— La mienne, peut-être, mais celle de votre tante est irréprochable. Vous ne vous imaginez tout de même pas qu'elle autoriserait...

— Non, mais cela ne signifie pas que vous ne vous permettriez pas de... eh bien...

— M'accuseriez-vous d'avoir imposé mes ardeurs à votre tante ?

George se raidit.

— Je sais ce que j'ai vu.

— Vous ne savez rien du tout, mon *petit*. Ce qui se passe entre votre tante et moi ne vous regarde pas.

Vous avez dit vous-même que je devais me comporter comme un homme, rétorqua Georges en carrant les épaules. C'est ce que je fais. Et c'est ce que ferait mon père s'il était là. Si vos intentions ne sont pas honorables...

— Et si elles le sont ? l'interrompit Jarret.

Bon sang, pourquoi avait-il dit cela ?

George le dévisagea, une lueur d'espoir dans le regard.

— Dans ce cas, ce serait différent.

Comme Jarret demeurait silencieux, le gamin insista :

— Vos intentions sont-elles honorables, milord ?

Jarret pesta intérieurement, furieux de s'être laissé acculer ainsi. Pourquoi devrait-il rendre des comptes à un gamin ? Il ferait ce qu'il voudrait, nom de nom ! Comme toujours. Et il utiliserait son embarrassante suggestion à son avantage.

— Votre tante et moi avons certaines urgences à régler, George. Aussi, j'apprécierais que vous gardiez mes intentions pour vous.

Il ne voulait pas que le gamin coure raconter à sa tante qu'il allait la courtiser dans les règles.

George hocha la tête.

— Bien, fit Jarret. Et maintenant, nous ferions mieux d'aller voir votre mère.

— Oui, monsieur.

Alors qu'ils se dirigeaient vers la porte, l'enfant leva les yeux vers Jarret.

— Si vous épousez ma tante, vous serez mon oncle.

Jarret réprima un soupir agacé.

— Eh bien, oui, je suppose.

Dieu lui vienne en aide, il devait exister un endroit spécial en enfer pour quelqu'un qui mentait de façon aussi éhontée à un innocent. Quelqu'un qui désirait éperdument la tante dudit innocent. Et qui n'avait pas la moindre intention de renoncer à ses mensonges ni à l'objet de son désir.

Alors qu'ils approchaient de la chambre, ils entendirent des gémissements. George hâta le pas, l'air inquiet. Annabel sortit de la pièce et referma la porte derrière elle. Jarret serra les dents – s'il croisait de nouveau cette Mme Cranley, il allait lui dire ce qu'il pensait d'elle.

— Comment va votre belle-sœur ? s'enquit-il.

— Pas très bien, j'en ai peur.

— Puis-je faire quelque chose ?

— Si vous pouviez demander à l'aubergiste d'aller chercher un médecin...

— J'y vais de ce pas.

George pâlit de nouveau.

— Je veux la voir, dit-il.

— Pas tout de suite, Geordie, répondit Annabel en lui ébouriffant les cheveux avec une telle tendresse que Jarret en eut la gorge nouée. Elle ira mieux très bientôt.

Mais Jarret devinait à son ton qu'elle n'en était pas totalement convaincue.

— Si nous allions nous occuper de faire venir ce médecin, mon garçon ? proposa-t-il à George. Ensuite, nous commanderons à dîner.

Il se tourna vers Annabel.

— Voulez-vous manger quelque chose ?

Elle secoua la tête.

— Je serais incapable d'avaler quoi que ce soit. Mais allez-y, tous les deux.

L'aubergiste fit venir le médecin, puis insista pour offrir à Jarret et à George le repas, qu'ils mangèrent en silence. Quand un domestique leur apporta une tarte aux raisins secs, Jarret vit le gamin se mordre la lèvre comme s'il allait fondre en larmes.

— Maman adore la tarte aux raisins secs.

— Alors nous lui en offrirons dès qu'elle ira mieux.

George lui adressa un regard plein d'espoir.

— On ne peut pas faire quelque chose ? Il faudrait retourner et dénoncer Mme Cranley à la police.

Jarret comprenait.

— Oui, mais que se passerait-il si votre mère avait besoin de nous et que nous soyons absents ? Et si votre tante nous demandait d'aller chercher votre père ? Nous devons rester, au cas où.

— Je suppose, dit George en fixant son assiette. Mais tante Annabel n'enverrait pas chercher père. Et il ne viendrait jamais, de toute façon.

— Pourquoi ? Il est trop malade pour voyager ?

— Je ne veux pas parler de lui ! C'est déjà assez dur de me dire que maman est malade et qu'elle va peut-être mou-mourir mais père…

Le gamin ne put aller plus loin ; il éclata en sanglots.

— Voyons, elle ne va pas mourir.

Ne sachant que dire d'autre, Jarret posa la main sur l'épaule de l'enfant et la pressa.

— Elle va vite se remettre, promit-il. Elle a juste besoin d'un peu de repos et tout rentrera dans l'ordre.

George hocha la tête. Si Jarret comprenait qu'il s'inquiète pour sa mère, sa réaction à la maladie de son père lui semblait exagérée. Annabel n'avait-elle pas affirmé que sa vie n'était pas en danger ?

Il se raidit. Et si c'était *cela*, le secret qu'elle dissimulait ? Si son frère était mourant, cela expliquait qu'il n'ait pu lui écrire de lettre d'introduction et que tous semblent mal à l'aise dès que l'on parlait de lui.

Mais pourquoi en faire un mystère ? Annabel avait-elle craint qu'il ne refuse de passer un marché avec une brasserie sur le point d'être vendue ? Ou qu'il ne tente de la racheter à vil prix s'il devinait sa situation ?

Il se retint de ricaner. En l'occurrence, elle n'avait rien à craindre. La brasserie Plumtree n'avait pas les moyens d'absorber une entreprise concurrente.

Mais il ne pourrait pas non plus investir dans le projet de la jeune femme si le propriétaire de la Lake Ale était à l'article de la mort. Ce serait un cauchemar sur le plan juridique.

Il regarda l'enfant essuyer une larme sur sa joue. Avait-il le droit de l'interroger ?

— Et si nous disputions une partie de cartes ? lui suggéra-t-il. Cela nous aidera à passer le temps en attendant que le médecin nous donne des nouvelles de votre mère.

— D... d'accord. Et vous pourrez peut-être me parler de votre frère ? Celui qui fait des courses de chevaux ?

— Promis, répondit Jarret.

Le gamin le gratifia d'un sourire larmoyant qui lui rappela l'époque où, après le décès de ses parents, il se raccrochait à la moindre manifestation de gentillesse d'un étranger.

Bon sang. Il n'avait pas le droit de tourmenter davantage cet enfant. Ce serait cruel. Il lui faudrait interroger Annabel dès que le calme serait revenu.

Quelques heures plus tard, elle les rejoignit, et parut soulagée de voir que Jarret s'occupait de son neveu. Mais sa pâleur alarma Jarret, de même que son regard voilé d'inquiétude.

— Tante Annabel ! s'écria George en bondissant de sa chaise. Comment va maman ?

— Elle s'est endormie, répondit-elle en jetant un regard à Jarret.

Ce n'était pas une réponse et tous deux le savaient.

— Asseyez-vous, dit-il en se levant pour lui tirer une chaise. Vous avez une mine épouvantable.

Il regretta ses paroles à peine les eut-il prononcées. Il fallait vraiment qu'il soit frustré pour parler ainsi sans réfléchir.

— Quel compliment, commenta-t-elle. Je suis flattée.

— Désolé, ce n'est pas ce que je voulais dire, fit Jarret. Vous devez manger un peu. Ne bougez pas, je vais vous commander quelque chose.

— Pas maintenant. Sissy est encore fiévreuse. Je dînerai plus tard, quand elle ira mieux.

— Non, maintenant, décréta Jarret en la forçant à s'asseoir. Vous n'aiderez pas votre belle-sœur si vous tombez malade à votre tour.

Elle céda à son injonction, quoiqu'à contrecœur, mais toucha à peine au plat que lui apporta une domestique.

— J'étais venue vous demander une faveur, milord.

Quand diable cesserait-elle de s'adresser à lui de manière aussi formelle ? Avait-elle donc oublié que, quelques heures plus tôt, il lui caressait le sein ?

— Tout ce que vous voudrez.

— Accepteriez-vous que Geordie dorme dans votre chambre cette nuit ?

Il hésita une demi-seconde, mais refuser aurait été d'un égoïsme sans nom.

— Bien sûr, répondit-il.

— Tante Annabel, je veux dormir avec maman et toi ! protesta l'enfant.

— Tu te reposeras mieux dans une autre chambre, répondit la jeune femme. Et ta mère aussi.

— Allons, mon garçon, soyez un homme, intervint Jarret. Un homme ne dort plus avec sa mère, n'est-ce pas ?

154

George avala sa salive, puis :

— Non. Je suppose que non.

— Ne vous inquiétez pas pour nous, dit Jarret à Annabel. Nous trouverons de quoi nous occuper. Nous allons boire quelques bières entre hommes, jouer au vingt et un et conter fleurette à une ou deux serveuses.

Elle éclata de rire.

— Vous trouvez cela drôle, je présume, dit-elle en s'efforçant de retrouver son sérieux.

— Au moins, cela vous aura fait rire.

— Uniquement parce que je suis si fatiguée que n'importe quoi me ferait rire, riposta-t-elle, mais elle le couvait d'un regard si affectueux qu'il en fut ébranlé.

— Essayez de dormir un peu, lui conseilla-t-il en s'efforçant de ne pas penser à quel point elle serait charmante en chemise de nuit légère et les pieds nus.

— Merci de vous occuper de Geordie, dit-elle en se levant. Je dois remonter, le médecin m'a donné une potion à administrer à Sissy toutes les deux heures.

Elle se dirigea vers l'escalier, puis s'arrêta et se retourna.

— Oh, j'ai oublié de vous avertir ! Geordie donne des coups de pied dans son sommeil.

— Eh bien, je les lui rendrai, répliqua Jarret, imperturbable.

Comme le gamin lui jetait un regard horrifié, il lui décocha un clin d'œil.

— Je plaisante, petit. J'encaisserai sans broncher.

Il ravala un soupir. La nuit promettait d'être longue.

10

Annabel passa les vingt-quatre heures qui suivirent à vider des pots de chambre et à éponger le front moite de Sissy. À la fin du deuxième jour, elle s'endormit dans un fauteuil au chevet de la malade. Elle fut réveillée quelques heures plus tard par le bruit d'une fenêtre que l'on ouvrait. Sissy s'était levée.

— Que fais-tu ? s'écria Annabel en bondissant.

— C'est un four, ici. J'ai besoin d'air frais.

Elle alla tâter le front de Sissy.

— La fièvre est tombée, constata-t-elle, soulagée.

— Oui, mais je me sens encore faible, répondit sa belle-sœur.

Elle alla se recoucher, puis tapota le lit.

— Viens ici. Toi aussi, tu as besoin de repos.

Elle regarda autour d'elle.

— Où est Geordie ?

— Il dort dans la chambre de lord Jarret.

Elle songea à ce dernier, qui avait fait preuve envers elle d'une sollicitude sans faille chaque fois qu'elle était descendue leur donner des nouvelles, à Geordie et à lui. Il avait même veillé à ce qu'on lui apporte du thé et de quoi se restaurer.

— Tu n'as pas eu peur que Geordie parle de Hugh ? s'inquiéta Sissy.

Annabel s'étendit près de sa belle-sœur en soupirant.

— Si, mais nous n'avions pas le choix. Ils ont passé des heures ensemble. Si Geordie avait dû commettre une indiscrétion, ce serait déjà fait, je pense.

Elle fixa le plafond du regard.

— Et Jarret a peut-être raison. Geordie est assez grand pour savoir certaines choses.

— Jarret ? répéta Sissy, l'air entendu.

Annabel rougit.

— Nous… Eh bien… Il a insisté pour que nous nous adressions l'un à l'autre de façon moins formelle. Étant donné les circonstances.

— Ah oui ?

Cette fois, Sissy semblait amusée.

— N'en tire aucune conclusion.

Comme Sissy émettait un petit rire moqueur, Annabel insista :

— Il n'y a rien entre nous.

— Pourquoi pas ? Il est temps que tu te maries.

— Tu sais très bien pourquoi je n'y tiens pas.

— Oui, mais l'homme idéal ne se laissera pas arrêter par le fait que tu as un fils. S'il doit l'accueillir pour t'avoir, il le fera.

— Il ne te manquera pas ?

— Bien sûr que si, mais tu es autant sa mère que moi. Et il nous rendra visite aussi souvent qu'il le souhaitera. À mes yeux, il a toujours été ton enfant.

— Peut-être, mais à *ses* yeux, il a toujours été *ton* enfant, lui rappela Annabel. De toute façon, peu importe. Je n'ai pas encore rencontré l'homme idéal. Et ce n'est certainement pas lord Jarret. Un fils de marquis n'adopterait pas le bâtard d'une brasseuse ! De toute façon, ce n'est pas le genre d'homme à se marier.

C'était le genre d'homme à séduire. Et elle brûlait de savoir s'il était aussi doué aux jeux de l'amour que ses baisers le laissaient deviner.

Car depuis qu'il l'avait embrassée, une inavouable fièvre s'était emparée d'elle. Elle ne pensait qu'au bonheur qu'elle avait éprouvé en sentant un homme excité se presser contre elle, la caresser, la désirer. Comme elle-même le désirait. Dire qu'elle avait rêvé qu'il la prenne là, contre ce mur...

Elle laissa échapper un soupir agacé. C'était de la folie. Personne depuis Rupert n'avait fait naître en elle une telle envie. Et cela lui manquait terriblement. Jusqu'à ces derniers jours, elle n'avait pas mesuré combien elle souffrait de ne plus avoir de contacts intimes avec un homme.

Elle frémit en songeant qu'ils avaient failli être surpris. Geordie avait-il deviné ce qu'ils faisaient ? Elle aurait aimé savoir de quoi ils avaient parlé, Jarret et lui. Elle n'avait pas eu le temps d'interroger Jarret à ce sujet, mais elle se promit de le faire à la première occasion.

Pas de doute, cet homme était dangereux. Il réveillait en elle des forces qui ne demandaient qu'à échapper à son contrôle.

Seulement, elle n'avait pas le droit de s'y abandonner. Un homme pouvait prendre ce qu'il voulait, puis reboutonner son pantalon, et c'était fini. Une femme avait bien plus à craindre de telles rencontres, elle ne le savait que trop.

— Pourquoi lord Jarret n'est-il pas le genre d'homme à se marier ? voulut savoir Sissy.

Parce qu'il a parié une nuit avec moi. Parce que chaque fois qu'il me regarde, je suis en feu. Parce qu'il me fait ressentir des choses qu'un homme respectable ne me ferait pas ressentir.

— Sa grand-mère lui a posé un ultimatum, ainsi qu'à ses frères et sœurs. S'ils ne se marient pas, elle les déshéritera. D'après son frère, elle a accepté de faire une exception pour lord Jarret s'il dirigeait la brasserie pendant un an. S'il a négocié ce point, j'en déduis qu'il a une franche aversion pour le mariage.

Sissy leva les yeux au ciel.

— *Tous* les hommes ont une franche aversion pour le mariage.

— Pas Rupert, assura Annabel qui, à vrai dire, n'en était pas si sûre.

Rupert était un gamin. Et les gamins sont impétueux.

En effet. Sinon, pourquoi Rupert serait-il parti à la guerre en la laissant se débrouiller seule ?

Jarret, lui, n'était certes pas impétueux. Sauf quand il la plaquait contre un mur…

Bon sang, pourquoi diable ne parvenait-elle pas le chasser de ses pensées ?

— Quelles que soient ses raisons, lord Jarret n'est pas intéressé par le mariage, s'entêta-t-elle.

— Tu ne l'as peut-être pas remarqué, mais les célibataires acceptent rarement de s'occuper des enfants. Et pourtant, cela fait deux jours qu'il surveille Geordie afin de t'aider.

— De *nous* aider, corrigea Annabel.

Sissy s'esclaffa.

— Ce n'est pas moi qu'il suit des yeux en permanence. Ce n'est pas moi qu'il fusille du regard chaque fois que l'on évoque Rupert. Ce n'est pas avec moi qu'il flirte.

— Ce que tu dis est ridicule, rétorqua Annabel, dont le pouls s'était pourtant emballé. Cet homme est un libertin. Il conte fleurette à tout ce qui porte jupons. Du reste, il doit se dire qu'en s'occupant de Geordie, il me permet de m'occuper au mieux de toi et qu'ainsi nous reprendrons la route au plus vite. Il est juste pressé d'en finir avec notre pari.

Du moins allait-elle se le répéter jusqu'à en être convaincue.

— Pense ce que tu veux, répliqua Sissy en bâillant. Mais je suis persuadée que tu as une chance avec lui et que tu ferais bien de la saisir. Tu ne rajeunis pas.

— Merci de me le rappeler.

— Il faut bien que quelqu'un le fasse, répondit Sissy d'une voix pâteuse, avant de sombrer de nouveau dans le sommeil.

Elle aussi devrait se le rappeler, songea Annabel, car personne ne savait de quoi serait fait le lendemain. Mais les baisers de Jarret avaient le don de lui faire perdre tout bon sens. Vraiment, c'était absurde. Elle se comportait comme une gamine pleine d'illusions romantiques. Seule une idiote placerait ses espoirs dans un libertin tel que lui.

Ce fut sa dernière pensée avant de s'assoupir.

Le lendemain matin, le médecin les informa, Jarret et elle, que Sissy allait mieux, mais qu'elle devrait attendre encore une journée avant de reprendre la route.

Si Jarret en était sans doute contrarié, ce fut Geordie qui accueillit la nouvelle avec le plus de mauvaise grâce. Quand ils quittèrent Sissy pour descendre prendre leur petit déjeuner, Geordie bougonna :

— Je ne peux pas croire qu'on va passer une journée de plus ici. Je vais mourir d'ennui !

— Personne ne meurt d'ennui, riposta Annabel d'un ton las.

— Nous jouerons aux cartes, suggéra lord Jarret.

— J'en ai assez des cartes, marmonna le gamin en descendant l'escalier.

— Geordie, ne sois pas grossier, je te prie, le gronda Annabel. C'était très généreux de la part de lord Jarret de te le proposer. Aucun de nous n'apprécie cette situation. Nous devons faire contre mauvaise fortune bon cœur.

— Désolé, dit Geordie sans conviction. On ne pourrait pas au moins aller dehors ? Faire une promenade ?

L'aubergiste venant à leur rencontre, Jarret demanda :

— Dites-moi, qu'y a-t-il à voir dans la région ? N'y a-t-il pas de courses de chevaux ou de concours de tir pour divertir un jeune gentleman ? Un spectacle sanglant, peut-être ?

— Ma foi, il y a le marché, milord. À la foire aux bestiaux, il y a l'abattoir.

Voyant Annabel pâlir, Jarret se mit à rire.

— Je suppose qu'il y a d'autres commerces sur ce marché ?

— Bien sûr, milord. On y vend toutes sortes de choses. Et il y a parfois un homme qui montre un alligator.

— Qu'est-ce que c'est un alligator ? intervint Geordie.

— C'est une créature exotique qui ressemble à un grand lézard, répondit Jarret, avant d'ajouter à mi-voix : C'est très dangereux. Je ne sais pas si nous devrions prendre un tel risque.

— Oh, mais si ! Tante Annabel, pouvons-nous y aller ? S'il te plaît !

— Eh bien, pourquoi pas ?

À présent que Jarret avait éveillé la curiosité de l'enfant, il ne restait plus qu'à espérer que ce montreur d'alligator serait là, ou ils n'avaient pas fini d'en entendre parler.

Dès le petit déjeuner terminé, ils sortirent et se dirigèrent vers la grand-rue. Sur le marché, on trouvait en effet toutes sortes de choses : dentelles et articles de cuir, volailles et cochons. Geordie voulait s'arrêter à chaque étal. Toutefois, nota Annabel, intriguée, il veillait à ne jamais la laisser seule avec Jarret. Un petit chaperon des plus diligent !

162

Jarret, quant à lui, était sombre. À plusieurs reprises, elle surprit son regard acéré sur elle. Cela l'inquiétait énormément. De quoi diable Geordie et lui avaient-ils discuté, la veille ?

Il leur fallut un certain temps pour dénicher l'homme à l'alligator. La description de Jarret était exacte. La créature, longue de huit bons pieds, ressemblait à un dragon armé d'une redoutable dentition. Sa gueule était maintenue fermée par une corde.

Le soldat à la jambe de bois qui le tenait au bout d'une chaîne leur expliqua qu'il l'avait trouvé à l'époque de la bataille de La Nouvelle-Orléans.

— Ce n'était qu'un bébé. Je l'ai ramené à la maison. Voilà dix ans qu'il me suit partout.

Il se pencha vers Geordie et lui adressa un sourire édenté.

— Tu veux le caresser, petit ? C'est seulement un shilling.

— Je préfère vous payer un shilling pour tenir cette bête loin de lui, lâcha Annabel.

— Il ne peut pas lui faire de mal, mademoiselle, dit le vétéran. Je l'ai nourri avant de venir, il n'a pas faim. Et sa gueule est solidement ficelée.

— Oh ! Tante Annabel, je peux le caresser ? S'il te plaît ? supplia Geordie.

— Et si c'était moi qui commençais ? proposa Jarret. Votre tante décidera ensuite si elle prend le risque.

Jarret se pencha pour poser la main sur la tête de l'animal. Comme celui-ci se contentait de ciller brièvement, Geordie répéta :

— Je peux, tante Annabel ? S'il te plaît, s'il te plaît !

— Si tu veux, céda-t-elle.

L'animal était muselé et il semblait inoffensif.

Aussitôt, un attroupement se forma autour d'eux. Geordie profita de l'occasion pour montrer sa bravoure en frotta la tête du saurien d'un geste d'abord prudent, puis avec plus d'assurance, tandis que Jarret déposait deux shillings dans la main de l'homme.

Annabel se raidit. Apparemment, Geordie et Jarret étaient devenus de vrais complices, et en seulement trois jours. Elle trouvait déjà triste que le « père » de Geordie soit devenu un alcoolique au tempérament instable et mélancolique, et voilà qu'un libertin charmeur s'insinuait dans le cœur de cet enfant sans se soucier de ce qu'il ressentirait quand il repartirait pour Londres.

Jarret jeta un regard espiègle à Annabel, puis donna une autre pièce au vieux soldat.

— Pour que la dame puisse aussi le caresser, précisat-il.

Annabel se rembrunit.

— Vous ne pensez tout de même pas que je vais toucher cette créature.

— Allons, où est passée votre audace ? railla Jarret.

La jeune femme tressaillit. Elle avait posé la même question à Rupert le jour où il s'était moqué d'elle parce qu'elle avait suggéré de partir avec lui à la guerre.

Geordie ricana.

— Vous ne convaincrez jamais tante Annabel de le toucher. Les femmes sont trop peureuses.

— Balivernes, rétorqua Annabel, piquée au vif.

Et elle se pencha pour poser la main sur le dos de l'animal. Elle découvrit, surprise, que le contact en était aussi doux que du cuir d'agneau. Quand elle caressa l'alligator, Geordie ouvrit des yeux ronds. Elle lui décocha un sourire supérieur.

Puis la créature tourna la tête et, poussant un petit cri de frayeur, Annabel et Geordie reculèrent d'un bond.

— Il doit vous aimer, mademoiselle, commenta le soldat en riant. D'habitude, il ne fait pas attention aux gens qui le touchent.

Tandis qu'on se bousculait autour d'eux pour caresser l'animal, ils poursuivirent leurs déambulations dans

164

le marché. Profitant de ce que Geordie courait devant eux, Jarret murmura :

— Vous faites toujours cela ?

— Quoi ?

— Relever tous les défis que les hommes vous proposent, répondit-il en recouvrant sa main de la sienne.

— Je ne pouvais pas laisser Geordie me traiter de peureuse, se défendit-elle.

— En effet. Se laisser humilier par un gamin de douze ans… Vous n'y auriez pas survécu.

Annabel émit un petit reniflement hautain.

— On voit que vous n'y connaissez rien. Si je ne le remets pas à sa place de temps à autre, il devient suffisant, autoritaire et insupportable. Comme vous, à vrai dire.

— Quand ai-je été autoritaire et insupportable ?

— Dans votre bureau à la brasserie. Et dans cette taverne, avant que j'accepte votre pari. Admettez-le : si je l'avais refusé, vous m'auriez renvoyée à mon auberge en me conseillant d'être une bonne fille et de rentrer à Burton.

Il fronça les sourcils.

— C'est ce que j'aurais dû faire.

— Et je n'aurais pas obtenu gain de cause.

— Peut-être, mais vous n'auriez pas mis votre réputation en danger.

— Parfois, une femme doit savoir prendre des risques pour parvenir à ses fins.

Elle regarda Geordie, qui contemplait l'étal d'un marchand de selles pour chevaux, et demanda à voix basse :

— À propos de risques, que vous a dit Geordie après nous avoir surpris, l'autre soir ?

— Rien de spécial, répondit Jarret d'un ton trop détaché pour être honnête.

— J'ai du mal à croire qu'il n'ait *rien* demandé…

— Regardez ! Il y a une femme qui vend de la bière au tonneau. George, venez, appela-t-il.

Ce dernier les rejoignit en courant.

— Allons voir si elle la brasse elle-même, proposa Jarret.

Maudit soit-il ! À présent, elle était certaine qu'il lui cachait quelque chose.

— Pourquoi voulez-vous que je goûte cette bière ? maugréa-t-elle.

— Considérez cela comme des recherches professionnelles. Si cette femme brasse sa bière, elle sait ce qui se vend ici. Elle nous donnera peut être des informations utiles pour l'avenir.

Incapable de contester cet argument, Annabel s'inclina.

Il apparut que cette dame vendait sa bière non seulement sur le marché de Daventry mais aussi à travers tout le Staffordshire. Annabel écouta Jarret l'interroger sur les goûts de ses clients. Pour un homme qui se prétendait nouveau dans le métier, il possédait des connaissances impressionnantes sur la vente de la bière – un sujet que, pour sa part, elle ne maîtrisait pas. Cela l'inquiéta. Et si, en faisant l'inventaire de Lake Ale, il décidait que son projet n'était pas viable ?

Si c'était lui qui avait raison ?

Geordie lui réclama quelques pièces et elle les lui donna distraitement sans cesser d'écouter Jarret. Quelques instants plus tard, toutefois, elle s'aperçut que Geordie n'était plus près d'elle. Elle se retourna, et le vit tendre sa monnaie à un homme qui se tenait derrière un étal sur lequel étaient posés trois dés à coudre retournées. L'homme mit un pois sous l'un des dés et commença à déplacer ceux-ci sur la table.

— Que fait-il donc ? murmura-t-elle.

Jarret suivit son regard et se rembrunit. Avant qu'Annabel ait eu le temps de réagir, il fonça vers la table, autour de laquelle des badauds s'étaient attroupés. Sous son regard stupéfait, il trébucha et renversa la table.

Elle s'approcha en courant et l'entendit s'exclamer :

— Désolé ! Je suis affreusement maladroit.

L'homme grommela vaguement tandis que Geordie gémissait :

— J'étais sur le point de gagner, lord Jarret !

À la mention de son titre, l'homme parut soudain mal à l'aise.

— Quel dommage, dit Jarret. Je suppose que j'ai tout gâché.

Puis, dardant sur l'homme un regard glacial, il ordonna :

— Rendez-lui son argent, voulez-vous, mon ami ?

L'homme pâlit, mais s'exécuta sans broncher.

— Si vous les remettez, commença Geordie, je pourrais…

— N'y songez même pas, l'interrompit Jarret en le prenant par le bras. Votre tante nous attend. N'est-ce pas, mademoiselle Lake ?

Décontenancée, Annabel bégaya :

— O… oui, bien sûr. Nous devrions y aller.

Traînant derrière lui un Geordie fulminant, Jarret remonta la rue d'un pas si rapide qu'Annabel dut courir pour rester à sa hauteur.

— Lâchez-moi ! protesta Geordie. J'étais sur le point de gagner !

— Pas aux dés à coudre, mon garçon. Vous alliez vous faire escroquer.

Alors que Geordie cessait de se tortiller, Annabel s'arrêta net, outrée.

— C'est affreux. Nous devrions aller avertir les autres ! s'écria-t-elle.

— Je ne vous le conseille pas.

— Pourquoi ?

— Les gens qui pratiquent cette combine ont des complices pour surveiller les alentours et empêcher les gêneurs d'intervenir. Ils n'hésiteront pas à vous planter un couteau dans le dos. Mieux vaut signaler leur présence aux responsables de ce marché.

— Vous êtes certain que c'était une tricherie ? risqua Geordie.

— Oui. Ils en font autant dans les rues de Londres. Vous avez beau bien regarder, le pois n'est jamais sous le dé où vous le pensiez. L'homme l'a dans sa main, de sorte qu'il peut le placer où il veut.

Geordie écarquilla les yeux.

— Comme vous hier avec les cartes.

Jarret marmonna un juron.

— Exactement. Cherchons plutôt une mercerie, voulez-vous ? J'aimerais ramener quelque chose pour Mme Lake.

— Attendez, intervint Annabel. Qu'est-ce que cette histoire de cartes ?

— Lord Jarret m'a montré comment cacher une carte dans sa main, en prendre en dessous du paquet et…

— Vous lui avez appris à *tricher* ? s'exclama la jeune femme.

— Uniquement pour qu'il reconnaisse un escroc quand il en croisera un.

— Et où est-il censé en croiser, je vous prie ? Dans un tripot ?

Lord Jarret haussa les épaules.

— Il y en a partout. Vous ne pouvez pas savoir quand il en rencontrera. Un homme averti en vaut deux.

Que lord Jarret se mêle ainsi de l'éducation de Geordie mit Annabel en colère. Elle venait de consacrer douze ans de sa vie à offrir à l'enfant une instruction irréprochable, et vers qui celui-ci se tournait-il pour demander conseil ?

— Je suppose que vous lui avez aussi inculqué quelques ficelles pour parier de l'argent ? répliqua-t-elle sèchement. Comme cela, il pourra consacrer ses nuits aux mêmes occupations stériles que vous.

— Et si c'était le cas ? s'écria Geordie, prenant la défense de son héros. Personne ne m'apprend ces choses-là, à la maison. Maman et toi, vous me traitez comme un bébé incapable de faire quoi que ce soit. Peut-être que je veux savoir des choses sur les paris ? Peut-être que cela me plairait si j'essayais ?

— Bonté divine, murmura lord Jarret.

— Voyez-vous ce que vous avez fait ? l'accusa Annabel. Vous l'incitez à...

— On dirait que j'arrive au bon moment, dit une voix derrière eux.

Annabel fit volte-face, pour découvrir Sissy, qui semblait aller nettement mieux.

— Que fais-tu là ? s'alarma-t-elle.

Sa belle-sœur esquissa un geste évasif.

— J'en avais assez d'être enfermée dans cette chambre. J'ai décidé de vous rejoindre. Je me sens très bien.

Elle regarda Jarret, puis revint à Annabel.

— Et je suis la seule, apparemment. Je vous entendais vous disputer depuis l'autre bout de la rue.

— Tante Annabel est méchante avec lord Jarret, se plaignit Geordie.

Sissy réprima un sourire.

— Eh bien, nous allons la mettre au coin.

Annabel leva les yeux au ciel.

— Lord Jarret semble trouver souhaitable d'apprendre à tricher à un enfant de douze ans.

— Je suis sûre qu'il voulait juste aider, répondit Sissy dont le regard pétillait d'amusement.

— Oui, aider Geordie à suivre son lamentable exemple, répliqua Annabel.

— Ne dis pas cela ! cria le gamin. Si tu continues d'être méchante avec lui, il ne voudra plus t'épouser !

11

Jarret retint un juron. En vérité, il était surpris que le gamin ait gardé le silence aussi longtemps. La discrétion n'était pas le fort des enfants de son âge, en général.

Quant à Mme Lake, elle l'observait à présent avec cette expression qu'ont les mères de filles à marier qui pensent avoir mis le grappin sur un bon parti.

Annabel, elle, avait l'air abasourdi.

Bien évidemment, George aggrava les choses en déclarant :

— Désolé, milord. Je... je n'avais pas l'intention de trahir votre secret.

Annabel darda un regard stupéfait sur Jarret.

Maudit soit ce gamin !

— Je cherchais un endroit pour prendre le thé, Geordie, dit Mme Lake en prenant l'enfant par l'épaule. Si tu m'aidais à trouver ?

— Mais... mais je dois d'abord expliquer...

— Je pense que tu as donné suffisamment d'explications comme cela. Allons, viens.

Puis, adressant un regard entendu à Annabel, elle ajouta :

— Ne va pas te promener trop loin, ma chérie. J'ai l'impression qu'un orage se prépare.

Et pas seulement au sens propre, songea Jarret tandis que Mme Lake s'éloignait avec George.

— Que diable racontait Geordie ? lança Annabel, les poings sur les hanches.

Jarret était au pied du mur. Alors il fit ce que son père avait toujours fait lorsque sa femme l'accusait. Il prit la fuite.

— Je ne vois pas de quoi vous parlez, marmonna-t-il avant de tourner les talons et de s'engager dans la première ruelle venue sans un regard en arrière.

Empoignant ses jupes, Annabel s'élança à sa suite.

— Répondez moi ! Comment Geordie s'est-il mis dans la tête que vous vouliez m'épouser ?

— Pourquoi ne pas lui poser la question ? répliqua Jarret, curieusement réticent à l'idée de lui mentir.

— C'est à *vous* que je le demande. Vous lui avez raconté quelque chose, n'est-ce pas ? Après qu'il nous a surpris ensemble ?

Enfer et damnation, pas moyen de se dérober ! Et comme si cela ne suffisait pas, le ciel se couvrait rapidement.

C'était le moment d'adopter une autre des tactiques de père : la contre-attaque. S'immobilisant, il fixa un regard glacial sur la jeune femme.

— Je répondrai à votre question quand vous aurez répondu à la mienne. Votre frère est-il mourant ?

La ruse fonctionna. Mlle Lake pâlit, puis elle hâta le pas et le dépassa. Si elle espérait s'en sortir à si bon compte, elle se trompait.

Il la rattrapa en deux enjambées.

— Eh bien ? insista-t-il.

— D'où vous est venue l'idée que mon frère serait mourant ? demanda-t-elle d'un ton crispé.

— George a paru anormalement affecté par la maladie de sa mère. Et quand j'ai suggéré que son père voudrait peut-être venir à son chevet, il a répondu que vous

172

ne l'appelleriez pas, et que même si vous le faisiez, il ne viendrait pas.

Annabel parut abasourdie.

— Je refuse de croire que Geordie ait dit une chose pareille ! Bien sûr, que Hugh viendrait !

— J'ai eu l'impression, insista Jarret, que son père était trop malade pour voyager. Et je me suis dit que s'il était à l'article de la mort …

— Mon frère n'est *pas* à l'article de la mort, vous m'entendez ? Son problème n'est que temporaire et il devrait aller mieux très bientôt.

Elle semblait sincère, mais il en fallait davantage pour convaincre Jarret.

— Dans ce cas, pourquoi George semble-t-il persuadé du contraire ?

— Je n'en ai aucune idée, avoua-t-elle, soucieuse. Il sait très bien que son père n'est pas mourant. Je suppose que, comme souvent les enfants de cet âge, il a tendance à exagérer les choses.

C'était certes possible, dut reconnaître Jarret, qui se souvenait de sa propre enfance.

— Il serait plus raisonnable si sa mère et sa tante ne le couvaient pas autant. Ce n'est pas bon pour un garçon de son âge. Il va finir par se croire le centre du monde et accorder trop d'importance à tout ce qui concerne sa petite personne.

— C'est ridicule, nous ne le couvons pas.

— Vraiment ?

Ils avaient à présent quitté le marché et cheminaient le long d'une paisible allée bordée de charmants cottages et de granges.

— Il est assez grand pour aller à Eton, mais il ne sait pas reconnaître quelqu'un qui tente de l'escroquer.

— Moi non plus, je ne l'avais pas compris, répliqua-t-elle d'un ton acide. Je n'avais jamais entendu parler de ce jeu. Contrairement à Londres, il n'y a pas des escrocs à tous les coins de rue à Burton.

— George devrait être à l'école, à apprendre comment le monde tourne.

— Je suis d'accord. Malheureusement, je... nous n'avons pas les moyens de l'envoyer étudier vu la situation de la brasserie.

— Alors dites à votre frère d'engager un précepteur, pour l'amour du ciel. Et laissez-le respirer un peu. Vous allez finir par l'étouffer.

Elle émit un petit reniflement agacé.

Excellent conseil, de la part d'un homme qui a grandi comme un sauvage parce que personne ne s'occupait de lui. Et qui se conduit toujours comme un gamin parce qu'il a peur de grandir.

Jarret s'arrêta net. Elle le prenait pour un *gamin* ?

— Je suis désolée, s'empressa-t-elle d'ajouter. Je n'aurais pas dû dire cela.

Il la fusilla du regard.

— Je n'ai pas demandé à jouer les bonnes d'enfant auprès de votre satané neveu. C'était *votre* idée. Si vous n'appréciez pas mes méthodes, tant pis. Dieu sait que j'ai autre chose à faire.

Le désarroi se peignit sur le visage d'Annabel.

— Fort bien. Je ne vous demanderai plus de le surveiller.

S'efforçant de dominer la colère où le plongeait la réaction de la jeune femme, Jarret se remit en marche. Elle lui emboîta le pas.

— Vous savez où vous allez ? demanda-t-elle.

— Non, marmonna-t-il. Et peu m'importe.

Comme si la nature avait décidé que cela *devait* lui importer, une grosse goutte s'écrasa sur son manteau. Il ne manquait plus que cela !

— Nous devrions peut-être faire demi-tour ? suggéra-t-elle.

174

Au même instant, la pluie commença à crépiter.

— Trop tard, grommela Jarret.

Avisant une grange non loin, il y entraîna la jeune femme. Une odeur de paille séchée flottait dans l'air. Le bâtiment était plongé dans la pénombre.

— Il n'y a personne, apparemment, remarqua-t-il. Tout le monde doit être au marché.

— Parfait, rétorqua-t-elle. Vous allez pouvoir répondre à ma question. Qu'avez-vous dit à Geordie pour qu'il s'imagine que vous alliez m'épouser ?

Jarret jura entre ses dents. Il aurait dû se douter que sa ruse ne fonctionnerait qu'un temps.

— George n'est plus un bébé. Il comprend beaucoup de choses.

— Oh, j'en suis bien consciente ! Et qu'a-t-il compris, exactement ?

— Assez pour deviner que j'étais en train de vous embrasser.

— Juste ciel, murmura Annabel en pâlissant.

— Il m'a demandé si mes intentions à votre endroit étaient honorables, avoua Jarret à contrecœur. Il fallait bien que je lui réponde quelque chose.

— Vous auriez pu lui dire la vérité, rétorqua-t-elle de ce ton supérieur qu'elle prenait quand elle était persuadée d'avoir la morale de son côté.

Une bouffée de colère submergea Jarret.

— La vérité ? répliqua-t-il. Que mon intérêt envers sa tante est purement charnel ? C'est *cela* que vous auriez préféré que je lui dise ?

Elle battit des paupières.

— Je… Eh bien… Non, je suppose que cela n'aurait pas été une bonne idée.

Il s'approcha d'elle.

— J'aurais pu lui dire que si tout s'était passé comme je le voulais, vous auriez déjà passé une nuit dans mon lit.

Une adorable rougeur couvrit les joues de la jeune femme.

— Non, je n'aurais certes pas voulu que vous…

— J'aurais pu lui dire que je ne peux pas m'empêcher de vous toucher, poursuivit-il en la prenant par la taille.

Elle rougit de plus belle, ce qui ne fit que jeter de l'huile sur le brasier qui le consumait.

— J'aurais pu lui dire que je ne pense à rien d'autre qu'à vous faire l'amour. Que la nuit, je reste éveillé en essayant d'imaginer votre corps sous le mien. Cela aurait-il satisfait votre sens de la vérité et de l'honneur ?

— Cela n'aurait assurément pas…

Elle se tut en entendant des voix leur parvenir.

— Malédiction, marmonna Jarret. Il ne manquerait plus qu'on nous surprenne ici !

Apercevant une échelle qui menait au grenier, il entraîna Annabel à sa suite.

— Montez, ordonna-t-il.

Par chance, elle était leste. À peine étaient-ils en sécurité que la porte de la grange s'ouvrit. Forçant la jeune femme à s'asseoir près de lui dans la paille, Jarret posa l'index sur ses lèvres pour lui intimer le silence.

En bas, deux hommes discutaient de la vente d'un cheval, mais Jarret ne prêta aucune attention à leur échange. Il n'était que trop conscient de la proximité d'Annabel Lake, de sa robe mouillée qui lui collait au corps, révélant les pointes durcies de ses seins.

Soudain, il oublia George, la brasserie et ce que cette femme lui dissimulait au sujet de son frère. Il n'y avait plus qu'elle et ce regard qu'elle levait vers lui – un regard qui le rendait fou.

Ce fut plus fort que lui. Le cœur battant furieusement, il suivit du bout du doigt ses lèvres pleines. Une fille de la campagne dans son élément, prête à se faire trousser sur la paille… La tentation était trop forte ! Enivré par les odeurs de foin et de chevaux auxquelles se mêlait le doux parfum qui émanait d'elle, il s'inclina et s'empara de sa bouche. Et exulta lorsqu'elle accueillit sa langue tout en nouant les bras autour de son cou.

Plus rien n'existait soudain que ce baiser. En bas, le murmure continuait, mais il ne s'en souciait plus. Il était trop occupé à se repaître de la bouche d'Annabel.

Dieu du ciel, c'était un pur bonheur de l'embrasser ! Pas d'hésitation, pas de timidité de vierge effarouchée. Elle se donnait tout entière, corps et âme, sans la moindre réserve. Son désir était aussi intense que le sien. Il luttait, s'efforçant de garder la tête froide, mais déjà il était prisonnier de cette toile de passion qu'elle tissait autour de lui à chaque ondulation de son corps voluptueux contre lui.

Profitant de l'obligation où ils étaient de garder le silence, il parsema son cou et sa gorge de baisers, jusqu'à la naissance de ses seins. Relevant la tête, il chercha son regard tout en tirant sur son corsage.

Le souffle de la jeune femme s'accéléra, mais elle n'opposa pas la moindre résistance – pas même lorsqu'il referma la bouche sur son sein, que ne couvrait plus que sa camisole. Quand il donna un coup de langue sur la pointe dressée, elle laissa échapper un doux soupir et l'attira vers elle.

Jarret n'attendait que cela. Sans cesser de sucer son mamelon, il referma la main sur son autre sein. Elle se pressa contre lui, se cramponna à lui. Elle en voulait plus. Et lui avait *besoin* de plus. De beaucoup plus.

Elle ne le quitta pas des yeux lorsqu'il dénoua le lien qui fermait sa camisole – des yeux dont l'éclat fiévreux faisait écho au feu qui lui incendiait les reins. Il fit glisser le vêtement, contempla sa poitrine nue, et son cœur manqua un battement.

Dieu qu'elle était jolie ! Ses seins étaient aussi généreux qu'il l'avait supposé, avec de larges mamelons roses qui ne demandaient qu'à être léchés et sucés. Il se mit aussitôt à l'ouvrage, avant de caresser sa chair moite, lui arrachant un gémissement qui était autant un soupir qu'une supplique.

Jamais il n'avait entendu appel plus érotique. Son sexe devint aussi dur que le marbre contre la cuisse de la jeune femme.

— Seigneur, Annabel… murmura-t-il contre son sein.

En bas, les voix se turent. L'espace d'un instant, il craignit qu'on ne les ait entendus, puis la porte s'ouvrit et se referma. Ils étaient seuls.

Elle le repoussa, l'air soudain indécise.

— Vous devriez peut-être… me laisser me relever… murmura-t-elle, sans pour autant faire mine de se rhabiller.

— N'y comptez pas, répondit-il d'une voix enrouée.

Elle ouvrit des yeux ronds.

— Pourquoi ?

Jarret ne put retenir un rire étranglé.

— À votre avis ?

Ignorant la main qu'elle avait posée sur son torse pour le repousser, il se pencha de nouveau et aspira sans douceur son sein entre ses lèvres. Elle s'arqua contre lui.

— Nous ne devrions pas… faire cela, chuchota-t-elle, tout en glissant les mains sur ses épaules.

— Je veux vous caresser, dit-il en lui retroussant ses jupes. Laissez-moi vous toucher.

Un long frisson la secoua, puis elle ferma les yeux.

— Oui, souffla-t-elle. S'il vous plaît…

Annabel savait qu'elle prenait un risque en l'encourageant. La situation pouvait déraper, et elle se retrouverait dans la même situation que treize ans plus tôt. À cette différence près que, cette fois, l'homme qui l'aurait engrossée lui briserait le cœur. Car lord Jarret était un libertin, un homme qui passait à autre chose après avoir obtenu ce qu'il voulait de ses conquêtes.

Jusqu'à présent, elle avait résisté à son charme, mais si leurs relations prenaient un tour intime, ce serait impossible. Elle était incapable de partager le lit d'un homme puis de l'oublier.

D'un autre côté, cela faisait si longtemps qu'un homme ne l'avait pas touchée ainsi. Comment ne pas céder à la tentation ? Même Rupert n'avait jamais exprimé son désir de façon aussi troublante. Et elle découvrait qu'elle en rêvait.

Après tout, personne ne savait qu'ils étaient là. Personne ne savait ce qu'ils faisaient...

— Je vous promets de vous laisser intacte, chuchota-t-il.

Elle tressaillit. La laisser intacte ? Bien sûr. Il la croyait vierge. Et, en vérité, elle avait l'impression de l'être.

— D'accord, souffla-t-elle.

— Je veux juste vous voir atteindre l'extase, dit-il en glissant la main dans la fente de ses culottes.

— Quoi ? s'exclama Annabel en rouvrant vivement les paupières.

— Voilà trois nuits que j'essaie de vous imaginer pendant que je vous possède. Je veux savoir si la réalité correspond à mes rêves.

Comme elle se raidissait, il ajouta :

— Je sais que je ne peux pas vous prendre... mais je peux vous donner du plaisir.

Il caressa doucement les tendres replis de sa féminité, lui arrachant un gémissement. Un sourire complice aux lèvres, il murmura :

— Laissez-moi vous regarder jouir, ma belle.

Envahie par une inavouable excitation, Annabel s'entendit répondre :

— B... bien.

Sa voix grimpa dans les aigus tandis qu'il frottait d'un doigt habile la petite perle au creux de sa chair.

— Je vous promets que ce sera mieux que « bien », assura-t-il, amusé.

Puis il glissa plus bas et approcha son visage de ses cuisses.

— Que faites-vous ? demanda Annabel, inquiète.

— Je veux vous goûter.

— Où ?

En guise de réponse, il fit courir sa langue là où ses doigts se trouvaient un instant plus tôt.

— Oh, mon Dieu... souffla Annabel.

Comment un homme pouvait-il prodiguer des caresses aussi scandaleuses ?

Et qui aurait imaginé que cela puisse être aussi délectable ?

Lui maintenant les cuisses écartées, il l'embrassait et la léchait. Bientôt, un halètement de surprise et de volupté mêlées lui échappa. C'était si... intense ! Jamais elle n'avait ressenti cela avec Rupert.

Bien sûr, Jarret Sharpe n'était pas un gamin de la campagne. Il savait comment incendier les sens d'une femme. Et, après tout, que risquait-elle à le laisser faire ? Quand aurait-elle de nouveau l'occasion de se sentir aussi libre, aussi ardente, aussi *vivante* ?

Sa langue continuait de la fouailler avec fièvre, intensifiant son désir de seconde en seconde. Elle se souvenait d'avoir éprouvé du désir autrefois, mais jamais il ne lui avait paru aussi puissant. Oubliant toute pudeur, elle se cambra pour mieux s'offrir à ces baisers d'une indécence inouïe.

Jarret rit tout bas.

— Vous aimez cela ?

Les joues en feu, elle hocha la tête.

— Et ceci ? murmura-t-il.

Il aspira entre ses lèvres la petite crête charnue lovée entre les pétales de son sexe, et elle crut devenir folle.

— Vous... savez bien... que oui, articula-t-elle en s'arc-boutant sous ses lèvres.

— Je voulais juste m'en assurer, dit-il.

Puis il reprit ses baisers avec plus de fougue encore, si une telle chose était possible. Seigneur, que lui *faisait-il* ? De Rupert, elle avait gardé le souvenir de caresses agréables, d'une douce intimité, d'un plaisir qui n'avait pas besoin de s'exprimer.

Avec Jarret, tout était purement, audacieusement charnel. Elle avait envie de crier, de sortir de son corps qui lui semblait soudain trop étroit pour contenir ces flots de plaisir qui déferlaient en elle.

— Jarret, je vous en prie... gémit-elle en enfouissant les doigts dans ses cheveux pour le garder entre ses cuisses.

— Prenez votre plaisir, Annabel... Il est à portée de main.

Elle sut aussitôt ce qu'il voulait dire. Elle percevait déjà les prémices de la jouissance au plus secret d'elle-même. Elle était là, tout près... Encore quelques caresses et...

La lame de fond de la volupté pure la balaya, lui arrachant un long cri de joie. Seigneur ! C'était merveilleux... stupéfiant... Cela allait bien au-delà de tout ce qu'elle avait jamais connu.

Il lui fallut un long moment pour retrouver son souffle... et ses esprits. Quand elle se risqua à regarder Jarret, elle s'aperçut qu'il la contemplait.

Elle s'empourpra.

Il la gratifia de ce sourire canaille qui creusait des fossettes dans ses joues.

— Vous êtes tellement jolie dans la jouissance, Annabel, murmura-t-il. Vous êtes toute rose de passion, ici...

Il déposa un baiser à l'intérieur de sa cuisse.

— Là...

Il se redressa pour lui embrasser le sein.

— Et là aussi, continua-t-il en effleurant sa gorge de ses lèvres.

— Et vous ? s'entendit-elle demander. Comment êtes-vous dans la jouissance ?

Il redressa vivement la tête, et elle regretta aussitôt ses paroles. Jamais une vierge n'aurait posé une telle question.

Il ne devait pas deviner qu'elle ne l'était plus, ou il tenterait de profiter de la situation. La seule barrière qui se dressait entre elle et un nouvel enfant illégitime, c'était la certitude que Jarret avait de son innocence.

— Je... je... bégaya-t-elle.

Le regard étincelant, il lui prit la main et la posa sur le renflement qui gonflait son pantalon.

— Et si vous essayiez de le découvrir par vous-même ? suggéra-t-il.

12

Jarret retint son souffle, certain qu'Annabel allait prendre peur. C'était une chose d'éprouver de la curiosité pour le plaisir masculin, c'en était une tout autre d'en faire l'expérience directe.

Cela dit, jamais il n'aurait imaginé qu'elle se laisserait caresser intimement. Et encore moins que son abandon ferait naître en lui des sensations inédites, une nostalgie qu'il n'avait jamais ressentie. L'envie de posséder pleinement une femme – non pas seulement son corps, mais aussi son esprit, son cœur, son âme.

C'était si effrayant qu'il s'empressa d'étouffer cette envie.

— J'adorerais que vous me touchiez, Annabel, murmura-t-il. Que vous me fassiez jouir avec vos mains.

Elle le regarda d'un air méfiant.

— Je ne pense pas que ce soit raisonnable.

Se souvenant de son goût pour les défis, il haussa les épaules.

— Ma foi, si vous ne vous en sentez pas capable…

— Bien sûr que j'en suis capable, protesta-t-elle. Ce ne doit pas être si dur que cela.

Il ne put retenir un éclat de rire.

— Oh, croyez-moi, ma belle, ça l'est !

Il plaqua la main de la jeune femme sur son entre-jambe. Elle rougit jusqu'à la racine des cheveux.

— Juste ciel, murmura-t-elle.

En réponse, le sexe de Jarret tressaillit et durcit davantage.

— Vous avez l'intention de me laisser dans cet état ? s'enquit-il en se pressant contre sa paume.

— Eh bien, je suppose que ce serait… grossier de ma part.

Elle le caressa d'une main timide. Il crut qu'il allait exploser.

— Grossier, répéta-t-il. C'est le mot.

Quand ses doigts légers effleurèrent l'extrémité de son sexe, il laissa échapper un soupir étranglé.

— Vous pouvez le sortir, vous savez, dit-il.

Un sourire espiègle aux lèvres, elle laissa sa main courir sur toute la longueur de son érection.

— Vraiment ?

— Bonté divine, touchez-moi ! supplia-t-il.

Il ne tolérerait pas un instant de plus ses taquineries. En vérité, il commençait à se demander jusqu'à quel point elle était inexpérimentée. Il était prêt à parier dix contre un que Rupert et elle ne s'étaient pas contentés de s'embrasser.

Pauvre garçon, songea-t-il. Partir à la guerre en ayant de pareils souvenirs et aucun espoir d'assouvir ses désirs.

— Annabel, je vous en prie…

— D'accord.

Le sang lui rugit aux oreilles. Chaque fois qu'elle disait « d'accord » de ce ton plein de sous-entendus, cela le rendait fou.

Elle déboutonna son pantalon, puis son caleçon. Et quand son sexe jaillit de sa prison de tissu, Jarret en frissonna de soulagement.

Sans cesser de sourire, Annabel le prit dans sa main...
et il entama une longue descente dans la folie. Le spectacle de cette jolie fille si fraîche lui administrant ces
caresses dignes d'une courtisane était si excitant que
c'était à la limite du supportable. S'il ne faisait pas
attention, tout serait fini avant d'avoir commencé. Ce
qui ne lui était pas arrivé depuis qu'il était gamin !

Il s'efforça de ne pas se demander qui lui avait appris
à donner ainsi du plaisir à un homme. Ce ne pouvait
être que son satané fiancé. Aussi grotesque que cela
paraisse, l'idée qu'elle fasse *cela* à un autre homme le
mettait en colère.

Il dut froncer les sourcils, car elle le lâcha aussitôt.

— Je vous ai fait mal ? s'inquiéta-t-elle.

— Seigneur, non ! assura-t-il, soulagé.

Elle ne devait pas avoir tant d'expérience que cela, ou
elle n'aurait pas paru aussi soucieuse, décida-t-il.

Mais qu'est-ce qu'il lui prenait de se préoccuper du
passé de cette fille et de ce qu'elle avait fait ou pas avec
son fiancé ? Ce n'était qu'une aventure sans lendemain !

S'emparant de sa main pour la guider de nouveau
jusqu'à son sexe, il murmura :

— Les hommes sont plus solides que vous ne le
pensez.

Leur corps, du moins, car pour ce qui était de leur
esprit...

— Même *là* ? demanda-t-elle, sceptique.

— Même là, confirma-t-il en lui montrant comment
le caresser plus énergiquement. Oui, ma belle...
Comme cela.

Bonté divine, il était au paradis ! Il ne tiendrait pas
longtemps.

Comme elle penchait la tête, concentrée sur ses
caresses, il effleura ses cheveux soyeux de ses lèvres.
Elle sentait le miel et l'orange, et c'était un délice, de

même que lui caresser les seins ; ce dont il ne se priva pas tout en lui embrassant la tempe.

Une femme l'avait-elle jamais autant troublé ?

Déjà, son corps appelait avec impatience l'assouvissement. Lorsque son sang se mit à bouillonner et que la vague de la jouissance monta en lui, il écarta la main d'Annabel.

Secoué de puissants frissons de volupté, il répandit sa semence sur la paille. Bonté divine, jamais il n'avait connu un plaisir aussi intense ! Il avait déjà envie de recommencer... *en elle*. Ce qui n'était bien sûr pas acceptable.

S'allongeant sur le dos, il attira la jeune femme contre lui. Et tandis qu'il recouvrait peu à peu ses esprits, il se rendit compte – un peu tard ! – qu'il était allé trop loin. Une femme comme Annabel Lake n'accordait de telles privautés qu'à un prétendant sérieux, ce qu'il n'était certes pas. Il ne pouvait lui laisser croire qu'il avait des intentions honorables.

Même s'il l'appréciait. S'il admirait sa loyauté envers sa famille, son refus de reculer devant un défi, sa façon d'accueillir le plaisir sans réserve... et son talent aux cartes.

Mais nom de nom, mais ce n'était pas une raison pour l'épouser ! Il avait réussi à échapper à l'ultimatum de sa grand-mère. Se marier avec une brasseuse, ce serait foncer droit dans son piège. Elle le posséderait alors corps et âme.

Ou plutôt, *Annabel* le posséderait corps et âme. Jusqu'au jour où le Destin la lui enlèverait. Et s'il s'attachait à elle, ce serait encore pire. Il ne lui restait plus qu'à lui expliquer – sans heurter ses sentiments – pourquoi il ne pouvait l'épouser.

Elle rompit le silence la première :

— Eh bien, à présent, j'ai ma réponse.

— Votre réponse ?

— Je sais comment vous êtes dans le plaisir.

Intrigué par ses inflexions moqueuses, il tourna la tête.

— Et alors ? Comment suis-je ?

Elle sourit.

— Comme n'importe quel homme qui vient d'obtenir ce qu'il voulait. Aussi suffisant et fier de lui qu'un sultan.

Jarret arqua un sourcil surpris.

— Un sultan ?

— Au lit, tous les hommes ont l'air de sultans, affirma-t-elle.

— Vous en avez donc vu tant que cela ?

Elle détourna les yeux, l'air embarrassé.

— Bien sûr que non. J'ai juste… lu cela quelque part.

— Eh bien, vous avez des goûts plutôt osés en matière de lecture.

Elle rougit.

— Même une vieille fille a le droit d'être curieuse, se défendit-elle.

Il roula sur le côté et, du bout du doigt, traça un cercle autour de son mamelon. Leur discussion pouvait attendre encore un peu.

— Ma foi, sentez-vous libre d'assouvir votre curiosité autant que vous le souhaitez, chuchota-t-il.

Toutefois, lorsqu'il se pencha pour aspirer la pointe de son sein entre ses lèvres, elle le repoussa.

— Je ne m'en suis pas privée, il me semble.

— Personnellement, je me lasserai jamais de satisfaire votre… soif de connaissances.

Il la regarda s'asseoir et remettre de l'ordre dans sa tenue. La pluie martelait le toit à un rythme qui faisait écho aux battements rapides de son cœur.

— Vous ne devez plus dire ce genre de chose, l'avertit-elle. Et vous ne devez plus … m'embrasser.

Jarret retira un brin de paille des cheveux d'Annabel avant de s'en servir pour lui chatouiller le cou.

— Et si je n'en ai pas envie ?

Ce qu'il ne devait plus faire, c'était laisser son corps décider à la place de sa tête.

— Vous n'avez pas le choix, répliqua-t-elle. Je ne prendrai pas le risque que Geordie nous surprenne de nouveau. Il s'imagine déjà que vous allez m'épouser et c'est inacceptable. Quand je lui expliquerai qu'il n'y a rien entre nous, il faudra qu'il me croie. S'il n'a pas déjà fait des confidences à Sissy, je peux encore le convaincre de garder le silence, mais s'il nous voit une fois de plus, il parlera. Et si Sissy raconte cela à mon frère, il pourrait bien...

— M'obliger à vous épouser.

— *Nous* obliger à nous marier, rectifia-t-elle. Et personne ne m'y contraindra. Je refuse de leur laisser espérer quelque chose qui n'a aucune chance d'arriver sous quelque prétexte que ce soit.

Sa conviction était telle que Jarret en fut irrité.

— Vous semblez terriblement sûre de ce que vous affirmez.

La jeune femme lui glissa un regard de biais.

— Voyons, vous savez très bien que vous ne désirez pas m'épouser.

Même si Jarret s'était fait la même réflexion deux minutes plus tôt, il trouvait plutôt vexant qu'Annabel la formule à voix haute avec une telle désinvolture.

— Sans doute, mais...

— Et je n'ai certes aucune intention de *vous* épouser.

Se redressant en position assise, Jarret la fusilla du regard.

— Et pourquoi cela ?

— Sans vouloir vous offenser, vous n'êtes pas le genre d'homme qu'une femme raisonnable voudrait pour mari.

188

— Voilà qui a le mérite d'être clair.

Agacé, il s'agenouilla pour boutonner son pantalon.

— Et quel genre d'homme une femme raisonnable voudrait-elle pour mari ? demanda-t-il, sarcastique.

Un instant prise de court, elle répondit :

— Eh bien, pour commencer, un homme ayant le sens du devoir. Pas un libertin irresponsable qui passe son temps dans les tripots au lieu de se consacrer à des activités constructives. Vos amis ont dit que vous n'aviez accepté d'aider votre grand-mère à diriger sa brasserie que pour échapper à l'obligation de vous marier et…

— Je sais ce que mes amis ont dit, coupa-t-il sèchement.

Il n'aurait su expliquer pourquoi les observations de la jeune femme l'exaspéraient ; elles étaient rigoureusement exactes.

Sauf que ce n'était pas elle qui était censée tenir un tel discours, mais *lui*. *Elle* aurait dû au contraire le cajoler pour l'inciter à l'épouser maintenant qu'il avait pris des libertés avec elle. Il était fils de marquis, après tout !

Certes, il n'était que le cadet et un scandale était attaché à son nom, mais pourquoi s'en serait-elle souciée ? Son père n'était qu'un brasseur de province, et elle était vieille fille, de surcroît. Ne rêvaient-elles pas toutes de mettre le grappin sur un homme ?

— Dois-je en déduire que vos amis ont menti ? demanda-t-elle, perplexe.

— Non, ils ont juste omis quelques détails qui ont leur importance, répondit Jarret en rentrant les pans de sa chemise dans son pantalon. Par exemple, que j'hériterai un jour de la brasserie Plumtree.

Seigneur, ce ton de crétin prétentieux qu'il avait pris !

— Cela devrait suffire à contenter une « femme raisonnable », ne put-il s'empêcher d'ajouter.

Annabel cilla.

— Mais je croyais que vous n'étiez là que temporairement...

— J'ai accepté de diriger la brasserie pendant un an. Puis ma grand-mère reviendra à sa tête jusqu'à sa mort tandis que je...

— Que vous retournerez au jeu, à la boisson et aux femmes de petite vertu, acheva-t-elle à sa place. Voilà en effet une perspective des plus alléchante pour une éventuelle épouse.

Jarret se hérissa. Comment diable cette conversation avait-elle pu virer à la critique de son mode de vie, qui n'avait pourtant rien d'inacceptable ?

— Je vous signale que des centaines de femmes rêveraient d'une telle existence, riposta-t-il, maussade.

L'expression amusée d'Annabel ne lui échappa pas.

— Je n'en doute pas un instant. Pourquoi n'épousez-vous pas l'une d'entre elles ? Une fois que vous aurez décidé que vous êtes prêt pour le mariage, bien sûr.

Elle lui tapota le bras d'un geste presque maternel, puis commença à se lever. Jarret l'en empêcha en la tirant à lui. En proie à une inexplicable colère, il s'empara de ses lèvres et l'embrassa avec fièvre. Puis, comme elle s'abandonnait à son baiser, il s'écarta et murmura :

— Je pense que n'importe quelle « femme raisonnable » trouverait certains avantages à épouser un « libertin irresponsable » tel que moi.

Elle fit courir son doigt sur les lèvres de Jarret.

— Je ne le conteste pas, mais ces avantages ne compenseront jamais l'inquiétude qu'elle ressentira lorsque les créanciers emporteront ses meubles pour rembourser les dettes de jeu de son mari.

— Sachez que je suis un excellent joueur, répliqua-t-il, piqué au vif. Je vis même très bien de mes talents.

— Quand vous gagnez, lui rappela-t-elle.

Que répondre à cela ? C'était la pure vérité !

Elle dut percevoir son malaise car, se glissant hors de ses bras, elle se leva et murmura en brossant ses jupes :

— Je suis désolée, Jarret, je ne voulais pas vous insulter. Je n'ai dit cela que parce que vous avez laissé entendre clairement que vous n'aviez aucune envie de vous marier. Et je suis certaine que bien des femmes seraient heureuses de vous épouser.

Il se leva à son tour.

— Sauf vous.

— Que vous importe ? demanda-t-elle en inclinant la tête de côté. Vous avez l'intention de me demander ma main ?

Le voyant détourner les yeux, elle reprit :

— C'est bien ce qu'il me semblait.

Elle se dirigeait vers l'échelle lorsqu'il la retint par le bras.

— Cela ne signifie pas que nous ne pouvons pas…

— Nous rouler de nouveau dans le foin ? J'ai peur que cela ne soit pas possible. Je ne prendrai pas le risque d'embarrasser ma famille pour que vous puissiez assouvir vos appétits.

Jarret la lâcha et demeura immobile tandis qu'elle descendait l'échelle. Elle avait raison. C'était bien ce qu'il lui demandait – prendre d'énormes risques pour quelques instants de folle passion. Des risques que lui-même n'était pas prêt à prendre.

Il n'avait pensé qu'à son propre plaisir. C'était ainsi depuis toujours, parce qu'il avait rompu tout lien avec celles qui pourraient avoir des attentes à son endroit.

Annabel avait-elle deviné qu'il ne voulait pas être responsable de son bien-être *à elle* ? Si oui, c'était exaspérant. Car s'il y avait quelque chose qu'il détestait davantage que d'être forcé à agir contre son bon plaisir, c'était d'être prévisible.

Il s'était toujours félicité d'avoir su préserver son cœur et son âme de tout engagement, ce qui lui évitait ainsi de souffrir si on lui retirait l'objet de son attachement. Mais là où il avait vu de l'intelligence, Annabel Lake ne voyait qu'un égoïsme têtu qui tournait en dérision les sentiments d'autrui.

Cela donnait à réfléchir – et il n'aimait pas du tout cela. Maudite soit cette femme !

La soirée à l'auberge fut éprouvante pour tout le monde, et en particulier pour Annabel. Cet après-midi, elle avait dû faire appel à toute sa volonté pour quitter Jarret. Une part d'elle-même aurait voulu saisir cette chance inespérée de connaître une passion torride sans en ressentir de culpabilité.

Mais une autre part, celle qui était raisonnable, savait que c'était pure folie. Outre le risque d'être prise sur le fait, il y avait la possibilité, encore plus préoccupante, qu'il lui fasse un enfant.

Elle jeta un coup d'œil à Jarret, qui, à l'autre bout de la pièce, disputait une partie de cartes avec des clients de l'auberge. Sa gorge se serra. Le plus grand danger serait de s'attacher à lui, et qu'il retourne à Londres en emportant son cœur avec lui. Et elle ne voulait pas qu'une telle chose se produise.

— Si tu ne veux pas l'épouser, marmonna une petite voix près d'elle, tu ne devrais pas le regarder comme ça.

Elle se tourna vers Geordie. Elle l'avait cru assoupi dans son fauteuil. Un peu plus tôt dans la soirée, elle l'avait pris à part pour lui expliquer que lord Jarret et elle avaient compris qu'ils n'étaient pas faits l'un pour l'autre, et qu'il ne devait pas dire à sa mère qu'il les avait surpris alors qu'ils venaient de s'embrasser. Même s'il avait promis de se taire, il n'avait pas très bien accueilli ses paroles.

— Et comment suis-je en train de le regarder ?

— Comme si c'était un morceau de nougat et que tu avais envie de croquer dedans.

Geordie affichait cette expression maussade qui lui était habituelle ces derniers temps, mais derrière son ton belliqueux, Annabel devinait le petit garçon blessé.

— Tu es fâché contre moi parce que je ne veux pas l'épouser.

— Ce ne sont pas mes affaires. Je dis juste que tu ne devrais pas le regarder comme cela et le laisser t'embrasser si tu ne veux pas te marier avec lui.

— Je t'ai déjà expliqué ce qu'il était.

— Oui. C'était un moment d'égarement. Tu voulais juste le remercier de nous aider.

Geordie leva les yeux au ciel.

— Il m'a dit exactement la même chose, sauf qu'il a ajouté qu'il voulait te demander ta main.

En effet, et elle l'aurait volontiers étranglé d'avoir dit cela.

— Tu aimes bien lord Jarret, n'est-ce pas ?

Geordie haussa les épaules.

— Il est bien.

— Tu apprécies d'avoir avec nous un homme qui te comprend et fait attention à toi alors que ton père…

— N'est qu'un ivrogne, lâcha Geordie.

Annabel le regarda, abasourdie.

— Tu le sais ?

— Bien sûr. Certains soirs, je le vois boire, dans son bureau. Et lendemain, il ne se lève pas et c'est toi qui vas à la brasserie. Je sais bien pourquoi. C'est à cause de ce fichu whisky.

— Chut, fit-elle en jetant un regard furtif en direction des joueurs. Lord Jarret ne doit pas le savoir.

— Je ne vois pas pourquoi. C'est la vérité.

Elle dut avoir l'air affolée car il s'empressa d'ajouter :

— Ne t'inquiète pas, tante Annabel, je ne lui dirai rien. Il a essayé de me faire parler le premier jour, mais je l'ai découragé.

Il lui jeta un regard noir.

— J'ai dû faire semblant de pleurer. Comme une *fille*. Mais au moins, je n'ai pas menti.

Son regard accusateur mit Annabel mal à l'aise.

— Ce n'est pas réellement un mensonge, se défendit-elle. De toute façon, nous n'avons pas le choix.

Elle n'arrivait pas à croire qu'elle se justifiait de façon aussi pathétique devant Geordie.

— S'il apprend la vérité, poursuivit-elle, il ne voudra plus nous aider.

— Je sais, répondit Geordie en baissant les yeux.

— Et c'est très important qu'il…

— J'ai compris, c'est bon ? Je ne suis plus un bébé

Une boule se forma dans la gorge d'Annabel. Geordie serait toujours son bébé.

Les hommes autour de la table s'esclaffèrent. Levant les yeux, elle vit Jarret vider son troisième verre de whisky en l'espace d'une heure. Elle fronça les sourcils. Pour autant qu'elle sache, il buvait trop. Comme Hugh. Il n'était pas digne de confiance. Il n'était pas intéressé par le mariage. Il n'était pas pour elle.

Jamais il ne le serait. À preuve, qui s'était passé dans la grange. Il n'était prêt à lui offrir que du plaisir charnel. Rien d'autre. Rien de lui. Elle n'était du reste même pas sûre qu'il ait en lui quoi que ce soit à donner.

Fatiguée de penser à tout cela, elle se leva.

— Viens, Geordie, allons nous coucher. Lord Jarret veut partir tôt demain matin. Il espère être à Burton vers midi.

Geordie la suivit dans l'escalier.

— Comment tu comptes lui cacher le problème de père, une fois à la maison ?

Par chance, si la plupart des habitants de Burton savaient que Hugh se faisait rare à la brasserie, ils en ignoraient la raison. C'était un atout, même si ce n'était pas suffisant.

— Je trouverai une solution.

— Eh bien, fais vite. Demain soir, il y a le dîner de la guilde des brasseurs, et tu sais que père ne le manque jamais.

Annabel ravala un gémissement. Elle avait complètement oublié ce repas annuel. Hugh et elle y assistaient toujours et, cette année, il risquait de s'enivrer en public. Si lord Jarret le voyait ainsi...

Cela ne devait pas arriver. Sinon, tout serait perdu.

13

Jarret s'éveilla peu avant l'aube avec un formidable mal de crâne, la bouche pâteuse et un pénible sentiment de mépris envers lui-même.

Il avait perdu vingt livres la veille au soir, même après que la séduisante distraction assise de l'autre côté de la salle était montée se coucher. D'ordinaire, rien ne le déconcentrait quand il jouait, et certainement pas une femme, quel que soit le désir qu'elle lui inspirait. Depuis quand cela avait-il changé ? Et surtout pourquoi ?

Et pourquoi avait-il tenté de noyer dans l'alcool les paroles d'Annabel à propos des joueurs et de leurs créanciers ?

C'était précisément le genre de raison qui l'avait tenu à l'écart du mariage jusqu'à présent. Il n'avait pas besoin qu'une femme lui reproche la vie qu'il menait. Il n'avait pas besoin de se soucier de ce qu'elle pensait. Il ne le *voulait pas*.

Hélas, il n'y parvenait pas ! Que diable lui avait fait cette fille ?

Inutile d'essayer de se rendormir, à présent. À cause d'elle, il avait même perdu le sommeil ! D'un autre côté, plus tôt ils se lèveraient, plus vite ils partiraient, et plus vite il en aurait fini avec Annabel Lake, la brasserie de son frère et sa fichue famille.

Dès son arrivée à Burton, il s'entretiendrait avec Hugh Lake, visiterait son établissement et, avec un peu de chance, il pourrait reprendre la route de Londres dès demain matin.

Le petit déjeuner fut vite expédié malgré la mauvaise humeur du jeune George qui n'appréciait pas d'avoir été réveillé aux aurores.

— George, finit par lâcher Jarret, qui s'était forcé à manger un toast et avaler un peu de café, pourriez-vous ronchonner en silence ?

De l'autre côté de la table, Annabel lui jeta un coup d'œil.

— Vous seriez-vous couché tard ?

— Assez tard, grinça-t-il.

De quel droit le jugeait-elle ?

— Nous comprenons tout à fait, lord Jarret, intervint Mme Lake d'un ton conciliant. Un gentleman aime se distraire.

— Et comment, marmonna Annabel.

La petite peste !

— Je me réjouis de retrouver mes enfants, poursuivit Mme Lake. Ils sont avec leur grand-mère, je sais donc qu'ils sont en sécurité, mais une mère n'aime pas confier ses petits.

Jarret ne pouvait répondre à cela. Sa propre mère s'était donné la mort, laissant derrière elle cinq orphelins à la charge d'une autre.

— Combien en avez-vous ?

— J'ai un fils et deux filles. En plus de Geordie, bien sûr, ajouta-t-elle en détournant les yeux.

Quatre enfants ? Juste ciel ! Alors Annabel avait dit vrai en affirmant que son frère n'était pas mortellement malade. Si ç'avait été le cas, elle aurait montré plus d'intérêt pour le mariage. N'importe quelle union serait préférable au statut de vieille fille et belle-sœur d'une veuve sans le sou avec quatre orphelins. Y compris une union avec « un libertin irresponsable » tel que lui, « qui passait son temps dans les tripots au lieu de se consacrer à des activités constructives ».

— Je présume que vous devez aussi être impatiente de retrouver votre mari, dit-il, histoire d'entretenir la conversation.

Tout plutôt que de ruminer les déclarations méprisantes d'Annabel.

— Aucune infirmière ne sera jamais aussi attentionnée qu'une épouse, j'imagine, ajouta-t-il.

Elle lui adressa un regard surpris, du moins le crut-il, car elle lui sourit aussitôt. Il en déduisit qu'il avait mal interprété son expression.

— En effet, monsieur. Je ne serai tranquille que lorsque j'aurai l'assurance qu'il va mieux.

C'était la première fois qu'elle exprimait une inquiétude concernant la santé de son époux. Là encore, sa remarque confirmait les paroles d'Annabel selon lesquelles l'état de son frère n'avait rien de préoccupant.

Quand tout le monde se retrouva devant la voiture après que les valets eurent chargé les bagages, George se tourna vers Jarret.

— Si vous êtes d'accord, milord, j'aimerais voyager près du cocher.

— Geordie, nous en avons déjà parlé, intervint Mme Lake. C'est trop dangereux.

— Peut-être pourrions-nous l'y autoriser, Sissy, suggéra Annabel.

Elle jeta un regard à Jarret ; de toute évidence, elle se souvenait de leur conversation de la veille.

— Geordie s'est très bien conduit ces derniers jours, plaida-t-elle. Il mérite une récompense, je crois.

— Tu penses vraiment qu'il n'y a pas de danger ? insista sa belle-sœur.

— J'en suis sûre.

— Très bien. Tu peux y aller, Geordie.

Comme l'enfant grimpait sur le siège en poussant un cri de joie, sa mère ajouta :

— N'ennuie pas le cocher, ne touche à rien et fais attention de ne pas tomber, c'est compris ?

— Oui, maman ! répondit-il, l'air radieux.

Jarret ne put s'empêcher de se demander pourquoi Mme Lake avait tendance à se ranger à l'avis de sa belle-sœur dès que cela concernait le jeune George. Certes, elle n'était pas très énergique ; ceci expliquait donc peut-être cela.

Tout de même, Annabel s'investissait plus que nécessaire dans l'éducation de son neveu. Si elle avait des enfants à elle, elle ne se sentirait pas obligée de s'occuper ainsi de ceux de son frère.

Bien qu'elle apparaisse un peu trop protectrice, elle ferait une excellente mère, il en était sûr. Il l'imaginait avec un bébé dans le bras, lui chantant des berceuses comme sa mère l'avait fait avec lui.

Un souvenir oublié depuis longtemps lui revint en mémoire – il revit sa mère dans la nursery, menant une farandole avec Célia, Gabriel et Minerva en chantant une comptine. À l'époque, il se trouvait trop grand pour de tels enfantillages et avait ri de leur joie naïve.

Quel petit idiot il était ! Un mois plus tard, leur mère était morte. Et il aurait tout donné pour effacer les remarques désobligeantes qu'il avait faites ce jour-là. Aujourd'hui encore, cet épisode le hantait.

Il se renfrogna. C'était pour cette raison qu'il fallait être inconscient pour faire confiance à qui que ce soit. Leur père avait fait confiance à leur mère. Ils lui avaient tous fait confiance – et leurs vies en avaient été détruites. Jarret avait fait confiance à sa grand-mère. Et qu'avait-il eu en échange ? Rien d'autre que du chagrin.

Un homme avait tout intérêt à ne se fier qu'à lui-même.

Ils se mirent en route peu après 8 heures. Mme Lake continua de faire la conversation, lui posant quantité de questions sur la bonne société londonienne. Jamais il n'avait vu une femme aussi friande de ragots. Pour une fois, il regretta de ne pas être mieux informé.

Annabel, elle, gardait le silence, apparemment fascinée par le paysage – une suite sans fin de prés ponctués de chênes et de bouleaux. Toutefois, quand ils parvinrent en vue de Tamworth, le relais où ils devaient changer de chevaux pour la dernière partie du trajet, elle se tourna vers lui.

— Quand nous arriverons à Burton, pourquoi ne pas demander à votre cocher de passer d'abord par *Peacock Inn* ? Vous y serez confortablement installé et la femme de l'aubergiste est une excellente cuisinière. Bien entendu, Lake Ale prendra en charge vos frais d'hébergement.

Elle semblait si tendue en dépit de son sourire que Jarret en fut ému. Il n'était pas question qu'il occasionne des dépenses supplémentaires aux Lake sous prétexte qu'ils le croyaient trop hautain pour séjourner chez eux.

— C'est inutile. Je serai très bien chez vous. Vous avez sûrement une petite chambre d'amis.

— Oh, ce n'est pas possible ! protesta Annabel. Vous savez ce que c'est quand il y a un malade dans une famille. Toute la maisonnée en est affectée. Vous serez bien mieux à l'auberge, je vous assure.

Il étrécit les yeux.

— Je croyais que vous n'étiez pas très en fonds en ce moment.

Annabel pâlit, mais sa belle-sœur vola à son secours.

— En effet, confirma-t-elle, mais nous avons un arrangement avec *Peacock Inn*. Nous leur fournissons de la bière et ils logent gratuitement nos visiteurs.

— Voilà qui n'est pas très équitable, fit remarquer Jarret. Vous recourez souvent à leurs services ? J'espère en tout cas que vous ne leur faites pas cadeau de toute la bière dont ils ont besoin.

— Bien sûr que non, dit Annabel. Si nous avons besoin de l'auberge pour loger quelqu'un, organiser une réunion ou un repas, nous les payons en bière.

— Cela reste un manque à gagner, s'entêta Jarret. Si vous donnez votre production, vous n'aurez plus rien à vendre.

En temps normal, il aurait trouvé impoli de s'imposer chez des gens qui ne souhaitaient pas sa présence, mais jusque-là, les Lake lui étaient apparus comme l'une de ces familles de la campagne simples et chaleureuses qui avaient toujours de la place à leur table pour un invité de dernière minute. Que les deux femmes tiennent à ce qu'il descende à l'auberge lui semblait bizarre.

— Peu importe, répliqua Annabel. Je pense que c'est préférable.

Elle arborait une expression butée, et il comprit soudain. Elle craignait, s'il séjournait sous le même toit qu'elle, qu'il ne tente de la séduire. Et sa belle-sœur nourrissait sans doute les mêmes craintes.

— Très bien, concéda-t-il. Va pour *Peacock Inn*, mais c'est moi qui réglerai la note. Après tout, je ne resterai qu'une nuit.

— Une seule nuit ? s'écria Mme Lake, visiblement déçue.

Annabel, en revanche, parut soulagée, ce qui ne fit qu'éveiller davantage ses soupçons. De toute évidence, elle avait hâte qu'il s'en aille. À cause de ce qui s'était passé dans la grange ? Ou avait-elle une autre raison ?

— Lord Jarret est très occupé, Sissy. Il a une brasserie à diriger et nous ne devons pas l'en tenir éloigné trop longtemps.

— Bien entendu, Annabel, concéda Mme Lake, puis, adressant un sourire bienveillant à Jarret, elle ajouta : Promettez-moi au moins de vous joindre à nous ce soir pour le dîner annuel de la guilde des brasseurs, milord. C'est la seule occasion où les dames sont invitées. On y mange très bien, on danse et…

— Nous n'irons pas, Sissy, l'interrompit Annabel. L'aurais-tu oublié ?

— Pourquoi n'irions-nous pas ? Hugh assiste toujours…

Mme Lake pâlit.

— Oh, bien sûr ! Elle a raison, milord, nous ne pouvons pas nous y rendre.

— Par conséquent, vous non plus, lord Jarret, précisa Annabel. Ne sont invités que les membres de la guilde et leur famille.

Jarret la dévisagea, interdit. Pourquoi l'appelait-elle de nouveau lord Jarret ? Elle ne faisait cela que lorsqu'elle était nerveuse.

On lui cachait quelque chose, c'était certain, et il avait bien l'intention de découvrir quoi. Et puisque Annabel ne voulait visiblement pas qu'il se rende à ce dîner, il allait faire en sorte d'y être convié.

— À vrai dire, cela ne posera pas de problème, dit-il d'un ton nonchalant. Ma grand-mère connaît très bien Bass et Allsopp.

Il s'agissait de deux des principaux brasseurs de Burton.

— Je serais surpris qu'ils ne parviennent pas à obtenir une invitation pour le petit-fils de Hester Plumtree. Après tout, nous sommes entre collègues.

Il avait visé juste. Une expression de pure panique se peignit sur les traits d'Annabel.

Jarret sourit à Mme Lake.

— En vérité, madame, je me ferai un plaisir de vous escorter, ainsi que votre belle-sœur, puisque votre époux ne peut être présent.

— Ce serait parfait, assura celle-ci, mais son air affolé contredisait ses paroles. N'est-ce pas, Annabel ?

— Il faut demander à Hugh ce qu'il en pense. Nous vous donnerons sa réponse, milord.

— Je viendrai la chercher moi-même cet après-midi, une fois que je serai installé à l'auberge.

— Oh, ne vous donnez pas tant de…

— Il faut que je discute des termes de notre arrangement avec votre frère, l'interrompit Jarret. Après tout, c'est lui qui signera le contrat si nous trouvons un terrain d'entente.

M. Walters, le gérant, peut négocier à la place de Hugh et lui donner les papiers à signer, insista la jeune femme d'une voix mal assurée. Inutile de fatiguer Hugh plus qu'il ne l'est déjà.

— Je ne traite pas avec un gérant, déclara Jarret avec fermeté. À moins que votre frère ne soit à l'article de la mort, c'est avec lui que je veux parler, ne serait-ce que brièvement.

Annabel laissa échapper un soupir.

— Très bien.

— Et ensuite, j'aimerais visiter votre brasserie.

— Je suis sûre que cela peut s'arranger, dit-elle d'un ton résigné.

— Parfait.

Il s'adossa à la banquette et ajouta :

— Je me réjouis de constater que nous nous comprenons.

Il était temps de découvrir quel secret la famille Lake dissimulait.

Annabel et Sissy laissèrent Jarret à l'auberge. Il ordonna à son cocher de les déposer chez elles, puis disparut à l'intérieur. Tandis que la voiture s'ébranlait, Annabel sentit le désespoir la submerger. Lord Jarret serait à la maison dans très peu de temps. Que faire, à présent ?

— Je suis désolée d'avoir évoqué le dîner de la guilde, murmura Sissy. Je n'avais pas l'intention d'aggraver la situation.

— Qu'espérais-tu donc ?

Sissy poussa un soupir.

— Eh bien, que lord Jarret te ferait danser et que peut-être il...

— Qu'il déciderait miraculeusement de m'épouser, emporté par la fougue d'un quadrille passionné ? acheva Annabel à sa place avant de laisser échapper un rire amer. Je te l'ai dit, il n'est pas du genre à se marier. Et s'il assiste à ce dîner et que Hugh y va aussi, notre projet sera voué à l'échec.

— Ne dis pas de bêtises. Je vais convaincre Hugh de ne pas boire une goutte d'alcool de la soirée.

— Il ne doit même pas y aller ! Nous avons trop mis en avant sa supposée maladie, non seulement devant lord Jarret mais devant tout Burton. Les gens auront des soupçons s'il se montre au dîner.

— Nous n'avons aucune chance de le convaincre de ne pas s'y rendre. C'est le seul événement qu'il ne manque jamais.

— Je sais, marmonna Annabel. De toute façon, j'imagine que cela n'a plus d'importance. À l'instant où lord Jarret verra Hugh, tout sera perdu. Nous avons à peine le temps de lui expliquer pourquoi nous sommes allées à Londres et ce que lord Jarret fait ici. Impossible de savoir quelle sera sa réaction, et si lord Jarret arrive à ce moment-là...

C'était un cauchemar. Pourquoi fallait-il que Jarret Sharpe se montre aussi têtu et méfiant ? Pourquoi se révélait-il bien plus compétent dans ce métier qu'elle ne l'avait imaginé ? Et bien trop doué pour lire en elle.

— Même si nous évitons la catastrophe cet après-midi, poursuivit-elle, la soirée ne peut qu'être un désastre.

— Mais non, affirma Sissy en lui tapotant la main. Je surveillerai Hugh ce soir. Je peux l'empêcher de boire pendant une soirée. Toi, tu t'occuperas de lord Jarret. Peut-être que si tu danses et que tu badines avec lui il ne prêtera guère attention à Hugh.

— Tu fais trop grand cas de ma capacité à charmer un homme, répliqua Annabel. Et cela ne résout pas le problème de cet après-midi.

Par chance, Hugh n'était pas là quand le cocher les aida à descendre de voiture et prêta main-forte aux domestiques pour décharger les bagages. Tandis qu'elle entrait dans la maison, Annabel éprouva l'habituelle mélancolie, celle qui lui faisait regretter de ne pas avoir de foyer à elle. Ici, elle ne cesserait jamais de se sentir une intruse.

Oh, elle adorait Sissy et Hugh et les enfants, mais cette demeure était la leur ! Les papiers peints rose et parme étaient trop fades pour son goût. Elle rêvait de rouges et d'ors, de couleurs profondes qui s'accorderaient à son tempérament passionné. Si un jour elle avait un chez-elle, elle le remplirait de tables en acajou et de tapisseries chatoyantes. Avec des pompons. Elle adorait les pompons. Et jamais aucune odeur de vieille cire et de vin aigre n'y flotterait. Jamais !

Alors que Sissy et elle tendaient leurs manteaux à un valet, le majordome leur apprit que le maître se reposait. L'espace d'un instant, Annabel eut envie de hurler. « Se reposer » était le terme que le personnel employait pour dire « cuver son vin ». Et midi venait à peine de sonner ! Il avait dû passer la nuit à boire. Une fois de plus.

Il y avait peut-être une solution, songea-t-elle soudain.

— Sissy, j'ai une idée, dit-elle dès que Geordie fut monté dans sa chambre et que le majordome se fut éclipsé. Tout ce que nous avons à faire, c'est d'empêcher lord Jarret d'avoir cet entretien avec Hugh avant demain matin.

— En quoi cela résoudra-t-il notre problème ?

— Ne vois-tu pas ? Lord Jarret veut visiter la brasserie cet après-midi, nous allons lui accorder cela. Il verra que l'entreprise est saine, que les ouvriers travaillent dur et que nos moûts sont de bonne qualité. Et M. Walters l'impressionnera par son sens des affaires et sa connaissance du métier. Sans compter qu'il ne dira rien contre Hugh.

— Je ne vois toujours pas en quoi...

— Pendant que lord Jarret sera à la brasserie, toi et moi persuaderons Hugh d'accepter notre solution pour sauver Lake Ale. Nous aurions déjà dû le faire, de toute façon. Ce soir au dîner, nous éviterons de parler de notre projet et nous empêcherons Hugh de boire.

Elle arpenta le hall tout en réfléchissant à son plan.

— Hugh est toujours plus frais le matin, s'il n'a pas bu la veille. Si nous faisons en sorte qu'il reste sobre jusqu'à demain, il pourra jouer son rôle. Puis lord Jarret regagnera Londres et nous pourrons nous mettre au travail. Qu'en dis-tu ?

— Tu oublies un détail capital : comment comptes-tu empêcher lord Jarret de rendre visite à Hugh cet après-midi ? Il semblait très déterminé.

— Le Dr Paxton est-il toujours aussi épris de la gouvernante ?

— À ma connaissance, oui.

Annabel ne put réprimer un sourire.

— Alors laisse-moi faire.

14

Une heure plus tard, quand lord Jarret se présenta à la porte, Hugh était toujours couché. Annabel s'était assuré le concours du Dr Paxton, qui se tenait devant la chambre de Hugh lorsque leur visiteur les rejoignit.

Elle adressa un discret hochement de tête au médecin, qui s'éclaircit la voix.

— J'ai administré du laudanum à votre frère, mademoiselle Lake. Il dort, mais il devrait aller mieux ce soir.

— Que se passe-t-il ? s'enquit Jarret.

— Oh, vous voilà !

Elle procéda aux présentations, puis se composa une mine soucieuse qui n'était pas tout à fait feinte.

— J'ai peur que Hugh n'aille pas bien. Quand nous lui avons dit que vous assisteriez au dîner de ce soir, il a insisté pour s'y rendre lui aussi, mais le Dr Paxton craint qu'il ne soit pas assez vaillant. En vérité, il s'oppose à cette sortie, sauf si Hugh se repose cet après-midi.

— Et notre entretien ? demanda Jarret d'un air soupçonneux.

Annabel ouvrit la porte. Sissy et elle avaient emprunté des mixtures au médecin et en avaient aspergé la pièce afin qu'y règne une odeur de chambre de malade. Il ne restait qu'à prier pour que Hugh ne se réveille pas avant qu'elle ait convaincu Jarret de partir.

— Comme vous pouvez le constater, il n'est pas en état de parler affaires. Il devrait aller mieux demain matin. En outre, vous aurez une meilleure idée de ce que vous pouvez nous proposer une fois que vous aurez visité la brasserie, vous ne pensez pas ?

Il parut réfléchir.

— Sans doute.

— M. Lake ne doit pas se surmener, lord Sharpe, intervint le médecin. Sa constitution ne lui permet pas de supporter une discussion d'affaires suivie par un dîner professionnel.

— Merci, docteur, dit Annabel en lui adressant un sourire reconnaissant. J'apprécie votre sollicitude.

— Je vous en prie, mademoiselle Lake.

Prenant Jarret par le bras, elle l'entraîna dans l'escalier.

— Je suis désolée de modifier vos plans, milord, mais Hugh tient absolument à assister au repas de ce soir. Il craint de se montrer impoli en vous laissant vous y rendre sans lui, puisque vous êtes son hôte.

Ils avaient atteint le hall.

— Je vais vous emmener à la brasserie, poursuivit Annabel. Vous pourrez passer l'après-midi avec M. Walters. Et ce soir, nous vous retrouverons pour le dîner – si vous avez réussi à obtenir une invitation.

Jarret prit le manteau qu'un domestique venait d'apporter et aida la jeune femme à l'enfiler.

— Bass a eu la bonté de m'en donner une.

Bien entendu, songea Annabel, maussade. M. Bass devait sauter de joie à l'idée d'avoir un fils de marquis à leur table.

Tandis qu'ils quittaient la maison, Jarret darda un regard sombre sur Annabel.

— Je vous préviens, dit-il, je ne quitterai pas Burton sans avoir parlé avec votre frère.

— Rien de plus normal, répondit-elle calmement. Lui aussi veut discuter avec vous.

Du moins, il le voudrait dès que Sissy et elle auraient eu une petite conversation avec lui.

Ils firent quelques pas en silence.

— Dites-moi, commença Jarret, m'avez-vous demandé de séjourner à l'auberge parce que vous avez peur de vous retrouver sous le même toit que moi ? Peur que je n'essaie de… vous embrasser de nouveau ?

Annabel réprima un tressaillement. Voilà une question à laquelle elle ne s'était pas attendue. Pas un instant elle n'avait imaginé qu'il interpréterait ainsi sa décision. Toutefois, cela s'intégrait si parfaitement dans son plan qu'elle n'allait pas le détromper. Elle s'entendit pourtant répondre :

— Pour être honnête, je n'y avais pas pensé, mais maintenant que vous le dites…

— Ne vous inquiétez pas. Vous avez exprimé votre position sans la moindre ambiguïté. Je n'ai jamais forcé une femme à faire quoi que ce soit.

— Je n'en ai jamais douté.

— Même quand j'ai proposé ce pari ?

— Vous ne m'y avez pas contrainte. J'aurais très bien pu refuser.

— Je m'attendais que vous le fassiez.

Elle ne put retenir un sourire.

— Je sais.

L'air parut crépiter entre eux. Annabel se rappelait avec acuité la dernière fois où elle s'était retrouvée seule avec lui, les plaisirs indescriptibles qu'il lui avait révélés… et ce qu'elle avait ressentis lorsqu'il lui avait avoué qu'il rêvait de la posséder…

Seigneur, chaque fois qu'il était près d'elle, elle regrettait que la vie ne soit pas différente. Hélas, elle ne pouvait l'être. Et il y avait Geordie.

Sa gorge se serra. Elle devait toujours penser à Geordie.

— Annabel, je...

— Nous sommes arrivés, l'interrompit-elle avec une gaieté forcée.

En vérité, elle n'avait aucune envie d'écouter les mensonges qu'il inventerait pour l'attirer dans son lit tout en gardant bonne conscience.

Il lui coula un regard énigmatique, puis se tourna vers les bâtiments.

— En effet.

Annabel se hâta à l'intérieur. Aussitôt, les senteurs familières de malt et de houblon l'assaillirent, rassurantes. Cet endroit avait toujours le même effet sur elle. Le crépitement des flammes sous les séchoirs, le glouglou du moût qui bouillonnait dans les cuves, les effluves d'herbes l'apaisaient. Ici, elle était chez elle.

Ici, elle pouvait être elle-même.

M. Walters se trouvait dans un petit bureau situé sur l'arrière des bâtiments. Les apercevant à travers la vitre, il sortit et gratifia Annabel d'un sourire chaleureux. Elle lui présenta lord Jarret, puis lui expliqua la raison de sa venue. Par chance, le gérant avait approuvé depuis le début son projet de solliciter l'aide de Hester Plumtree, aussi accueillit-il sans ciller la venue du petit-fils de celle-ci.

— Eh bien, fit Annabel, je vais vous laisser faire connaissance.

— Attendez, dit Jarret. Où allez-vous ?

— M'occuper de Hugh pendant que Sissy va chercher les enfants chez sa mère. Je vous verrai ce soir au dîner.

Puis, sans lui laisser le temps de protester, elle s'éclipsa. Une fois dehors, elle pressa le pas. Sissy et elle n'avaient que quelques heures pour convaincre Hugh d'accepter leur plan.

En rentrant à la maison, elle entendit des éclats de voix. Son frère était réveillé.

Elle le trouva en train de se quereller avec Sissy dans son bureau. Heureusement, sa belle-sœur et elle avaient décidé de laisser les enfants chez leur grand-mère jusqu'à ce que leur entretien avec Hugh soit terminé, car l'affaire était loin d'être entendue.

En robe de chambre, il arpentait la pièce, en proie à une vive agitation. Avec ses cheveux en bataille et sa barbe de trois jours, il ressemblait à un ouvrier harassé et non à l'homme paisible et cultivé qu'elle avait toujours connu et aimé.

Il fit volte-face à son entrée.

— C'est *toi* qui as tout manigancé, n'est-ce pas ? Je n'arrive pas à croire que tu sois allée à Londres pour parler avec les Plumtree dans mon dos ! Tu as prétendu que vous alliez inscrire Geordie dans une bonne école !

— Nous n'en avons pas les moyens, Hugh, répliqua-t-elle. Tu ne le vois donc pas ? Aujourd'hui, ce n'est plus possible.

Une expression douloureuse se peignit sur le visage livide de son frère. Puis il se laissa lourdement tomber dans le siège derrière son bureau et enfouit la tête entre ses mains.

— Je sais, Bella, je sais.

Bella. Son frère et son père étaient les seuls à l'avoir jamais appelée ainsi.

— La brasserie ne rapporte plus assez et j'ai trahi la famille, reprit-il.

— Je n'ai jamais dit cela !

Voilà comment se concluaient toutes leurs conversations : Hugh se lamentait sur son incapacité à s'occuper

213

des siens, promettait de se racheter. Et ne le faisait jamais.

— Je dis juste que nous devons agir. C'est impératif.

Il releva la tête et fixa sur elle un regard de petit garçon perdu.

— Et, comme d'habitude, tu as pris les choses en main.

— Tu ne me laisses guère le choix, répondit-elle doucement. J'ai trouvé une solution et tenté de la mettre en application.

Il avait l'air si désespéré qu'elle s'approcha et posa ses mains sur les siennes.

— Hugh, cela fait des mois que je t'entends répéter « Si seulement nous pouvions nous placer sur le marché indien, cela nous sauverait de la faillite ». C'était *ton* idée.

— Une idée stupide.

— Non, une excellente idée. Je n'ai rien fait d'autre que de mettre les choses en branle.

— En concluant un pacte avec un diable d'aristocrate…

— Jarret Sharpe n'est pas un diable, coupa Annabel. Et nous n'avons rien signé.

Hugh avait-il entendu parler de leur pari ? Elle jeta un coup d'œil discret à Sissy, qui secoua négativement la tête. Dieu merci !

— Lord Jarret a accepté de nous aider à négocier avec les capitaines de la Compagnie des Indes orientales. Il connaît son métier et il a le sens des affaires.

Hugh ricana.

— Ce n'est pas ce que j'ai entendu dire.

— Eh bien, tu es mal informé. Hester Plumtree a suffisamment confiance en lui pour le laisser diriger ce projet.

Pressant la main de son frère, elle enchaîna :

214

— Et j'ai suffisamment confiance en *toi* pour te croire capable de le mener à bien. Si seulement tu pouvais…

Elle s'interrompit. Trop tard. Une ombre avait envahi le regard de Hugh.

— Vas-y, dis-le. Si seulement je pouvais ressembler davantage à père.

— Quoi ? Non ! Ce n'est pas ce que je voulais dire !

Dieu qu'elle maudissait leur père pour avoir fourré de telles idées dans la tête de son unique fils !

— Bien sûr que si, riposta-t-il.

Libérant ses mains, il se leva et se remit à faire les cent pas.

— Tu crois que j'ignore combien je l'ai déçu ? Je sais ce que vous pensez, Walters et toi. Que je suis incapable de sauver la brasserie parce que je ne suis pas assez coriace pour négocier avec des gens comme Bass et Allsopp ou les capitaines de la Compagnie des Indes.

Annabel le regarda, médusée. Comment pouvait-il penser cela ? Certes, il avait des raisons d'accuser leur père, mais *elle* ?

— Je te donne ma parole que jamais je n'ai pensé que tu…

— Oh, épargne-moi tes mensonges, Bella !

Il tendit la main vers le flacon de whisky sur son bureau et s'en empara.

— Je le lis dans tes yeux chaque fois que tu me regardes. Cela t'ennuie que je ne ressemble pas au grand Aloysius Lake.

— Ce qui l'ennuie, dit une petite voix derrière eux, et qui nous ennuie tous, père…

Pivotant sur ses talons, Annabel découvrit Geordie sur le seuil. Une expression de pur désespoir crispait son visage enfantin.

— … c'est que tu boives.

Le regard de l'enfant se posa sur la main de Hugh, qui s'était refermée sur le flacon de whisky.

— C'est *juste* que tu boives.

Oh, non ! Pourquoi fallait-il que Geordie ait choisi ce moment précis pour affronter Hugh ?

Croisant les bras sur son torse mince, il fusilla ce dernier du regard.

— J'ai été obligé de *mentir* à cause de toi, père. Maman et tante Annabel ont dû dire à lord Jarret que tu étais malade afin d'obtenir son aide, et j'ai dû en faire autant.

Annabel vit Hugh se figer, le visage de marbre. Sissy et elle avaient déjà tenté de le convaincre de renoncer à l'alcool, mais comme cela n'avait fait qu'aggraver la situation, elles avaient renoncé.

Ignorant Geordie, Hugh lança à Annabel un regard d'homme trahi.

— Tu as raconté à ce maudit aristocrate que j'étais malade ?

Il en fallait plus pour décourager Geordie.

— Ne sois pas fâché contre maman et tante Annabel, répliqua-t-il. Que pouvaient-elles lui dire d'autre ? Que tu es un ivrogne ?

Rouge de colère, il poursuivit :

— Que rien d'autre ne t'intéresse que... que ce satané whisky ?

Cette fois, Hugh regarda Geordie droit dans les yeux. Il était livide.

— C'est ce qu'elles t'ont dit, fiston ? Que je suis un ivrogne ?

— Elles ne m'ont rien dit du tout ! Mais j'ai des yeux pour voir ! Je sais bien à quoi tu passes tes soirées. Nous le savons tous.

Il prit une inspiration tremblante.

— Quand on était petits, tu passais du temps avec nous. On jouait aux cartes, on allait se promener... Maintenant, tu ne fais plus rien d'autre que boire.

Hugh reposa le flacon sur la table.

— Viens ici, mon garçon.

Avalant sa salive, Geordie obéit.

— Alors tu as dû mentir comme ta mère et ta tante ?

L'air buté, Geordie rétorqua :

— Je n'avais pas le choix. Même moi, je sais que la brasserie est au bord de la faillite. Tante Annabel dit que nous devons faire quelque chose.

— Et tu penses que lord Jarret peut nous aider, fit Hugh, clairement dubitatif.

— C'est quelqu'un de bien. Il nous a traités avec respect pendant le trajet. Il a envoyé chercher un médecin quand maman est tombée malade et il l'a même payé de sa poche.

— Tu as été souffrante ? demanda Hugh en se tournant vers Sissy.

— Quelques petits soucis digestifs, rien de grave, répondit celle-ci. Tout est rentré dans l'ordre en deux jours.

— Deux jours ? répéta Hugh, alarmé.

— Annabel s'est bien occupée de moi et lord Jarret a été très bon.

— Vraiment ? demanda-t-il en pinçant les lèvres. Il a voulu se faire bien voir, je présume.

— Tu n'étais pas là, Hugh, intervint Annabel avant qu'il se fâche. Il s'est conduit comme l'aurait fait n'importe quel gentleman.

— Je n'en doute pas, mais c'est moi qui aurais dû prendre soin de Sissy.

— En effet, admit cette dernière calmement.

Il tressaillit, se passa la main dans les cheveux, puis regarda Geordie d'un air pensif.

— Ce fils de marquis, tu le crois capable de nous donner un coup de main ? demanda-t-il à sa femme.

— Nous n'avons rien à perdre à le lui demander.

— Je vois.

Hugh se tourna vers Annabel.

— Maintenant que tu l'as amené à Burton, qu'attends-tu exactement de moi ?

Soulagée que son frère accepte de l'écouter, elle répondit :

— Pour ce soir, contente-toi de faire sa connaissance. S'il ne te fait pas une bonne impression, nous en resterons là.

En son for intérieur, elle se promit toutefois de tout faire pour que cela n'arrive pas.

— Dans le cas contraire, continua-t-elle, tu pourras parler affaires avec lui demain matin et voir de quelle façon il peut nous aider à vendre notre bière d'octobre aux capitaines de la Compagnie des Indes orientales.

Hugh demeura silencieux un long moment. Sissy et elle retenaient leur souffle.

— Entendu, dit-il enfin.

Les deux femmes poussèrent un soupir de soulagement. Qui sait, les choses tourneraient peut-être mieux que prévu, après tout ?

— En revanche, je ne ferai pas semblant d'être malade, les prévint-il.

Elles durent paraître affolées, car il reprit :

— Je ne démentirai pas ce que vous lui avez dit, mais je ne lui mentirai pas non plus. Qu'il pense ce qu'il voudra.

Sissy s'approcha du bureau.

— Et tu ne boiras pas d'alcool ce soir ?

Il y avait dans sa voix une détermination qu'Annabel ne lui connaissait pas. Hugh dut l'entendre lui aussi car il dévisagea son épouse d'un regard empreint de douceur, puis :

— Je ferai de mon mieux, mon ange.

15

Jarret se tenait dans l'une des vastes salles de l'hôtel de ville de Burton, au milieu d'un groupe de brasseurs. Tout en sirotant un verre, il s'efforçait de s'intéresser à la conversation. En vain. Bass, l'épouse de celui-ci et lui étaient arrivés une vingtaine de minutes plus tôt, mais Annabel n'était nulle part en vue. Depuis qu'elle l'avait lâchement abandonné à Lake Ale, il se demandait si elle assisterait à ce dîner.

Elle avait eu raison de lui suggérer de commencer par une visite de l'établissement. En vérité, il avait été impressionné. Si l'entreprise ne possédait pas les équipements dernier cri que l'on trouvait chez Plumtree, c'était cependant un modèle d'organisation. Et ce Walters était une perle. Il connaissait sur le bout des doigts tous les chiffres de production de la maison.

Il était toutefois manifeste que celle-ci battait de l'aile. Le houblon utilisé n'était pas de première qualité et les cuves de brassage étaient rafistolées de partout. Plus alarmant, le gérant avait été si réticent à parler de son patron que Jarret se demandait de nouveau si la maladie de ce dernier n'était pas plus préoccupante qu'Annabel ne voulait l'admettre. Si Hugh Lake avait

besoin des soins constants d'un médecin et de laudanum pour dormir, ce n'était pas bon signe.

À mesure que le temps passait, un désagréable pressentiment l'envahit. Il n'aimait pas qu'on le prenne
pour un idiot. Si Annabel et son frère ne se montraient
pas...

— Et qu'est-ce qui vous amène à Burton, lord Jarret ?
s'enquit l'un des brasseurs. Seriez-vous venu surveiller
la concurrence ?

Il s'arracha à ses réflexions. Un peu plus tôt dans
l'après-midi, il s'était demandé s'il devait mentionner
une possible collaboration avec Lake Ale, mais en
affaires comme au jeu, mieux valait garder ses atouts
dans sa manche. Seul problème, cela lui interdisait de
poser des questions trop directes sans éveiller la
méfiance.

— En fait, je suis venu rendre visite à des amis,
improvisa-t-il. Vous devez les connaître, il s'agit de la
famille Lake.

Autour de lui, on échangea des regards. Il s'apprêtait
à demander ce que l'on pensait d'eux lorsque les portes
s'ouvrirent.

Quand on parle du loup...

Il songea vaguement qu'Annabel ne lui avait pas
menti, finalement, puis se figea, fasciné. Non par
l'homme maigre et pâle qui venait d'apparaître sur le
seuil, mais par la beauté qui se tenait près de lui.

Annabel. Mais une version d'elle qu'il n'avait jamais
vue.

Sa somptueuse chevelure auburn était rassemblée
sur le sommet de sa tête en une profusion de boucles
qui soulignaient la délicatesse de ses traits. Ce soir, elle
n'était plus un elfe mais la reine des fées, parée de
pierres précieuses et vêtue d'une robe de soie qui soulignait ses courbes voluptueuses.

Le sang de Jarret se mit à bouillonner dans ses veines, avant de se glacer. Sa robe était bien plus décolletée que celles des autres femmes, comme c'était la tendance deux ans auparavant. En vérité, *toutes* les robes d'Annabel étaient passées de mode, mais celle-ci l'était de la façon la plus troublante qui soit. Elle dévoilait largement ses délicieux seins. Ce qui n'avait pas dû échapper à tous les hommes présents. Et il n'aimait pas cela.

— Si vous voulez bien m'excuser, messieurs, dit-il avant de quitter le groupe pour aller à la rencontre d'Annabel et de son frère.

Il ne pouvait détacher les yeux de la jeune femme, mais tout le monde devait l'avoir remarqué car lorsqu'il parvint enfin à s'arracher à sa contemplation, il croisa le regard furieux de son frère. Malédiction.

Mme Lake fit les présentations, mais elle était de toute évidence très nerveuse. À raison sans doute, s'il se fiait au regard ulcéré que son mari fixait sur lui. Avant que celui-ci prenne la parole, il murmura :

— Je dois vous avertir, monsieur, que j'ai dit à vos collègues que j'étais venu rendre visite à des amis – votre charmante épouse et vous, bien sûr. J'ai pensé que vous ne souhaiteriez pas ébruiter nos éventuels projets.

L'expression sévère de Lake s'adoucit quelque peu.

— Merci, dit-il. J'apprécie votre discrétion.

Un valet leur apporta un verre, mais après avoir jeté un regard à sa femme, Lake secoua la tête. Il semblait en meilleure santé que Jarret ne s'y attendait, surtout après les déclarations du médecin.

— J'ai cru comprendre que je vous devais des remerciements pour avoir ramené ma famille à la maison, reprit Lake d'une voix posée.

Jarret se demanda ce que les deux femmes lui avaient dit à propos du voyage. Mieux valait se montrer prudent.

— J'ai seulement emprunté la voiture de mon frère pour me rendre à Burton, monsieur. Et puisque je devais venir visiter votre entreprise, autant en faire profiter les vôtres.

— C'était généreux de votre part, milord. D'autant que l'indisposition de Sissy n'a pas dû faciliter le voyage.

— En effet, elle a été souffrante à Daventry, mais votre sœur s'est admirablement occupée d'elle. Pour ma part, je me suis contenté de veiller sur votre fils. Et il a veillé sur moi en retour puisque sa présence m'a empêché de me livrer aux activités que les célibataires apprécient d'ordinaire. Je le trouvais un peu jeune pour jouer aux cartes jusqu'à l'aube, une fille de salle sur les genoux.

Cette remarque lui valut un regard noir d'Annabel, mais un sourire réticent de son frère.

— Geordie ne serait sans doute pas d'accord, commenta ce dernier.

— Il est en effet plus impatient d'être un homme que son corps ne le lui permet.

— Certes, acquiesça Lake qui se détendit visiblement. Ce gamin a du tempérament, je vous l'accorde.

Quelques messieurs les rejoignirent, visiblement curieux d'en apprendre davantage sur les relations entre Jarret et la famille Lake. Par chance, on annonça que le dîner était servi, ce qui leur permit d'échapper aux questions indiscrètes.

Malheureusement, Jarret se retrouva à l'opposé des Lake. Annabel était assise entre son frère et un homme qui ne cessait de lorgner son décolleté, et il passa la demi-heure qui suivit tiraillé entre l'envie d'écouter les conversations des brasseurs qui l'entouraient et celle d'enfoncer sa fourchette à huître dans les yeux du voisin de la jeune femme. À sa grande joie, celle-ci finit par remarquer les regards lascifs dont elle faisait l'objet, car elle croisa les pans de son châle sur sa poitrine.

Il put enfin se détendre – ce qui ne l'empêcha pas de se demander pourquoi les regards des autres hommes sur elle l'irritaient à ce point. Manifestement, elle savait se protéger.

Du reste, elle s'était montrée on ne peut plus claire sur la nature de leur relation ; rien ne justifiait donc qu'il se montre aussi possessif. Il ne le voulait même pas.

Du moins il ne le voulait pas jusqu'à ce qu'elle fasse son apparition dans cette robe qu'il avait envie de lui arracher.

Nom de nom ! Il devait impérativement chasser de telles idées de son esprit.

Il s'obligea à se concentrer sur les discussions de ses voisins, et découvrit bientôt qu'un dîner entre commerçants différait grandement d'un dîner entre gens du monde. Les commerçants parlaient... commerce. Son père aurait trouvé cela effroyablement vulgaire.

Lui trouvait cela revigorant. Il circulait ici une énergie qui manquait dramatiquement dans les rares réceptions mondaines auxquelles il avait assisté. Ces hommes étaient en outre diablement rusés, chacun s'efforçant d'obtenir des informations de ses collègues sans avoir l'air d'y toucher. Cela ressemblait à une partie de cartes avec un partenaire accompli. Comme au piquet, le plus doué pour les déductions l'emportait. Et Jarret devait gagner à ce jeu-là aussi.

Quand les danses commencèrent et que la plupart des convives se dirigèrent vers la salle de bal, Jarret rejoignit quelques-uns de ses voisins qui s'étaient rassemblés près de la table à punch pour discuter des derniers modèles de chaudières à vapeur.

Lake se joignit au groupe. Jarret l'écouta exprimer son opinion. Si l'homme n'y mettait pas la même passion que ses collègues, il connaissait manifestement son métier.

Quand son épouse vint le chercher pour qu'il la fasse danser et qu'ils se furent éloignés, Allsopp déclara :

— Mlle Lake est très en beauté, ce soir.

En le voyant couver Annabel d'un regard plus qu'intéressé, Jarret sentit monter en lui un élan de possessivité qui le prit de court. De même que la rage noire qui s'empara de lui lorsque Allsopp parcourut la jeune femme d'un œil gourmand.

Cet homme était marié, nom de nom ! Il n'avait pas le droit de regarder Annabel ainsi. *Personne* n'en avait le droit ! Ce n'est qu'au prix d'un violent effort de volonté qu'il ravala l'avertissement cinglant qui lui venait aux lèvres.

— C'est surprenant qu'elle ne se soit jamais mariée, s'entendit-il demander.

Allsopp vida d'un trait son verre de punch.

— Ce n'est pas par manque de prétendants. Je crois savoir qu'elle en a refusé deux ou trois.

Voilà qui laissait Jarret perplexe. Apparemment, il n'était pas le premier à ne pas s'être montré à la hauteur des exigences de la demoiselle Lake. Sa fierté aurait dû s'en satisfaire mais, étrangement, cela ne faisait que soulever de nouvelles questions. Pourquoi une femme si sensuelle et aimant profondément les enfants fuyait-elle le mariage avec une telle constance ?

— Peut-être reste-t-elle chez son frère pour s'occuper de lui, hasarda Jarret.

— Oh, il en a bien besoin, aucun doute !

Le ricanement qui accompagnait ces propos réveilla les soupçons de Jarret.

— Vous voulez dire, à cause de sa maladie ?

Allsopp éclata de rire.

— C'est ainsi que cela s'appelle à présent ?

Jarret se figea. S'efforçant d'apparaître nonchalant, il répliqua :

— Façon de parler.

Il retint son souffle. L'autre allait-il poursuivre ? S'il lui demandait sans détour ce qu'il voulait dire, il risquait de se fermer.

— Bien sûr, nous n'avons la même tolérance envers l'ivresse que vous autres aristocrates. Il n'y a rien de mal à boire un coup de temps en temps, mais quand un homme néglige son entreprise à cause de l'alcool, nous ne pouvons l'admettre.

Un nœud se forma dans l'estomac de Jarret. C'était donc *cela* qu'Annabel lui cachait depuis le début ?

Mais peut-être ne fallait-il pas accorder trop de crédit aux déclarations d'un rival qui avait peut-être flairé la véritable raison de sa présence ici.

— Je ne me rendais pas compte que le problème de mon ami avait pris de telles proportions. Ces dames m'ont dit qu'il était souffrant, et j'en ai déduit que c'était pour cette raison qu'il s'était montré négligent ces derniers temps.

— Elles n'allaient pas *vous* dire la vérité. Ce serait embarrassant. Elles ont du reste tenté de la cacher à tout le monde.

Allsopp émit un rire bref.

— Comme si on pouvait dissimuler ce genre de choses dans une petite ville comme la nôtre ! Les domestiques parlent. Les gens parlent. Cet homme vous paraît-il malade ?

Du menton, il désigna la piste de danse, où Lake évoluait avec une énergie surprenante pour un homme censé avoir pris du laudanum quelques heures plus tôt.

Pourtant, il dormait bel et bien cet après-midi. Et qui dormait au beau milieu de la journée, à part un malade ?

Un homme qui avait passé la nuit à boire.

Bonté divine ! D'un seul coup, d'autres éléments du puzzle se mettaient en place. La gêne de George quand il avait évoqué la maladie de son père. Les craintes d'Annabel lorsqu'il avait décidé de venir à Burton. La nervosité de Mme Lake. Dès le début, il avait soupçonné qu'on lui cachait quelque chose.

Il aurait dû deviner. Ici, en province, les hommes ne se détournaient pas d'un des leurs parce qu'il était malade. Ils le soutenaient, s'inquiétaient pour lui et sa famille. En revanche, un alcoolique n'attirait aucune compassion – surtout chez les commerçants. On le considérait comme un faible, imprévisible de surcroît, ce qu'il était. Ses proches étaient regardés avec pitié ou, pire, ostracisés.

La colère le saisit. Une maladie, même grave, aurait certes posé un problème, mais ce n'était pas insurmontable. Cela, en revanche, était bien plus compliqué. Si Lake avait perdu la confiance de ses collègues brasseurs, comment Jarret était-il censé convaincre les capitaines de la Compagnie des Indes de lui commander sa bière ?

Si l'homme avait été à l'article de la mort, Jarret aurait pu le persuader de nommer sa sœur à la tête de la brasserie. Geordie en aurait hérité, et Annabel l'aurait dirigée. Mais un alcoolique n'était pas un partenaire fiable, et quiconque lui était associé risquait de perdre toute crédibilité.

D'une façon ou d'une autre, le rapprochement entre leurs deux entreprises serait un désastre. Plumtree se débattait déjà dans les difficultés financières. Une alliance avec une maison aussi mal en point que Lake Ale pourrait entraîner sa chute. Comment avait-il pu se montrer aussi stupide ? Quand Annabel avait évoqué une solution rapide à leurs manques de débouchés commerciaux, il s'était laissé séduire au point de prendre un risque irréfléchi.

Non, il s'était laissé séduire par la perspective de mettre la jeune femme dans son lit. Et maintenant, Plumtree risquait de faire les frais de son inconséquence.

Tout cela parce qu'il avait désiré Annabel Lake.

Et la désirait toujours.

— Depuis combien de temps Lake néglige-t-il son entreprise ? demanda-t-il.

— Au moins un an. Il a commencé à boire à l'époque où l'offensive des Russes sur le marché a fait s'effondrer les prix. Il a essuyé quelques pertes et ne l'a pas supporté. Depuis, ce n'est que grâce à sa sœur et à son gérant que Lake Ale reste à flot. Mlle Lake est prête à tout pour sauver l'entreprise familiale, mais ce n'est qu'une femme. Elle ne peut pas...

— Diriger une brasserie dont elle n'est pas propriétaire, n'est-ce pas ? fit une voix féminine derrière eux.

Ils pivotèrent sur leurs talons. Annabel se tenait là, pâle, son beau visage ravagé par la honte. Lorsqu'elle croisa son regard, Jarret fut envahi par une sourde culpabilité.

Puis il comprit que les affirmations d'Allsopp étaient fondées.

Une rage froide monta en lui. Elle lui avait menti. Elle avait joué de sa compassion envers un homme malade. Qui sait ? Peut-être que ses baisers, eux aussi, n'avaient été qu'une mascarade.

Mlle Lake est prête à tout pour sauver l'entreprise familiale.

Dire qu'il l'avait suivie aveuglément là où elle le menait, tel un pauvre idiot éperdu d'amour. Quand serait-il enfin raisonnable ? S'attacher à quelqu'un était le plus sûr moyen de souffrir. Et perdre l'Annabel en qui il avait eu confiance était un coup plus rude qu'il ne l'avait imaginé.

— Mademoiselle Lake, dit Allsopp après un silence gêné, je suis désolé, je ne vous avais pas vue.

— De toute évidence, riposta-t-elle d'une voix mal assurée.

Malgré sa colère, Jarret ne put s'empêcher d'être touché par sa détresse. Mais il ravala impitoyablement toute compassion. Elle lui avait menti. Elle l'avait manipulé. Il ne voulait plus avoir affaire à elle.

Mais alors qu'il se détournait, elle posa la main sur son bras.

— J'étais venue rappeler à lord Jarret qu'il m'avait demandé une danse, reprit-elle, ses doigts s'enfonçant dans son bras en une supplique muette.

Elle ne manquait pas d'audace, songea Jarret, admiratif malgré lui. Jamais il ne lui avait demandé de danse.

L'espace d'un instant, il envisagea de lui réclamer publiquement des comptes, mais on ne se débarrassait pas aussi facilement d'années de bonne éducation, fût-ce en présence d'une manipulatrice sans cœur. Surtout quand celle-ci le suppliait du regard.

Très bien. Il allait la faire danser. Et il en profiterait pour lui dire que, pari ou non, leur collaboration s'achevait ici.

Sans un mot, ils se dirigèrent vers la piste de danse. Quand les premières notes de la musique retentirent, elle prit la parole.

— Je suppose que je vous dois quelques explications.

— Mieux que cela, dit-il entre ses dents. Je veux la vérité. En admettant que vous connaissiez ce mot.

— Je vous en prie, ne vous fâchez pas.

— Vous m'avez pris pour un imbécile depuis le début…

— Non. J'ai cru, et je crois encore, que mon plan peut sauver Lake Ale. Mais je savais que jamais vous n'envisageriez de nous aider si vous pensiez…

— Que votre frère est incompétent ? Qu'il mène son entreprise à la ruine en s'enivrant jour après jour ?

Il la fixa d'un œil glacial sans se soucier des regards braqués sur eux.

— Vous avez raison, reprit-il. Jamais je n'aurais envisagé la moindre collaboration.

Il la fit tourner avec plus d'énergie que nécessaire, si bien qu'elle faillit trébucher. Bon sang, lui qui se targuait d'être toujours maître de lui avait soudain un mal fou à contenir sa colère.

Quand il fut de nouveau en mesure de s'exprimer calmement, il déclara d'une voix sifflante :

— Je suis censé ne pas faire courir de risques inutiles à la brasserie Plumtree ni la pousser dans le même gouffre que celui où votre frère a entraîné Lake Ale. Si vous vous imaginez que je vais faire affaire avec vous alors que vous m'avez attiré ici avec vos mensonges à propos de votre frère malade, vous vous trompez.

— Je vous ai attiré ici ? C'est *vous* qui avez proposé ce pari. Pari que vous avez perdu, et que vous avez apparemment décidé de renier.

Ces paroles ne firent qu'accroître la fureur de Jarret.

— Ce pari était fondé sur un mensonge, et vous le savez très bien. Par conséquent, je considère que notre accord est nul et non avenu.

Tels deux automates mus par des mécanismes invisibles, ils dansèrent en silence quelques instants, chacun évitant de regarder l'autre.

Puis Annabel chercha de nouveau son regard.

— Et si nous faisions un nouveau pari, sans mensonge, cette fois ?

S'il se fiait à l'éclat d'acier dans ses yeux, elle était on ne peut plus sérieuse. Et quand son pouls s'emballa, Jarret comprit qu'il était tout aussi tenté que la première fois.

Furieux que son propre corps le trahisse de la sorte, il ouvrit la bouche pour lui dire d'aller en enfer. Mais s'entendit demander :

— Que voulez-vous dire ?

Il savait très bien ce qu'elle voulait dire. La vraie question était de savoir *pourquoi* il la laissait croire qu'il allait seulement écouter sa proposition.

Et la réponse était pathétique. Parce qu'il avait toujours envie de la mettre dans son lit.

— Le même que précédemment, répondit-elle. Si vous perdez, vous aidez Lake Ale à se placer sur le marché de la Compagnie des Indes. Si vous gagnez, je...

Elle jeta un regard furtif autour d'eux.

— Vous passez une nuit avec moi, lui murmura-t-il à l'oreille. Dites-le.

Tournant imperceptiblement la tête vers lui, elle répéta :

— Je passe une nuit avec vous. Les conditions restent les mêmes.

Jarret s'écarta pour la regarder. Ses joues étaient en feu, mais son petit menton têtu était levé haut. Elle était vraiment prête à tous les sacrifices pour sauver l'entreprise familiale.

Comme sa grand-mère, songea-t-il. Annabel aussi avait une famille à protéger.

Cette idée éveilla en lui une compassion fort mal venue. Il fronça les sourcils. Elle n'offrirait pas sa vertu à un « libertin irresponsable » tel que lui si elle n'avait pas l'assurance d'y gagner quelque chose. Quelle nouvelle ruse cela dissimulait-il ?

— Excellente idée, fit-il. Dans un cas comme dans l'autre, vous parvenez à vos fins. Si vous gagnez, vous êtes certaine que je vais vous aider. Et si vous perdez, il vous suffira de courir dire à votre frère que je vous ai déshonorée. En moins de temps qu'il n'en faut pour le dire, vous m'aurez mis le grappin dessus et je serai contraint de prendre en charge votre brasserie.

Elle le fixa, bouche bée.

— Comment pouvez-vous croire une chose pareille ? Jamais je ne...

— Ah non ? Et pourquoi ne devrais-je pas le penser, je vous prie ?

Elle baissa les yeux et rougit jusqu'à la racine des cheveux.

— Parce qu'il est impossible de déshonorer ce qui l'a déjà été, répondit-elle, d'une voix si faible qu'il douta d'avoir bien compris.

— Pardon ?

— Ne m'obligez pas à le répéter. J'ai eu un fiancé, vous vous souvenez ? Nous étions jeunes, impétueux et amoureux. Il est facile de deviner la suite.

Levant les yeux, elle reprit :

— Pourquoi ne me suis-je jamais mariée selon vous ? Aucun homme ne voudrait d'une femme qui n'est plus vierge.

Il la scruta, mais le seul fait qu'elle fasse un tel aveu était la preuve de sa sincérité. Et cela expliquait l'audace dont elle avait fait montre dans l'intimité. Jamais une vierge n'aurait été aussi à l'aise.

— Encore un mensonge de démasqué, déclara-t-il, abasourdi par ses révélations.

Les yeux d'Annabel lancèrent des éclairs tandis qu'elle répliquait :

— Je ne vous ai jamais menti sur ce point. Vous ne m'avez posé aucune question. Vous avez simplement supposé que j'étais... ce que vous pensiez que j'étais.

Il serra les dents, mais elle avait raison. Jamais elle n'avait prétendu être vierge. Et quand bien même, comment aurait-il pu l'en blâmer ? Une femme n'avouait pas ces choses-là.

— Votre frère le sait-il ?

— Oui.

— Pourquoi n'a-t-il pas...

— Je n'en dirai pas davantage sur le sujet.

À présent, sa rougeur s'étendait jusqu'à la naissance de ses seins – des seins qu'il pourrait toucher et caresser tout son soûl s'il acceptait sa proposition. Et gagnait leur partie de cartes.

Bon sang, comment pouvait-il seulement y songer ? N'avait-il donc pas retenu la leçon de leur premier pari ?

Et pourtant…

C'était l'occasion ou jamais de lui faire payer ses mensonges ! Et il ne prendrait pas de risque, cette fois, car il allait se débrouiller pour gagner.

— Alors, souffla-t-elle, vous acceptez ?

— J'aurai des conditions à poser.

Elle écarquilla les yeux.

— Nous jouerons au piquet, reprit-il.

— Pourquoi ?

— N'est-ce pas évident ? Cela repose plus sur l'habileté que sur la chance.

Et le piquet était son jeu préféré. Il dévisagea Annabel en étrécissant les yeux.

— Vous savez y jouer ?

— Bien sûr, répondit-elle d'une voix chevrotante.

Parfait, songea Jarret. Il était plus que temps qu'il ait l'avantage.

Il resserra la main sur la taille de la jeune femme. Il n'y avait aucune raison qu'il perde. Il ne serait pas distrait, Masters et Gabriel ne seraient pas là pour faire des réflexions agaçantes.

— Nous ne jouerons qu'une seule partie, décréta-t-il. La victoire sera obtenue au premier tour. J'ai perdu assez de temps à cause de vos manigances.

— D'accord.

De nouveau ce « d'accord » dont elle possédait le secret, et qui chaque fois lui faisait bouillonner les sangs.

— Vous acceptez toutes mes conditions ?

Elle hocha la tête.

232

Tandis qu'ils continuaient de valser en silence, Jarret réfléchit aux choix qui s'offraient à lui. Il pouvait refuser son pari, et s'en aller sans un regard en arrière. Ou l'accepter, gagner et en tirer une compensation. Dieu qu'il en avait envie !

D'ailleurs, il l'avait bien mérité. Elle l'avait laissé l'embrasser et la caresser alors que, manifestement, cela ne signifiait rien pour elle. Elle lui avait déclaré sans détours qu'il n'avait pas l'étoffe d'un mari, mais n'avait pas voulu de lui comme amant alors même qu'elle n'était plus vierge. Elle avait donc purement et simplement tenté de le prendre dans ses filets et de le charmer au point qu'il en oublierait ses ruses. L'idée d'avoir été ainsi manipulé lui était insupportable.

— J'ai une requête à vous soumettre avant que vous me donniez votre réponse, murmura-t-elle.

— Il n'y a rien à négocier, répliqua-t-il sèchement.

— Si. La seule fois où Rupert et moi avons... hum... Il a pris... certaines précautions. Si vous gagnez, je vous demanderai d'en faire autant.

— Oui, bien sûr, marmonna-t-il.

Elle se mordit les lèvres.

— Dois-je en déduire que vous acceptez le pari ?

Jarret marqua une pause, mais il n'avait aucun doute sur l'issue de leur pari. Or il n'était pas homme à laisser passer une occasion d'obtenir si facilement ce qu'il désirait.

— Oui.

La danse s'achevait et ils n'auraient sans doute pas d'autre occasion de parler en tête-à-tête.

— Où et quand ? demanda-t-il simplement.

— Le bureau de la brasserie, 1 heure du matin. Il faut attendre que tout le monde soit parti. J'ai les clefs.

Les derniers accords de la valse s'éteignirent. Ils s'écartèrent l'un de l'autre.

— Je vous attendrai à l'intérieur, ajouta-t-elle.

Tandis qu'il lui prenait le coude pour l'escorter hors de la piste de danse, elle murmura :

— Et j'apprécierais que vous fassiez preuve de la plus grande discrétion quand vous me rejoindrez.

— N'ayez crainte. Personne n'apprendra rien de ma bouche.

— Je vous remercie. Ici, on me considère toujours comme une femme respectable.

Son ton mit Jarret mal à l'aise, mais il repoussa la pointe de culpabilité qui tentait de se frayer un chemin dans sa conscience. Elle l'avait mis au défi ? Il allait lui montrer qui était le plus fort.

Tandis que l'attelage familial s'ébranlait, Annabel regarda par la vitre de la portière. Elle avait évité le désastre, mais pour combien de temps ? Elle était plutôt bonne au piquet, mais le serait-elle au point de tenir Jarret en échec ? Car si elle perdait...

Son cœur battit un peu plus vite. Furieuse, elle s'efforça de l'ignorer. Pourquoi cet homme avait-il encore un tel effet sur elle après les paroles dures et les regards lourds de reproche dont il l'avait gratifiée ? Peut-être parce que, sous la colère, elle avait perçu son désir – ce désir qui faisait écho au sien, auquel son propre corps répondait si spontanément.

Elle ravala un soupir agacé. *Avoue-le. Tu as envie de lui.*

D'accord, elle voulait cet homme. Ce qui n'avait aucun sens. Un jour ou l'autre, il faudrait qu'elle apprenne à ne pas désirer ce qui n'était pas bon pour elle. Tels certains libertins qui savaient comment faire se pâmer les femmes d'un simple regard.

Si seulement il n'avait pas été aussi élégant dans sa tenue de soirée exquisément coupée ! Comparés à lui, les hommes de Burton, avec leurs cheveux pommadés et leurs vestes du dimanche, semblaient plus vulgaires que jamais.

Pourtant, pas un instant il n'avait montré, par ses paroles ou ses attitudes, qu'il était conscient d'appartenir à un monde infiniment plus raffiné. S'il n'avait eu cette allure et ces vêtements de la meilleure façon, on aurait pu le prendre pour l'un d'entre eux. Elle l'avait entendu discuter. Il parlait d'égal à égal avec ces hommes à l'esprit de clan comme jamais Hugh ne l'avait fait. Ni elle, *a fortiori*.

— Ce lord Jarret m'a fait une bonne impression, déclara Hugh, assis sur la banquette opposée. Il en sait plus sur le métier que je ne m'y attendais. Toutefois, il m'a regardé bizarrement quand je lui ai dit que j'étais impatient de parler avec lui demain matin. C'est bien demain que nous sommes censés nous voir, n'est-ce pas ?

— Oui.

À condition que je le batte au piquet.

Annabel se força à sourire. Fidèle à sa parole, Hugh s'était contenté d'un verre de punch.

— Il a l'air de te trouver furieusement à son goût, Bella. Il m'a posé des questions sur Rupert. Il voulait savoir quel genre d'homme c'était.

Annabel sursauta, puis comprit que Jarret avait sans doute seulement voulu s'assurer qu'elle n'avait pas menti au sujet de sa virginité.

Puis l'humiliation remplaça la perplexité. Comment Jarret pouvait-il croire qu'elle avait tenté de le séduire pour « lui mettre le grappin dessus », comme il l'avait si élégamment formulé ? Cela étant, ce devait être monnaie courante à Londres.

Qu'avait-il dit ? *Je vous signale que des centaines de femmes rêveraient d'une telle existence.* Difficile de le leur reprocher. L'idée d'être son épouse...

Allons, c'était ridicule ! Jamais elle ne pourrait élever des enfants avec un tel homme, même s'il voulait l'épouser. Ce qui n'était pas le cas. Surtout maintenant qu'il avait découvert son mensonge au sujet de Hugh.

Elle frissonna au souvenir de la colère dans son regard tandis qu'il la faisait danser. Il s'était montré si cassant. Comment la traiterait-il, ce soir, s'il gagnait ? Supporterait-elle de partager son lit s'il se montrait aussi méprisant ?

— Pour être franc, poursuivit Hugh, je ne savais trop quoi lui dire au sujet de Rupert, étant donné ce qui s'est passé. Je me suis contenté de répondre que c'était un héros de guerre. Ce qui est la vérité, d'ailleurs.

Un héros de guerre. Annabel haïssait ce titre. Rupert l'avait si chèrement payé.

— Moi aussi, je crois que notre Annabel plaît beaucoup à lord Jarret, intervint Sissy en glissant un regard de biais à sa belle-sœur.

Annabel retint un rire amer. Oh, oui, elle lui plaisait ! Il n'éprouvait plus la moindre sympathie pour elle, mais il la désirait toujours, Dieu merci.

— Ma foi, elle aurait pu trouver pire, commenta Hugh d'un ton bourru.

Il tira sur les poignets de sa chemise, puis carra les épaules comme s'il venait de prendre une décision.

— Bella, je veux que tu assistes à notre entretien, demain.

Elle lui adressa un regard étonné. Jamais encore il ne l'avait conviée à une réunion de travail. Il voulait bien qu'elle fasse tourner l'entreprise en son absence, mais il n'était pas prêt à lui reconnaître officiellement un rôle.

— Pourquoi ?

Il esquissa un geste évasif.

— C'est grâce à toi qu'il est ici. Il sera peut-être... plus à l'aise si tu es présente.

Seigneur, s'il savait ! Si elle gagnait ce soir, Jarret la détesterait demain matin. Et si elle perdait, il ne serait plus là.

— Entendu, dit-elle simplement.

Il serait temps d'aviser le moment venu. Pour l'instant, elle devait faire en sorte de s'éclipser de la maison sans être vue. Ils avaient quitté la soirée à minuit. Elle n'aurait pas beaucoup de temps.

Par chance, Hugh et Sissy ne s'attardèrent pas. Annabel congédia les domestiques et leur dit qu'elle fermerait elle-même la maison. Elle attendit que tout le monde ait disparu, puis sortit par la porte du jardin en emportant son double de la clef.

La brasserie n'était qu'à quelques minutes à pied. Par chance, il n'y avait pas d'habitations sur le chemin ; il y avait donc peu de risque que quelqu'un les voie entrer dans le bâtiment.

Une haute silhouette émergea des buissons alors qu'elle atteignait la porte. Annabel retint un cri, avant de reconnaître Jarret.

Toutefois, l'homme qui se tenait devant elle n'était pas le Jarret qui l'avait taquinée sur le marché, celui qui l'avait embrassée à perdre haleine, ni même celui qui avait dardé des regards furieux sur elle toute la soirée.

Celui-ci évoquait une statue de marbre. Il semblait plus que jamais déterminé à obtenir sa revanche.

Si elle perdait, le ciel lui vienne en aide ! Parce que ce Jarret-là n'était pas un homme dont elle aimerait partager le lit. Ni ce soir ni jamais.

16

Jarret avait consacré l'heure précédente à préparer sa rencontre avec Annabel. Tout en enfilant une tenue plus adaptée à une rencontre clandestine, il s'était efforcé d'effacer de sa mémoire tout ce qu'il avait admiré en elle – sa patience avec Mme Lake et Geordie, son indéfectible loyauté envers sa famille, son apparente vulnérabilité dans la grange...

C'était là le problème : elle semblait vulnérable, mais elle ne l'était pas. Depuis le dîner, il avait passé en revue les événements survenus durant leur voyage et s'était rendu compte qu'elle était allée très loin. Non seulement elle lui avait menti, mais elle avait convaincu sa famille de l'imiter. Elle l'avait berné pour qu'il tombe dans son piège, avait même forgé de toutes pièces cette scène avec le médecin devant la chambre de son frère.

Elle avait endormi ses soupçons. Pire, elle avait réussi à le faire passer pour un libertin qui n'était pas digne de confiance, alors que c'était *elle* qui ne l'était pas ! Dresser la liste de ses ruses lui avait endurci le cœur, au point qu'il était à présent certain d'être immunisé contre ses sourires enjôleurs et ses déclarations mensongères.

Pourtant, maintenant qu'elle se tenait devant lui, si menue dans sa cape de laine, les traits tirés, l'air hagard, le mur qu'il avait érigé pour se protéger commença à se fendiller.

Nom de nom ! Pourquoi l'émouvait-elle autant ? Quand diable comprendrait-il que tout ce qu'elle faisait et disait n'avait pour but que de sauver l'entreprise familiale de la ruine ?

— Vous êtes en avance, chuchota-t-elle en s'approchant de la porte.

— Je suis pressé que les festivités commencent, lâcha-t-il froidement. Et je veux pouvoir savourer ma... victoire tout à loisir.

Pour souligner ses paroles, il la balaya d'un regard délibérément lascif, histoire de lui rappeler de quelle manière il comptait prendre sa revanche.

— À condition que vous gagniez, répliqua-t-elle d'un ton cassant. Ce qui n'a rien de certain.

Elle était combative, comme d'habitude, et cela ne faisait que l'exciter davantage.

Il se rapprocha d'elle, éprouvant une satisfaction mesquine à voir ses doigts trembler tandis qu'elle essayait d'ouvrir la porte.

— Ce ne sera qu'une simple formalité, déclara-t-il avec assurance.

Lui prenant la clef des mains, il se pencha et l'introduisit dans la serrure. Elle frémit, mais s'efforça d'ignorer la petite voix de sa conscience. Il lui rendit la clef, s'écartant pour la laisser passer.

— Je vous ai déjà battu, lui rappela-t-elle. Je peux recommencer.

Jarret émit un reniflement hautain.

— Savez-vous comment on me surnomme, dans le monde du jeu ?

— Le Prétentieux ?

Il ravala un rire.

— Le Prince du piquet, rectifia-t-il. Je ne perds jamais ou presque.

Elle ouvrit la porte.

— Alors vous avez un avantage sur moi. Cela me semble injuste, et n'est pas digne d'un gentleman.

— En effet, admit-il en entrant à sa suite.

Refermant le battant derrière eux, elle s'empara d'une pierre à briquet et alluma une bougie qu'elle ficha dans une applique. Quand elle ôta sa cape, Jarret prit une brève inspiration. Elle portait toujours sa robe de bal – cette robe qu'il avait rêvé de lui arracher.

Elle lui adressa un regard froid. Il l'aurait volontiers plaquée contre le mur pour l'embrasser jusqu'à ce qu'elle se réchauffe, mais il se l'interdit. Ç'aurait été lui donner bien trop de pouvoir sur lui.

— Peut-être devrions-nous choisir un terrain de jeu plus équitable, suggéra-t-elle. Si vous n'aimez pas le whist à deux joueurs, nous pourrions jouer à ce jeu de whist irlandais dont parlait votre ami, M. Masters. Cela ne doit pas être bien différent du whist classique. Expliquez-moi les règles, je devrais pouvoir me débrouiller.

Jarret ne put s'empêcher de rire.

— Oh, j'en suis sûr ! répliqua-t-il, puis, sans prévenir, il l'attrapa aux hanches et l'attira contre son sexe qui durcissait déjà. *Voici* ce qu'est le whist irlandais.

S'il avait espéré l'embarrasser, il en fut pour ses frais. Elle le repoussa sans manifester la moindre émotion et lui demanda :

— Et pourquoi *irlandais* ?

— Parce que nous autres, Anglais, accusons les Irlandais de toutes les turpitudes, je suppose.

— Seigneur, les hommes sont de vrais enfants, commenta-t-elle. Vous n'avez rien de mieux à faire que d'inventer des expressions ironiques pour désigner un acte naturel ?

Il n'y avait qu'elle pour faire preuve de bon sens plutôt que de s'offusquer. Refusant de s'avouer combien il adorait sa réponse, Jarret la déshabilla du regard.

— Oh, si ! Nous le pratiquons.

Cette fois, elle rougit, pivota sur ses talons, et se dirigea vers le poêle à charbon.

— Il faut chauffer cette pièce, décida-t-elle. Je n'ai pas eu le temps de me changer.

— Tant mieux, approuva-t-il tandis qu'elle se penchait pour ouvrir la porte du poêle. Après avoir passé la soirée à rêver de vous ôter cette robe, je suis pressé de passer du rêve à la réalité.

Elle se raidit.

— Je vous trouve bien sûr de vous.

— À juste titre, puisque je vais gagner.

Elle tourna la tête, probablement pour le réprimander, et le surprit en train de lorgner ses fesses. Elle se redressa vivement.

— Vous pensez que je suis une catin, n'est-ce pas ?

Pris au dépourvu, il répliqua :

— Pourquoi penserais-je cela ?

— À cause de ce que j'ai fait avec Rupert.

— Une unique nuit de passion avec l'homme que vous aimiez ne fait pas de vous une catin.

— Dans ce cas, pourquoi vous montrez-vous aussi grossier avec moi ?

Parce qu'il avait envie qu'elle soit aussi choquée qu'il l'avait été en découvrant qu'elle lui avait menti. Parce qu'il ne supportait pas que cette petite provinciale séduisante se soit jouée de lui pour parvenir à ses fins.

— C'est vous qui avez proposé un whist irlandais, lui rappela-t-il.

— J'ignorais de quoi il s'agissait. Et je ne parle pas de cela. Pourquoi êtes-vous aussi froid et désagréable avec moi ?

Elle semblait si sincèrement blessée que Jarret en fut ébranlé. Mais cela ne changeait rien au fait que sa colère était légitime.

— Parce que vous m'avez menti, répondit-il.

— Si j'avais dit la vérité, vous ne seriez jamais venu. J'ai fait ce que je devais faire.

— Comme en ce moment, répliqua-t-il, cinglant.

— Oui.

— J'ai des raisons d'être furieux, insista Jarret. Je vous ai pris pour...

— Une innocente et chaste campagnarde ? l'interrompit-elle avec amertume.

— Une jeune femme honorable.

— Je le suis, bon sang !

— En pariant votre corps pour sauver la brasserie familiale ?

Les yeux d'Annabel étincelèrent de rage.

— C'est vous qui avez suggéré ce gage, pas moi.

— Mais vous l'avez accepté. Et vous l'avez de nouveau proposé ce soir.

Il se rapprocha d'elle.

— Ce qui m'incite à me demander si vos baisers et vos caresses n'étaient pas qu'un moyen de me manipuler.

Une expression horrifiée se peignit sur les traits d'Annabel.

— Vous pensez que je... Vous me soupçonnez d'avoir... Vous êtes fou ! Vous n'avez pas pu ne pas sentir que mon désir était réel. Ce n'est pas une chose qu'une femme pourrait feindre !

Jarret eut beau faire, ses paroles lui procuraient une grande satisfaction.

— Croyez-moi, une femme peut tout à fait feindre le désir.

Elle le regarda d'un air perdu.

— Mais comment ?

Soit cette femme était une comédienne accomplie, soit elle était moins expérimentée qu'elle ne le croyait malgré l'épisode avec Rupert-le-Héros ! Et Jarret commençait à se demander si la seconde possibilité n'était pas la bonne. Auquel cas...

— Vous l'ignorez vraiment ? insista-t-il.

— Tout ce que je sais, c'est que c'est vous qui avez pris l'initiative de tous nos baisers. Pour une femme censée vous avoir manipulé, je me suis montrée singulièrement dépourvue d'audace.

Sa logique imparable ouvrit une brèche dans les défenses de Jarret alors qu'aucune de ses protestations n'y était parvenue. De fait, c'était *lui* qui l'avait poursuivie de ses assiduités. Et si elle avait vraiment voulu utiliser son corps pour le manipuler, elle aurait eu beau jeu de l'attirer dans son lit pour le prendre au piège du mariage. Un peu de sang de cochon, un cri de douleur au moment opportun, et jamais il n'aurait deviné qu'elle n'était plus vierge.

Au lieu de cela, elle l'avait repoussé après l'intermède dans la grange.

— Quant à l'honneur, poursuivit-elle, c'est un luxe que tout le monde ne peut pas se permettre, milord. Mais peut-être ne le savez-vous pas, vous qui passez votre vie à jouer et à boire sans vous soucier de ceux à qui vous faites du mal.

— Ceux à qui je fais du mal ? répéta Jarret, outré. Contrairement à votre frère, je maîtrise mes appétits.

— Ah oui ? Alors pourquoi sommes-nous ici ?

Ces mots lui firent l'effet d'un direct à l'estomac. Pourquoi était-*il* ici ? S'il la prenait vraiment pour une manipulatrice sans cœur, pourquoi voulait-il coucher avec elle ?

Parce qu'il refusait de croire que tout ce qui s'était passé entre eux n'était que ruse de sa part. Parce que cela avait compté pour lui plus qu'il n'était prêt à l'admettre. En revanche, cela n'avait pas compté pour elle. Pas assez en tout cas pour qu'elle se montre franche avec lui.

Et cette idée le hérissait.

— Touché, dit-il. Je suis ici parce que je vous désire. Et que ce désir a altéré mon jugement. La question est plutôt de savoir pourquoi *vous* êtes ici.

Elle écarquilla les yeux.

— Parce que je veux que vous nous aidiez.

— Au point de vendre votre corps ?

Elle pâlit.

— Je ne vends pas mon corps. C'est un pari. Et j'ai bien l'intention de le gagner.

— Ah. Et si vous le perdez ?

— C'est un risque calculé.

Elle parlait en adversaire digne de ce nom, songea Jarret en la regardant disposer d'autres bougies sur un vaste bureau. Elle s'assit… lui laissant la place qui tournait le dos à la fenêtre.

— Très intelligent, commenta-t-il, mais si vous n'y voyez pas d'inconvénient, je vais modifier la disposition des places. Je ne joue pas avec un miroir dans le dos.

La jeune femme regarda la vitre d'un air stupéfait tandis qu'il tirait sa chaise sur le côté du bureau.

— Seigneur, je n'avais même pas remarqué.

— Si vous le dites, marmonna Jarret, qui s'assit à son tour et sortit un paquet de cartes de sa poche.

— C'est vrai ! insista-t-elle. Jamais je ne tricherais.

Il arqua un sourcil et commença à battre les cartes. L'aurait-il blâmée si elle avait essayé de tricher ? Elle aurait pu y voir la seule façon d'obtenir ce qu'elle voulait. Et d'échapper à l'obligation de partager son lit.

Cette idée le mit en colère, mais cette fois, sa colère n'était pas dirigée contre elle.

— Depuis combien de temps devez-vous pallier l'incompétence de votre frère ? s'enquit-il. Il a hérité de la brasserie il y a trois ans. Cela a-t-il commencé à ce moment-là ou avant ?

— En fait... Hugh n'a pas hérité de la brasserie il y a trois ans. Notre père l'a laissé à son frère célibataire. Il nous a accordé la moitié des recettes, et l'autre moitié à notre oncle. Mais c'était lui qui était le propriétaire.

Jarret cessa de battre les cartes. Ce n'était pas légal ! En Angleterre, la règle de la primogéniture était incontournable.

— Pourquoi diable votre père a-t-il fait cela ?

— Pour plusieurs raisons. Hugh et papa ne se ressemblent pas du tout. Ils se querellaient à tout propos. Hugh est plutôt doué pour le commerce, mais il n'a pas confiance en lui. Notre père avait une... forte personnalité. Il lui reprochait toujours de manquer de hardiesse. Il a dû estimer qu'il valait mieux que notre oncle dirige la brasserie et que nous ayons une part des bénéfices.

— Votre frère voit-il les choses de la même façon ? demanda Jarret en posant le paquet sur la table.

— Non. Il s'est senti trahi.

Pas étonnant ! songea Jarret, qui n'avait pas oublié ce qu'il avait ressenti quand sa grand-mère l'avait écarté de la brasserie.

Bon sang, il n'allait pas compatir avec Hugh Lake ! L'homme était un ivrogne. Pas lui.

Non. Il était un « libertin irresponsable ». Guère plus qualifié que Lake pour diriger une entreprise familiale.

— De toute façon, notre oncle étant décédé sans héritier, reprit Annabel, Hugh possède la totalité de Lake Ale désormais.

Elle coupa le jeu, montra une carte à Jarret, puis les lui tendit. Il en fit autant. C'est lui qui avait l'avantage.

— Est-ce à cette époque qu'il a commencé à boire ?

— Non, dit-elle en distribuant les cartes. C'est quand nous avons perdu le marché russe. Plus il se battait

– sans succès – pour sauver Lake Ale, plus il avait l'impression d'échouer.

— Dites-vous cela pour tenter de m'apitoyer ?

— Non, je me contente de répondre à votre question. Elle s'empara de son jeu.

— Et je tiens à ce que vous sachiez que Hugh n'est pas responsable de mes mensonges. Il croyait que nous étions à Londres afin de chercher une école pour Geordie.

Jarret était stupéfait.

— Il n'était pas au courant de votre projet ?

— Il avait songé à s'implanter sur le marché indien, mais ses tentatives auprès des capitaines de la Compagnie des Indes n'ayant rien donné, il n'y croyait plus. Sissy et moi étions persuadées que l'aide de la brasserie Plumtree pourrait lui redonner confiance.

— C'était très incertain.

— Je sais, admit-elle en soupirant, mais il fallait bien tenter quelque chose. Quoi qu'il en soit, Hugh ignorait que j'avais raconté qu'il était malade. Il ne sait rien de notre premier pari, ni bien sûr du second. Sinon, il vous chasserait de la ville.

D'une voix plus dure, elle ajouta :

— Et rassurez-vous, il ne vous traînera pas de force au pied de l'autel.

— Je ne suis pas inquiet. Personne ne me traîne de force nulle part.

— Oh, j'en suis bien consciente ! lâcha-t-elle d'un ton acerbe. Vous ne faites que ce qui vous plaît. Je l'ai compris dès le premier jour.

Qu'elle ait raison n'aidait en rien Jarret à encaisser ses paroles.

— Vous ne savez rien de moi à part ce qu'en disent les ragots, répliqua-il.

— La faute à qui ? Vous m'en avez si peu révélé sur vous-même, vous ne pouvez pas me reprocher de vous juger à partir de ces quelques informations.

Bonté divine, là encore, il ne pouvait lui donner tort ! Seulement, plus les autres en savaient sur vous, plus ils avaient de prise sur vous. Et cela, il ne le voulait pas. Dans ce cas, pourquoi se laissait-il émouvoir par ce qu'elle lui avait raconté sur son frère ?

Parce qu'il n'était qu'un idiot. Et qu'il comprenait très bien ce que Hugh Lake avait pu ressentir.

Mais peu importait. Le plan d'Annabel lui avait semblé irréaliste depuis le début et il l'était d'autant plus qu'il connaissait la vérité.

Sissy et moi étions persuadées que l'aide de la brasserie Plumtree pourrait lui rendre confiance. La belle affaire ! Le manque de confiance en soi de Hugh Lake n'était pas son problème !

— Une mauvaise main ? demanda la jeune femme.

— Non, répondit Jarret, alors qu'il avait à peine jeté un regard à son jeu.

Une autre question le taraudait. Il fallait qu'il sache.

— Pourquoi vous inquiétez-vous tellement de ce qui pourrait arriver à votre frère ? Pourquoi faites-vous de tels sacrifices pour lui ?

Annabel détourna les yeux.

— Parce que toute notre famille dépend de lui.

— Vous pourriez vous marier. Il paraît que vous avez refusé plusieurs propositions. Cela contraindrait votre frère à se prendre en charge. Et au pire, vous pourriez l'aider.

— Je vous rappelle que je ne peux plus me marier, murmura-t-elle, et la honte qu'il perçut dans sa voix lui serra le cœur.

— Un homme généreux ne s'arrêterait pas à cela. Il n'est pas rare que des fiancés se laissent emporter par leur enthousiasme avant le mariage.

Elle rougit et ses mains se mirent à trembler.

— Il y a une autre raison, murmura-t-il. Pourquoi faites-vous cela pour *lui* ?

— Parce que c'est en partie ma faute si papa le méprisait, articula-t-elle. J'ai une dette envers lui.

— En quoi cela pourrait-il être votre faute ?

Elle arrangea ses cartes d'un geste nerveux.

— J'étais chez Hugh et Sissy lorsque Rupert et moi... Lorsque Hugh m'a surprise, rentrant en catimini à la maison, il est allé trouver Rupert et l'a sommé de m'épouser, mais c'était trop tard, son bataillon partait le lendemain. Papa ne lui a jamais pardonné de ne pas m'avoir davantage surveillée et leurs relations se sont encore dégradées.

— C'était injuste. J'ai deux sœurs, et je vous assure que si elles décidaient de rencontrer un homme secrètement, rien ne pourrait les arrêter – à moins de les enfermer à clef dans leur chambre. Votre père n'avait pas le droit de blâmer votre frère.

— Non. C'est moi qu'il aurait dû blâmer.

— Bien sûr que non ! s'emporta Jarret. C'est à l'homme qui vous a déshonorée sans se soucier des conséquences qu'il fallait s'en prendre.

Il se rendait soudain compte du prix exorbitant que cela lui avait coûté. Elle vivait comme une nonne, se dévouait corps et âme à sa famille et n'avait pas de foyer à elle. Tout cela à cause d'une nuit avec un homme.

— Vous ne devriez pas porter le poids des fautes de Rupert, reprit-il d'une voix sourde. Ni de celles de votre père, ou même de votre frère.

— Je ne porte que les miennes, répondit-elle avec un pauvre sourire.

— Vous n'avez commis aucune faute.

— Ce n'est pas ce que vous avez dit tout à l'heure.

Jarret ravala un juron. À mesure qu'il en apprenait davantage sur sa famille, sa colère se transformait. C'était moins contre elle qu'il était furieux que contre ceux qui l'avaient si mal traitée.

Se montrait-il de nouveau stupide ? Ou ses actes étaient-ils vraiment justifiés ?

Il la scruta, s'efforçant de deviner où était la vérité. Mais c'était impossible avec une femme comme Annabel, qui était un écheveau de contradictions – innocente et sophistiquée, directe et mystérieuse. En un mot, fascinante.

Sans doute gênée par son regard insistant, elle indiqua la pioche.

— Nous jouons ou vous avez prévu de m'interroger toute la nuit ?

Jarret regrettait soudain d'avoir accepté ce second pari. Mais à moins d'y renoncer et d'accepter d'aider la jeune femme, ce qu'il ne voulait pas, il n'avait d'autre choix que d'aller jusqu'au bout de la partie. Ce qui signifiait qu'il devait gagner.

Il n'était toutefois plus aussi certain de vouloir la mettre dans son lit alors qu'elle se sacrifiait pour son idiot de frère.

— Allons-y, dit-il entre ses dents.

Et le jeu commença.

Jarret dut faire appel à toute sa concentration. Le piquet n'était pas compatible avec la conversation. De toute évidence Annabel le savait, car leurs échanges se réduisirent au minimum requis.

Jarret ne parvenait cependant pas à faire taire la voix de sa conscience.

Ce qu'elle fait, c'est pour survivre. Elle mérite mieux qu'un homme qui, lui aussi, se servira d'elle avant de l'abandonner.

Il s'efforça de chasser ces pensées. Il était peut-être contraint d'aller jusqu'au bout de ce pari, qu'il avait bêtement accepté, mais il ne mettrait pas en danger le fragile équilibre de Plumtree sous prétexte qu'Annabel Lake lui avait raconté la triste histoire de son frère.

Par chance, il avait une excellente main. Cette fois, il ne pouvait pas perdre, Dieu merci. Certes, la jeune femme se défendait bien, et même très bien, mais personne n'était meilleur que lui au piquet.

Il ne fut donc pas surpris de gagner tous les tours et de la voir pâlir peu à peu, jusqu'à ce qu'une lueur de désespoir s'allume dans ses grands yeux pailletés d'or.

— Vous avez gagné, admit-elle avec une nonchalance presque convaincante.

— Je vous avais prévenue.

— En effet.

Sans croiser son regard, elle rassembla les cartes. Ses mains tremblaient et elle avait l'air perdue – un animal sauvage pris au piège.

Aussi Jarret ne fut-il pas étonné de s'entendre déclarer :

— Je ne vous demanderai pas de vous acquitter de votre part de notre pari. En ce qui me concerne, l'affaire est réglée.

Un étrange calme s'était emparé de lui. C'était la seule chose à faire, et ils le savaient tous les deux.

— Je voulais juste me libérer de mon engagement irréfléchi auprès de votre frère. C'est fait. Vous pouvez rentrer chez vous.

17

Annabel le fixa d'un regard incrédule. Une heure plus tôt, elle aurait été ravie de ne pas avoir à partager le lit de cet homme qui semblait tellement furieux contre elle.

Mais au fil de la soirée, quelque chose avait changé. *Il* avait changé. Il s'était… radouci.

— Ne vous sentez pas obligé de jouer les gentlemen, dit-elle. Je paie toujours mes dettes.

Le mot « dette » arracha un tressaillement à Jarret, aussi ajouta-t-elle en hâte :

— Vous pensez peut-être que je ne suis pas honorable…

— Cela n'a rien à voir avec l'honneur, Annabel. Vous n'avez pas à payer les *dettes* des autres. J'efface votre ardoise. En tant que vainqueur, je peux faire cela.

— Mais je ne le veux pas ! protesta-t-elle. J'ai accepté ce pari. Je refuse que vous me dégagiez de mes responsabilités parce que vous avez pitié de moi.

— Et moi, je refuse que vous vous donniez à moi à cause d'un stupide pari.

Le regard luisant de colère, il se leva et se pencha vers elle.

— Si vous partagez mon lit, ce sera parce que vous le voulez et non pour sauver votre maudite brasserie.

Elle l'avait blessé, devina-t-elle. Il n'avait peut-être pas envie de l'épouser, mais il n'appréciait pas d'être traité comme un moyen de parvenir à une fin. Inexplicablement, cela lui fit chaud au cœur.

— Et si je ne le fais pas par obligation ? risqua-t-elle.

Il se figea. L'espace d'un instant, elle crut qu'il n'avait pas compris. Puis elle vit un nerf tressauter sur sa mâchoire. Oh, si, il avait compris !

— Pour quelle autre raison le feriez-vous ? demanda-t-il avec une douceur trompeuse.

Les joues d'Annabel la brûlèrent.

— Allez-vous… m'obliger à le dire ?

Son expression demeura imperturbable mais le désir flamba dans ses yeux.

— Oui, j'en ai peur.

Elle pouvait encore s'enfuir. Il la laisserait partir. Et le désir qu'il éveillait en elle l'affolait. Elle n'avait certes pas besoin que cet aristocrate aussi séduisant qu'arrogant l'entraîne dans un brasier de passion qu'elle avait toujours soigneusement évité de crainte d'être consumée.

Hélas ! L'incendie avait déjà échappé à son contrôle. S'enfuir ne l'éteindrait pas. Et puis, elle avait bel et bien donné sa parole.

Elle se leva. Ses jambes la portaient à peine.

— Cela fait treize ans que je n'ai pas connu un homme. Je croyais que cela ne me manquait pas. Puis vous êtes arrivé et… tout a changé, acheva-t-elle d'une voix chevrotante quand il s'écarta du bureau pour s'approcher d'elle.

— Poursuivez, dit-il.

Il tendit la main, lui caressa la joue, puis le cou, d'un geste si sensuel qu'elle ne parvenait plus à penser.

— Je… je vous désire, souffla-t-elle en rivant son regard au sien. Je veux que vous me touchiez. Je vous veux en m…

Les lèvres de Jarret recouvrirent les siennes avant qu'elle ait fini sa phrase. Son baiser était aussi fiévreux que tendre, impérieux, conquérant.

Le saisissant par les revers de sa veste, elle l'attira plus près, ce qui ne fit qu'accroître son ardeur. Sans cesser de l'embrasser, il repoussa la manche de sa robe. Un instant plus tard, il caressait son sein nu.

Confusément, Annabel se souvint qu'ils étaient devant une fenêtre et qu'on risquait de les voir. Elle s'arracha à sa bouche.

— Attendez, murmura-t-elle.

— Pas question, ma belle. Je vous ai donné une chance de vous échapper, vous ne l'avez pas saisie.

— Qui a dit que je voulais m'enfuir ?

Il la dévisagea, le regard brûlant de passion. Le cœur battant, elle se libéra de son étreinte le temps de s'emparer d'un bougeoir, puis l'entraîna vers une porte à l'extrémité du bureau. En découvrant une petite pièce équipée d'un lit et d'une table à écrire, il se mit à rire.

Comme elle s'approchait de la table pour y poser la bougie, il la suivit, se pressa contre son dos en l'enlaçant.

— Je comprends mieux pourquoi vous avez proposé de jouer ici, murmura-t-il avant de déposer un baiser dans ses cheveux. Vous aviez tout prévu.

— Je vous rappelle que je n'avais pas envisagé que vous gagneriez, répliqua-t-elle, haletante.

— Et moi, je pense le contraire.

Il prit ses seins en coupe, attisant le brasier qui grondait en elle.

— Dites-moi, mademoiselle Lake, m'auriez-vous laissé gagner ?

— *Pardon ?*

Elle fit volte-face entre ses bras.

— Et pourquoi aurais-je fait une chose pareille, je vous prie ?

— Parce que vous avez plus envie de mettre un libertin dans votre lit que vous ne voulez l'admettre.

— En êtes-vous réellement un ? Pour ma part, je crois que vous êtes davantage un gentleman que vous ne voulez l'admettre.

— Vous êtes bien la seule femme à croire cela, assura-t-il en la faisant pivoter pour lui déboutonner sa robe.

En moins de temps qu'il n'en faut pour le dire, celle-ci glissa aux pieds d'Annabel, qui frissonna lorsque Jarret pressa la bouche sur son épaule.

— Peut-être, mais je ne suis pas la seule à… partager votre lit.

— Non, en effet, reconnut-il en délaçant son corset.

— Combien y en a-t-il eu ? demanda-t-elle, façon de se rappeler qu'elle n'était qu'une parmi d'autres à ses yeux.

Si elle nourrissait la moindre illusion, la chute n'en serait que plus douloureuse.

— Des centaines, répondit-il, sarcastique, en la débarrassant de son corset. Des milliers.

— Tant que cela ? fit-elle d'un ton aussi léger que le sien.

— La moitié des Londoniennes à en croire la rumeur.

Il fit courir ses mains sur ses hanches avant d'ajouter à mi-voix :

— Mais aucune n'était aussi jolie que vous.

— Soyez gentil, épargnez-moi vos mensonges, riposta-t-elle en lui faisant de nouveau face.

Il détailla son corps à peine vêtu d'un regard si intense qu'elle regretta que ce soit un mensonge.

— Je ne mens jamais, dit-il d'une voix douce.

Le cœur d'Annabel se déchaîna.

— Jamais ?

— Je n'en ai jamais eu besoin, assura-t-il avec un sérieux désarmant. Mes conquêtes sont des serveuses ou des dames de petite vertu qui n'attendent de moi ni mots doux ni promesses.

Il lui caressa la joue du dos de la main.

— Elles ne veulent que du plaisir. Ou de l'argent.

Annabel avait du mal à respirer soudain.

— Et dans quelle catégorie me rangez-vous ? ne put-elle s'empêcher de demander.

— Aucune des deux.

Il lui décocha un sourire penaud et ajouta :

— Vous êtes une catégorie à vous toute seule.

Tout en retirant une à une les épingles qui retenaient son chignon, il énuméra :

— Un elfe des bois. Une beauté des champs. Une déesse des récoltes, comme Cérès ou Déméter…

— Ma foi, tant que je ne suis pas une déesse de la fertilité… murmura Annabel, pince-sans-rire.

Il s'esclaffa.

— À choisir, je préférerais être Minerve. Elle est belle et intelligente, et c'est la patronne du commerce.

— Impossible, répondit Jarret tandis que ses cheveux se répandaient sur ses épaules.

— Parce qu'elle est vierge ?

— Non. Parce que c'est le prénom de ma sœur. Or, ce que je ressens pour vous n'a rien de fraternel, mon ange.

Mon ange. Qu'il l'appelle ainsi après tout ce qui s'était passé lui serra la gorge.

Quand il voulut lui ôter sa camisole, elle l'arrêta.

— Pas encore. À votre tour.

Sans hésiter, il se débarrassa de sa veste et de son gilet, qu'il lança sur la table. Sa cravate suivit, puis il fit passer sa chemise par-dessus sa tête, révélant un torse aux muscles saillants. Annabel le contempla, le souffle coupé. Il n'avait pas le corps d'un aristocrate indolent auquel elle s'attendait, mais celui d'un dieu grec. Apollon en personne n'aurait pu rivaliser avec lui.

— Ce que vous voyez vous plaît ? demanda-t-il d'un ton bourru.

Il s'assit pour retirer ses bottes.

— Peut-être, répondit-elle, taquine.

Son regard s'assombrit, et, s'adossant à sa chaise, il lui tendit la main.

— Venez ici, petite friponne.

Le regard d'Annabel tomba sur l'érection déjà impressionnante qui gonflait son pantalon, et sa bouche s'assécha d'un coup.

— Je ne suis donc plus une déesse ? s'étonna-t-elle en lui obéissant.

— Si, mais nous n'avons pas encore décidé laquelle.

Il l'attira entre ses jambes.

— Je commence à penser que Vénus serait le meilleur choix, continua-t-il en lui caressant les seins. La déesse de la beauté.

« Et de l'amour », ajouta-t-elle à part soi. Elle n'osa pas le dire à voix haute, osa à peine le penser, car Jarret venait d'aspirer la pointe de son sein entre ses lèvres, et il se montrait si tendre et si passionné qu'elle en aurait pleuré de bonheur.

Elle plongea les doigts dans ses cheveux, priant pour que cette nuit ne soit pas celle où elle lui abandonnerait son cœur. Elle savait qu'il n'en voudrait pas, et ne supporterait pas qu'il le piétine.

Sa langue s'activait délicieusement, suçant, mordillant, faisant naître une chaleur inavouable entre ses cuisses. Comme s'il avait perçu la réponse de son corps, il glissa les doigts là où elle était déjà moite de désir.

— Seigneur, murmura-t-il contre son sein. Vous êtes aussi douce que de la soie. Un fruit prêt à être cueilli...

Elle pressa le genou contre son érection. Elle n'était pas la seule à être prête... En réponse, il la fit asseoir à califourchon sur ses genoux, sa féminité plaquée contre son sexe dur, puis donna quelques coups de reins qui leur arrachèrent à tous deux un gémissement.

Il referma de nouveau les lèvres sur son sein et le suça doucement tout en continuant d'imprimer à ses hanches de souples ondulations. Puis il la repoussa légèrement jusqu'à ce que ses doigts trouvent, au cœur de sa féminité, la petite crête charnue qui n'attendait que lui. Il continua de la caresser et de l'embrasser, la hissant peu à peu vers les sommets du plaisir. Bientôt, ses halètements impatients emplirent la pièce. Elle ne supporterait pas longtemps cette exquise torture.

— Oui, c'est Vénus, murmura-t-il tout en la faisant vibrer comme Apollon les cordes de sa lyre.

— Jarret... gémit-elle. Oh, juste ciel !

— Le ciel ? Je vous y emmène, ma belle Vénus. Là où est votre place...

Il introduisit un doigt dans l'étroit fourreau de sa féminité, puis un second.

— Vous êtes délicieuse ! Dieu que j'ai hâte d'être en vous.

— Alors qu'attendez-vous ? souffla-t-elle en tâtonnant pour ouvrir sa braguette.

Le souffle de plus en plus court, il la remit debout et acheva de se dévêtir. Annabel dévora des yeux son corps mince et musclé, puis s'arrêta sur son sexe...

Doux Jésus ! Si elle ne l'avait qu'entraperçu dans la pénombre de la grange, à présent, elle le voyait parfaitement, et il était glorieusement viril. Rupert n'était qu'un enfant. Jarret était un homme fait.

— Déshabillez-vous, ordonna-t-il d'une voix enrouée. Moi aussi, je veux vous voir.

Annabel se débarrassa de ses culottes, puis hésita à ôter sa camisole. Allait-il remarquer les fines traces que la maternité avait laissées sur son ventre ? Et dans ce cas, en tirerait-il les conclusions qui s'imposaient ? Cela dit, elle n'avait pas le choix. Priant pour que la faible lumière dissimule la marque de son péché, elle obtempéra d'une main réticente.

— C'est bien la première fois que je vous vois aussi timide, mon ange, dit-il en l'aidant à finir de se dévêtir.

Il la balaya d'un regard avide.

— Et je ne m'en explique pas la raison. Vous êtes encore plus jolie que je ne l'imaginais.

Il enroula le bras autour de sa taille et l'attira contre lui, plaquant son érection contre elle.

— N'oubliez pas que vous m'avez promis de prendre des précautions, lui rappela-t-elle dans un murmure.

— Ah, oui !

Il la lâcha, se dirigea vers la table et fouilla dans les poches de sa veste.

— Que faites-vous ? s'enquit-elle, déconcertée.

— Ce que vous m'avez demandé, répondit-il en levant une espèce d'étui souple vers la lumière.

Annabel plissa les yeux, perplexe.

— Mais ce n'est pas ce que Rupert... Je veux dire...

— Laissez-moi deviner, coupa-t-il en enfilant l'étui sur son sexe. Il s'est retiré au moment de déverser sa semence.

— Oui. Il a dit que cela m'éviterait de... d'avoir un enfant.

— Eh bien, vous avez eu de la chance que cela fonctionne. Ce n'est pas toujours le cas.

Cela, Annabel le savait mieux que quiconque.

— Êtes-vous certain que *ceci* fonctionne ?

— Cela s'appelle un condom, et en ce qui me concerne, cela a toujours marché, assura-t-il en la prenant dans ses bras. N'ayez crainte, je sais ce que je fais.

Annabel l'espérait. Ces histoires de déesse des récoltes la rendaient nerveuse. Ce soir, elle n'avait aucune envie d'être fertile.

Pourtant, alors qu'il la poussait lentement vers le lit, sa bouche cherchant la sienne, elle se demanda ce que ce serait de porter un enfant de lui. Serait-il heureux d'être père ? Ou serait-il contrarié de devoir renoncer à ses plaisirs à cause des exigences qu'imposait la venue au monde d'un bébé ? Elle l'ignorait, mais elle était sûre qu'il ferait un très bon père – il suffisait de voir comment il s'était comporté avec Geordie.

« Arrête toute de suite ! » s'ordonna-t-elle, prise d'une crainte superstitieuse. À force de penser aux enfants, elle risquait d'en avoir un autre.

Mais à peine Jarret l'eut-il fait basculer sur le lit que toute pensée la déserta. Elle n'était plus que sensations, le sentait peser sur elle de tout son poids tandis que sa bouche courait sur sa gorge et ses seins, que ses mains lui pétrissaient les hanches.

— Je pourrais y passer la nuit, ma tendre Vénus, chuchota-t-il. Vous êtes plus douce que du miel.

Il y avait un tel respect dans sa voix qu'Annabel en fut chavirée. Un autre que lui se montrerait-il aussi tendre sachant qu'elle n'était plus vierge ?

Cela dit, tout en lui n'était pas tendre. Son sexe dur et chaud était si volumineux qu'elle ne pouvait s'empêcher d'éprouver une légère appréhension. Elle n'était pas du tout certaine d'être capable de le prendre tout entier en elle.

Elle lui était reconnaissante de continuer de la caresser et de l'embrasser sans montrer d'impatience. Et peu à peu, elle eut envie d'en faire autant. Elle entreprit d'explorer son corps – son torse, ses cuisses aux muscles puissants, ses fesses si fermes.

Comme il tressaillait, elle chuchota :

— Cela vous ennuie que je vous touche ?

— Sûrement pas ! Mais je vous préviens, je n'y résisterai pas longtemps.

— Tant mieux.

Elle était pressée d'en finir. La peur d'avoir mal commençait à la rendre nerveuse.

Quelque chose dans son ton dut l'alerter car il se redressa pour la regarder.

— Tout va bien ?

Elle se força à sourire.

— Oui, c'est juste que… cela fait si longtemps.

— Vous étiez jeune, lui aussi, vous ne saviez pas ce que vous faisiez. Et vous avez eu mal, n'est-ce pas ?

Elle hocha la tête.

— Cette fois, vous n'avez rien à craindre, mon ange. Faites-moi confiance.

Tout en l'embrassant doucement dans le cou, il souleva les hanches et logea l'extrémité de son sexe à l'orée de sa féminité.

— Faites-moi confiance, répéta-t-il.

Lentement, il entra en elle.

— Faites-moi confiance…

D'un souple coup de reins, il l'emplit tout entière. Elle laissa échapper un petit cri où se mêlaient le soulagement et la surprise. Cette tendre invasion était inattendue, mais pas du tout douloureuse. Et d'une intimité si troublante…

— Ce n'est… pas du tout désagréable, murmura-t-elle.

Il émit un petit rire.

— La fête ne fait que commencer, ma Vénus.

Il se retira et entra de nouveau en elle. Une vague brûlante se forma au plus secret d'elle-même, puis se déploya dans tout son corps.

Approchant les lèvres de son oreille, il murmura :

— Avant que la nuit soit finie, vous me supplierez de vous en donner encore.

262

— Toujours aussi arrogant, observa-t-elle. Sachez que je ne supplie jamais.

— Cela viendra, assura Jarret.

Il se mit à aller et venir en elle, chaque coup de reins plus puissant, plus rapide que le précédent. Puis, se soulevant légèrement, il glissa la main entre eux, trouva ce qu'il cherchait dans les replis de sa féminité, et la vague brûlante se transforma en incendie.

— Enroulez les jambes autour de moi, ordonna-t-il.

Elle obtempéra, et il s'enfonça plus profondément en elle. Encore et encore. Annabel était en feu.

— Oh, Seigneur ! gémit-elle. Seigneur…

— C'est mieux ? articula-t-il.

— Oui… *Oh, oui !*

— Vous êtes si étroite… si douce… si brûlante ! J'en perds la tête.

Elle, c'était son cœur qu'elle était en train de perdre. À chacun de ses mots, elle le sentait lui échapper.

— Annabel, ma déesse… Laissez-moi vous emmener au paradis !

— J'y suis déjà…

Il rit de nouveau.

— Pas encore, mais bientôt… promit-il.

Il se mit à la pilonner follement sans jamais cesser de la caresser intimement. La tension au creux de son ventre céda bien vite la place à une impatience croissante qui la poussait à onduler avec lui, à se cambrer sous ses assauts furieux, les ongles plantés dans la chair de son dos. Les sensations qui déferlaient en elle, telles les vagues d'une mer démontée, l'emportaient chaque fois un peu plus haut sur la crête du plaisir.

Elle cria sa jouissance tandis qu'il plongeait une dernière fois en elle en gémissant. Rejetant la tête en arrière, il fut secoué d'un long spasme de volupté… et s'effondra sur elle.

C'était merveilleux. C'était effrayant. Car tandis qu'elle le serrait contre elle en s'abandonnant aux ultimes vagues de l'extase, Annabel sut qu'elle était en train de commettre une terrible erreur.

Elle offrait son cœur à un libertin.

18

Jarret était rompu de fatigue, comblé au-delà de toutes ses espérances. Jamais il n'aurait imaginé qu'une simple étreinte puisse être aussi merveilleuse. Il n'en revenait pas qu'Annabel se soit donnée à lui si librement alors qu'il avait eu des paroles si dures à son endroit. Comment avait-il pu croire qu'elle avait utilisé son corps pour parvenir à des fins personnelles ?

La guider vers le plaisir avait été une expérience unique, fabuleuse. Et que faire à présent ? Pouvait-il vraiment la quitter au matin pour ne plus jamais la revoir ?

À cette seule idée, son cœur se serrait. Bonté divine, il n'allait tout de même pas s'éprendre de cette petite provinciale à la langue acérée ! Il avait perdu l'esprit. À moins qu'elle ne soit réellement une déesse descendue sur terre pour l'ensorceler.

— Jarret... murmura-t-elle en pressant les mains contre son torse.

S'avisant qu'il devait l'écraser, il roula sur le côté.

— Ce lit n'est pas fait pour deux, je le crains.

— Non, reconnut-elle en frissonnant.

— Vous avez froid.

Il attrapa la couverture pliée au pied du lit et la drapa sur eux.

— C'est mieux ainsi ?

— Oui, merci, souffla-t-elle, presque timide.

C'était bien la première fois qu'il la voyait intimidée. Et cela l'enchantait.

Elle s'étendit sur le côté pour lui faire face. Ses yeux, tandis qu'elle les levait vers lui, étaient embués de larmes.

— Je vous ai fait mal ? s'inquiéta-t-il.

Elle secoua la tête.

— Au contraire. C'était extraordinaire. Jamais je n'aurais imaginé... Ce... ce n'était pas comme la première fois...

Elle s'interrompit, visiblement embarrassée. Il vint à son secours :

— La première fois n'est jamais très agréable.

— Ce n'est pas cela. Vous et moi... Eh bien, je sais que pour vous, cela n'avait probablement rien d'exceptionnel, mais...

Il la fit taire d'un baiser.

— C'était merveilleux. Vous êtes merveilleuse.

De fait, il n'était pas près d'oublier son visage dans l'extase. Quel bonheur c'était de lui avoir offert cela.

Appuyant la tête sur sa main, il demanda :

— Parlez-moi de Rupert. Comment l'avez-vous rencontré ?

— Son frère aîné et lui étaient les fils de notre gérant, un veuf. Il avait quatorze ans, et moi onze, quand leur père est mort. Papa les a engagés à la brasserie. Ils venaient souvent dîner à la maison.

— Vous vous voyiez donc beaucoup.

— Oui. J'avais quinze ans lorsqu'il a commencé à courtiser une jeune modiste. J'étais si jalouse qu'un jour, je lui ai renversé un panier de poissons sur la tête. Il m'a poursuivie en menaçant de m'étrangler, au lieu de quoi il m'a embrassée. Et il a oublié l'autre fille.

Jarret sourit en imaginant Annabel, dans toute la fraîcheur de ses quinze printemps, amoureuse d'un beau garçon à peine plus âgé qu'elle. Puis une vague de colère l'envahit à l'idée que cet homme avait eu son cœur.

— L'année de mes seize ans, reprit-elle, Rupert a demandé ma main à mon père, qui nous a autorisés à nous fiancer. Puis Rupert a perdu son frère à la guerre, et vous connaissez la suite.

— Pas tout à fait. Pourquoi ne vous a-t-il pas épousée après vous avoir pris votre vertu ? Après tout, vous étiez fiancés.

— Nous n'avions pas le temps, il partait le lendemain.

— De toute évidence, votre frère pensait différemment puisqu'il lui a ordonné de réparer. Vous auriez pu régulariser votre situation le matin, avant son départ.

Annabel s'écarta de lui, puis lui tourna le dos.

— Il aurait fallu l'accord de mon père.

— Il vous l'aurait donné volontiers puisque Rupert vous avait pris votre virginité. Je ne vois pas…

— Rupert ne voulait pas m'épouser, là !

— Comment cela ?

— J'avais le cœur brisé à l'idée qu'il s'en aille. J'ai préparé un balluchon et je suis sortie en cachette pour le rejoindre. Je voulais partir avec lui et qu'on se marie. Il a refusé.

— Rien de plus normal ! s'écria Jarret. Aucun homme ne voudrait voir la femme qu'il aime à proximité d'un champ de bataille.

Elle se retourna et le fusilla du regard.

— Je suis plus forte que vous ne le croyez. J'aurais pu m'occuper de lui, lui préparer ses repas, comme les autres femmes.

— Les autres femmes ont rarement seize ans, et ce ne sont pas des filles de riche brasseur. La vie d'épouse de soldat est rude. De toute façon, je doute que l'on vous aurait autorisée à suivre le bataillon.

— Vous n'en savez rien. Si j'avais été là, je l'aurais soigné et…

— Et il serait quand même mort, Annabel, l'interrompit Jarret en lui caressant les cheveux. Cette bataille a été un véritable carnage. Il a eu raison de ne pas vous emmener.

— Et tort de ne pas m'épouser, n'est-ce pas ?

Jarret regrettait d'avoir abordé le sujet.

— Je suis sûr qu'il l'aurait fait s'il en avait eu la possibilité, mentit-il.

— Moi pas. Il m'a dit qu'il m'aimait, qu'il m'épouserait à son retour, puis il est parti sans un regard en arrière. Il ne voulait pas de moi.

— J'en doute. Il a peut-être pensé que s'il ne vous épousait pas, vous seriez libre de vous marier avec un autre s'il était gravement blessé ou…

— Ou tué ? Dans ce cas, j'aurais été une veuve respectable. J'aurais pu me remarier, au lieu de devoir cacher…

Elle baissa la tête pour dissimuler ses larmes.

— Peu importe, reprit-elle. Il n'a pas voulu de moi.

— Et il a été bien sot. N'importe quel homme serait heureux qu'une femme telle que vous l'attende à la maison.

— Pas n'importe quel homme, rectifia-t-elle d'une voix posée.

Il se figea. Elle avait raison. De quel droit affirmait-il cela, lui qui ne voudrait pas qu'elle l'attende à la maison. N'est-ce pas ? Il n'eut pas le temps de répondre à cela qu'elle ajoutait :

— De toute façon, c'était il y a longtemps. J'ai fait une erreur et je dois l'assumer. Ainsi va la vie.

Elle parvint à lui sourire.

— Et je ne vis pas si mal. J'ai des nièces et des neveux que j'aime, et je peux aller à la brasserie quand je veux.

— Annabel… commença-t-il.

Elle le fit taire en posant un doigt sur ses lèvres.

— Profitons juste de l'instant présent, chuchota-t-elle en se lovant contre lui. Et moi aussi, j'ai une question à vous poser. Pourquoi êtes-vous devenu joueur au lieu de diriger la brasserie Plumtree ? Vous avez de toute évidence un don pour les affaires, et votre grand-mère aurait sûrement été ravie de vous transmettre l'entreprise.

Jarret frémit. Il n'avait aucune envie de parler de sa vie avec *elle*. Ouvrir son cœur à Annabel, c'était le moyen le plus sûr de souffrir. Elle se montrerait compatissante, il commencerait à s'attacher à elle, et il finirait au pied de l'autel.

Oh, elle ne le blesserait pas délibérément ! Mais il s'était juré de ne jamais tomber dans ce piège.

— Je suis aussi doué pour le jeu, vous savez, répondit-il d'un ton faussement désinvolte. Cela permet de mettre de jolies femmes dans mon lit.

Elle ne sourit pas à sa plaisanterie.

— Si vous ne voulez pas en parler, dites-le, tout simplement.

— Il n'y a pas grand-chose à dire, répliqua-t-il. Ma grand-mère voulait que je devienne avocat et m'a envoyé à Eton. J'ai découvert que je préférais les cartes aux livres. Vous me prenez pour un vaurien et vous avez raison. Je ne pense qu'à moi et je ne fais rien de ma vie.

— C'est faux, dit-elle avec douceur. Je sais que dans votre cœur…

— Vous ne savez rien du tout, l'interrompit-il sèchement.

Elle tressaillit, et il s'en voulut.

— Désolé. Je crois que je n'ai pas envie de discuter de mes nombreux défauts.

Il passa la main sur ses courbes voluptueuses et ajouta :

— Je préférerais consacrer le temps qui nous reste à tenir ma promesse.

— Quelle promesse ?

— Que vous me suppliiez avant que la nuit soit finie.

Elle ouvrit la bouche pour protester, mais il l'en empêcha en la gratifiant d'un baiser passionné. Quand il abandonna ses lèvres pour lui embrasser les seins, elle murmura :

— Je vous l'ai dit, je ne supplie jamais.

— Tout arrive, ma belle Vénus, murmura-t-il.

Et il se mit en devoir de le lui prouver. Et lorsqu'elle capitula et le supplia de la prendre, il ne fut que trop heureux de lui obéir.

Alors qu'ils étaient étendus, comblés, les membres emmêlés, Jarret s'assoupit. Cela ne lui était jamais arrivé avec aucune de ses conquêtes, mais entre les bras d'Annabel, il ressentait une telle paix, une telle douceur...

Ce fut elle qui le réveilla.

— Jarret !

Il ouvrit péniblement les yeux et découvrit la jeune femme debout près du lit, en sous-vêtements.

— Il faut que vous m'aidiez à me rhabiller. Il est 4 heures du matin, je dois rentrer chez moi avant que l'on s'aperçoive que je suis sortie.

— Bien sûr, fit-il en se redressant.

Il s'efforça, non sans mal, de s'extraire des brumes de sommeil qui s'accrochaient encore à lui.

— Vous devriez pouvoir dormir quelques heures à l'auberge avant de regagner Londres, murmura-t-elle, compatissante, en lui tendant ses vêtements.

Et tandis qu'elle s'activait pour remettre de l'ordre dans la pièce, Jarret ne put rien faire d'autre que la regarder.

Il était censé partir ce matin. Il ne reverrait jamais Annabel Lake. Il allait rentrer et dire à sa grand-mère qu'elle avait raison, que Lake Ale n'avait rien à offrir à la brasserie Plumtree.

— Qu'allez-vous dire à votre frère ? demanda-t-il. Au sujet de la réunion de travail qui était prévue aujourd'hui.

— La vérité, je suppose.

— Bonté divine.

Elle pivota sur ses talons, les joues en feu.

— Je ne parle pas de vous et moi. Je lui dirai que vous avez changé d'avis après avoir fait le tour de la brasserie et que vous êtes reparti pour Londres.

Elle lui adressa un sourire triste.

— De toute façon, vous n'avez jamais eu réellement l'intention de nous aider, n'est-ce pas ?

Soudain, Jarret détesta l'idée d'être un homme sur lequel on ne pouvait pas compter, et surtout de n'être qu'un homme de plus sur la longue liste de ceux qui avaient déçu Annabel.

S'il ne venait pas en aide aux Lake, qu'allaient-ils devenir ? La vente de leur brasserie ne leur rapporterait pas grand-chose. Annabel pouvait certes se tourner vers un autre brasseur, comme ce maudit Allsopp. *Mlle Lake est prête à tout pour sauver l'entreprise familiale*. Son sang se glaça.

— Je ne pars pas aujourd'hui, s'entendit-il dire.

— Pourquoi ? demanda Annabel, perplexe.

— Parce que je veux essayer de vous aider à réaliser votre projet, répondit-il en commençant à se rhabiller.

— Vous… vous accepteriez de traiter avec les capitaines de la Compagnie des Indes ? demanda-t-elle, le regard brillant d'un tel espoir qu'il en eut le cœur chaviré.

— Ce n'est pas ce que vous vouliez ?

— Si, bien sûr, dit-elle avant de se jeter dans ses bras. Si, si, si ! Mais pourquoi, puisque rien ne vous y oblige ? Notre pari…

— Je me contrefiche de ce maudit pari, l'interrompit-il. Vous m'avez demandé mon aide, je vous la donne.

Pour toute réponse, la jeune femme fondit en larmes.

— Allons, allons, murmura-t-il, affolé, en l'enveloppant de ses bras. Je pensais que vous seriez heureuse.

— Je *suis* heureuse.

— Ah. Et quand vous êtes triste ?

— Je pleure aussi, avoua-t-elle, partagée entre le rire et les larmes. Je pleure beaucoup. Cela ne vous arrive jamais ?

— Jamais.

— Vous devriez essayer, lui conseilla-t-elle en s'essuyant les yeux. On se sent tellement mieux après. Même si on a une mine épouvantable, ajouta-t-elle en lui adressant un sourire tremblant.

— À mes yeux, vous serez toujours une déesse, assura Jarret.

Puis, refusant de voir l'espoir dans son regard, il la fit se retourner pour lui lacer son corset.

— Où doit se tenir notre réunion de ce matin ? s'enquit-il.

— Où vous le souhaitez.

— Très bien, nous nous retrouverons ici. Je veux que M. Walters et vous-même soyez présents. Et il me faut les livres de comptes.

— Je ne suis pas sûre que Hugh soit d'accord pour vous les montrer tous.

— Il a intérêt, car je ne signerai aucun contrat avec votre entreprise sans les avoir vus.

— Alors je ferai en sorte qu'il accepte.

— J'aurai aussi besoin de la liste de vos fournisseurs. Et de toutes les informations dont vous disposez sur Allsopp et Bass.

— Entendu.

Une fois qu'ils eurent fini de se rhabiller, Jarret annonça :

— Je vous raccompagne.

— Il n'en est pas question. Je ne courrai pas le risque que l'on nous voie ensemble. Allez-y, je vous suivrai dans quelques minutes.

Jarret n'aimait pas l'idée qu'elle se promène seule dans les rues en pleine nuit, mais il savait qu'elle ne céderait pas.

— Quand vous reverrai-je ? demanda-t-il sur le seuil.

— Dans quelques heures, pour notre réunion.

— Ce n'est pas de cela que je veux parler, vous le savez très bien.

Elle rougit, mais soutint fermement son regard.

— Est-ce que… me revoir est une exigence liée à votre présence ici ?

— Bien sûr que non, bon sang !

Elle le dévisagea, comme pour jauger son degré de sincérité, puis sourit.

— Dans ce cas, vous pouvez me voir quand vous le souhaitez.

— Ce soir ? Même lieu, même heure ?

Espiègle, elle répondit :

— Comment vous voudrez, milord.

— Ce que je veux, gronda-t-il en la plaquant contre lui, c'est que vous cessiez de m'appeler milord.

Sur ce, il s'empara de ses lèvres. Seigneur, jamais il ne se lasserait de l'embrasser. Hélas, elle le repoussa bien vite !

— Cela suffit. Nous avons une longue journée de travail devant nous.

Il la scruta, puis répliqua :

— Quelque chose me dit que vous allez être un contremaître sans pitié, mademoiselle Lake.

— Vous n'imaginez pas à quel point, dit-elle en lui lissant les cheveux avec douceur.

Il s'en alla, le pas et le cœur légers. Que c'était bon de se dire qu'il allait aider quelqu'un. Qu'il allait l'aider, *elle*. Il avait l'impression d'être un chevalier se précipitant au secours d'une dame en détresse. Et il adorait cela.

Il ricana. Allons, c'était ridicule. Ce n'était qu'une faveur qu'il lui faisait pour sauver son entreprise. Il s'agissait d'une association commerciale qui permettrait de donner un coup de pouce à la brasserie Plumtree dans la foulée. Rien de plus.

Le temps qu'il arrive à l'auberge, il avait presque réussi à s'en convaincre.

19

Annabel regagna la demeure de son frère d'un pas dansant, le cœur en joie, un sourire béat aux lèvres. La décision de Jarret d'aider Lake Ale signifiait-elle quelque chose ?

Son esprit rationnel avait beau lui répéter qu'elle aurait été bien naïve de s'imaginer qu'il éprouvait des sentiments pour elle, son cœur avait désespérément besoin d'y croire. Qui sait si, avec le temps… ?

Allons, elle ne devait pas se torturer avec de tels espoirs. Pas un instant Jarret n'avait prononcé les mots « amour » ou « mariage ». Tout ce qu'il voulait, c'était recommencer ce qu'ils avaient fait cette nuit.

À cette perspective, une onde de chaleur délicieuse l'envahit, qu'elle tenta en vain de refouler. Qui aurait cru que faire l'amour était une expérience aussi merveilleuse !

Elle atteignait la maison, déverrouilla la porte, jeta un regard autour d'elle, puis se glissa à l'intérieur et ôta ses bottines.

— Où étais-tu ? tonna une voix masculine.

Annabel sursauta, et son pouls s'emballa. Oh, non ! Cela n'allait pas recommencer ?

Puis elle carra les épaules. Elle n'était plus une gamine. Se composant une expression nonchalante, elle pivota sur ses talons.

Hugh était assis dans un fauteuil de l'entrée. Il n'avait pas de verre à la main et semblait épuisé.

— Où étais-tu ? répéta-t-il.

— À la brasserie.

Il parut pris de court.

— Que faisais-tu là-bas ?

— Je préparais notre réunion de travail de demain matin. Je ne vois pas à quel autre moment j'aurais pu m'en occuper.

Par chance, elle avait pris du temps dans l'après-midi pour réunir des dossiers, mais Dieu qu'elle détestait mentir ! Il lui semblait qu'elle n'avait fait que cela de toute sa vie. Il fallait que cela cesse.

— Oh ! souffla Hugh. Désolé. J'ai cru que lord Jarret et toi...

Ses épaules s'affaissèrent.

— Je n'arrivais pas à trouver le sommeil. J'ai frappé chez toi, et lorsque j'ai découvert que tu n'étais pas là, je me suis inquiété... Mais, bon sang, Bella, tu ne devrais pas aller à la brasserie en pleine nuit. C'est dangereux.

— Je le fais depuis des années, répliqua-t-elle.

Lâchant un soupir, il se leva et s'approcha d'elle.

— Je sais que tu as dû te charger de ce fardeau depuis bien trop longtemps. C'est terminé. Je vais m'occuper de toi, de Sissy et des enfants, désormais. Et je ne veux plus que tu prennes le moindre risque. Je ne me le pardonnerais pas s'il t'arrivait quelque chose. Promets-moi de ne plus aller seule la nuit à la brasserie.

Annabel ravala un gémissement de frustration. Pourquoi fallait-il que Hugh choisisse ce moment précis pour se souvenir qu'il avait une famille ?

— Je te le promets, soupira-t-elle.

— Parfait. Et si nous allions nous reposer un peu avant notre rendez-vous ? Nous ne voudrions pas que lord Jarret ait le dessus dans ce marché, pas vrai ?

Elle faillit éclater d'un rire nerveux. S'il savait combien ce marché n'avait tenu qu'à un fil ! Encore un secret qu'elle devrait garder pour elle.

Un peu plus tard, alors qu'elle se glissait entre les draps, elle songea qu'elle devrait avertir Jarret qu'elle ne pourrait le rejoindre ce soir. Et s'il changeait d'avis et décidait de partir, finalement ? s'inquiéta-t-elle tout à coup.

Non, c'était idiot de penser cela. Il n'avait pas posé de conditions pour lui apporter son concours. Et elle le croyait.

Le lendemain matin, quand tout le monde se rassembla dans le bureau de Lake Ale, elle était recrue de fatigue. Jarret aussi semblait épuisé.

— Comme je l'ai dit à Mlle Lake au dîner d'hier, j'aimerais voir vos livres de comptes. Je dois m'assurer que vous avez la capacité de tenir vos engagements.

Hugh tressaillit et braqua les yeux sur Annabel.

— Tu ne m'en as pas parlé, Bella, fit-il d'un ton de reproche.

— Vraiment ? feignit-elle de s'étonner. J'aurais pourtant juré l'avoir fait. Un oubli dû à la fatigue, sans doute.

— Ma sœur est venue travailler ici hier soir, expliqua Hugh à Jarret. Seule. C'est dangereux et je le lui ai dit, mais elle ne veut rien entendre.

— Hugh m'attendait quand je suis rentrée et m'a fait la leçon, ajouta Annabel en se forçant à sourire à Jarret, dont l'expression demeura indéchiffrable.

— Je ne suis pas sûr d'aimer l'idée de vous confier mes livres de comptes, milord, reprit Hugh. Après tout, vous êtes un concurrent…

— Et bientôt un partenaire. Il me faut plus d'informations pour prendre la bonne décision quant à la forme que prendra notre arrangement.

— Je ne vois pas de raison de refuser cela à lord Jarret, intervint Annabel. Nous n'avons rien à cacher.

Hugh pinça les lèvres, puis poussa un soupir.

— Non, en effet.

Il se leva, et s'adressa à M. Walters :

— Je vais avoir besoin de votre aide pour tout ramener de la maison, car ma femme a envoyé les domestiques faire les courses.

À peine les deux hommes furent-ils sortis qu'Annabel se tourna vers Jarret.

— Comme je vous l'ai dit, mon frère était là quand je suis rentrée hier soir, murmura-t-elle. Il m'a fait promettre de ne plus sortir seule la nuit.

Jarret s'adossa à son siège, l'air visiblement contrarié.

— Je vois.

— Je suis désolée. Hugh a ses défauts, mais Sissy et lui m'accueillent sous leur toit et je n'ai pas le droit d'attirer la honte sur eux en les laissant deviner que je...

— Que vous couchez avec moi.

Elle hocha la tête.

— Si Hugh devine la vérité, il vous défiera en duel.

— Alors nous ne pouvons plus...

— Non. Je ne vois pas comment ce serait possible.

À moins qu'il ne décide de la courtiser, ce qui n'arriverait jamais. Et quand bien même, jamais elle ne pourrait l'épouser. Qu'adviendrait-il de Geordie ?

— Ces rencontres auraient de toute façon pris fin avec votre départ, lui rappela-t-elle.

— Pas forcément.

— Comment cela, pas forcément ?

— Vous pourriez venir à Londres avec moi.

— Pardon ?

— Je vous trouverais une situation chez Plumtree.

Le cœur d'Annabel se serra.

— Chez Plumtree ? ou dans votre lit ?

— Les deux, si vous le voulez.

— Vous me proposez d'être votre maîtresse, résuma-t-elle.

— Non, je…

Il détourna les yeux.

— Je vous offre une chance de quitter votre famille et d'avoir une vie à vous. Vous pourriez travailler pour Plumtree et, de temps à autre, si vous le voulez…

Il la regarda de nouveau, l'air soudain belliqueux.

— Rien ne vous oblige à être ma maîtresse, mais rien ne vous interdit de prendre un amant.

Annabel s'efforça de cacher sa déception. Qu'espérait-elle donc ?

— Je n'ai pas besoin d'un amant, Jarret. Et je n'ai aucune envie de quitter ma famille ni mon entreprise.

Il se pencha, jeta un coup d'œil par-dessus son épaule pour s'assurer que les employés de la brasserie ne pouvaient pas le voir, puis s'empara de ses mains.

— Vous méritez mieux que cette vie de parente pauvre, Annabel. Vous êtes belle et séduisante. Si le mariage ne vous intéresse pas, pourquoi vous priver de mener la vie qui vous plaît ?

— Je vis la vie qui me plaît.

— Vraiment ? En vous couchant chaque soir avec vos souvenirs pour seule compagnie ? En regardant grandir les enfants des autres ?

Elle soutint son regard sans ciller.

— Et quels enfants me suggérez-vous de regarder grandir ? Les vôtres ?

Pris au dépourvu, il lui lâcha les mains et s'adossa à son siège, partagé entre la colère et la perplexité.

— Vous voyez, Jarret ? dit-elle doucement. Ce n'est pas possible. Nous ne voulons pas la même chose, vous et moi. Vous souhaitez suivre le vent là où il vous entraîne, et moi, je veux planter mes racines dans la terre. Vous êtes un fleuve et moi un arbre. L'arbre ne peut suivre le fleuve, et le fleuve ne peut rester auprès de l'arbre.

Il laissa échapper un juron.

— Donc, c'est fini entre nous. Plus de voyages au paradis. C'est ce que vous voulez ?

— Bien sûr que non ! s'écria Annabel, furieuse qu'il soit incapable de voir au-delà de ses propres désirs. Mais je ne vais pas gâcher ma vie pour un homme qui n'a rien à m'offrir, n'a d'autre ambition que de déjouer les plans de sa grand-mère et s'imagine qu'il trouvera le bonheur dans le jeu et l'oisiveté.

— Le bonheur est une chimère, marmonna Jarret. Nous n'avons d'autre choix que de cueillir les plaisirs de la vie quand ils passent à notre portée. Tout le reste n'est qu'illusion.

— Ainsi dit le fleuve, répondit Annabel tristement. Non seulement l'arbre ne peut suivre le fleuve, mais s'il y plonge ses racines, elles pourriront et il mourra. Je n'irai pas pourrir à Londres, Jarret.

S'efforçant de dissimuler à quel point il l'avait blessée, elle se leva pour rassembler les papiers dont ils allaient avoir besoin pour leur réunion.

— Mon frère sera bientôt de retour. Il faut qu'il voie que nous avons profité de son absence pour travailler ou il aura des soupçons. Passons en revue l'analyse des coûts que j'ai demandé à M. Walters de préparer.

Jarret s'enferma dans un silence tendu, mais Annabel l'ignora. Elle n'avait pas l'intention d'abandonner son fils et sa famille pour un homme qui souhaitait s'amuser un peu avec elle. Il y avait des catins pour cela.

À cette pensée, une douleur fulgurante la transperça. Cela ne durerait pas, elle le savait. Jarret ne faisait que traverser son existence. Et elle refusait de le laisser la piéger au point de se perdre.

20

Jarret avait cru qu'Annabel finirait par céder. Chaque matin, il s'attendait qu'elle le prenne à part pour lui murmurer qu'elle avait changé d'avis et qu'elle le retrouverait à l'auberge. Chaque soir en rentrant, il espérait qu'elle viendrait le rejoindre dans sa chambre. En vain.

La part rationnelle de son esprit la comprenait. Elle menait la vie d'une femme respectable. Sa communauté semblait la tenir en haute estime, même si ses voisins s'étonnaient qu'elle prenne son travail à la brasserie de son frère tellement à cœur. Et même si ce dernier ne s'occupait pas de sa famille comme il l'aurait dû, tous deux étaient visiblement très proches et très attachés l'un à l'autre.

Jarret se sentait comme un intrus, et pour la première fois de sa vie, il détestait cela. Il n'appréciait pas du tout qu'Annabel le traite comme une simple connaissance avec qui elle faisait des affaires alors qu'ils avaient été tellement plus l'un pour l'autre.

Ils pourraient l'être encore si elle n'était pas aussi têtue. Certes, il n'aurait pas dû lui proposer de l'emmener à Londres. Il était allé trop loin en lui demandant d'être sa maîtresse.

Mais nom de nom, il avait envie d'être de nouveau avec elle ! Le plus souvent possible. Pire, il était certain qu'elle aussi avait envie d'être avec lui. Il le voyait à sa façon de le regarder quand elle ne se savait pas observée.

Comme elle veillait à ne jamais se retrouver seule avec lui, il n'avait pas l'occasion de la séduire ouvertement, et elle avait mis un terme rapide à ses tentatives d'y parvenir de manière plus discrète. S'il lui frôlait les doigts quand elle lui tendait des documents, elle se débrouillait pour ne plus les lui donner directement. S'il lui caressait la jambe sous la table, elle lui écrasait le pied.

À mesure que les jours passaient, il la voyait de moins en moins car elle se consacrait au brassage de la prochaine cuvée de bière blonde tandis que, de son côté, il travaillait d'arrache-pied à établir avec Lake et Walters un contrat qui convienne aux deux parties.

Dieu merci, il la voyait durant la soirée, qu'il passait en compagnie de la famille Lake. Leurs premiers dîners avaient été assez tendus, car Hugh n'appréciait pas vraiment sa présence. Puis les négociations avançant, ils avaient appris à mieux se connaître, et celui-ci avait fini par se détendre. Il le traitait à présent comme un invité de marque.

Chaque soir après le dîner, Lake et lui se retiraient pour boire un porto. Lake buvait peu, sans doute conscient du regard de Jarret. Ils retrouvaient rapidement les dames dans le salon, et le reste de la soirée était en général consacré à la lecture ou à des charades. Et chaque soir, Jarret souffrait le martyre en regardant Annabel, qu'il n'avait pas le droit de toucher.

Ce soir-là était pire que les précédents. Lake et lui avaient considérablement avancé dans leur accord. Il leur restait quelques détails à régler le lendemain, puis il n'aurait plus aucune raison de prolonger son séjour.

Il avait d'ailleurs reçu une lettre de sa grand-mère qui lui reprochait de négliger la brasserie Plumtree. Le surlendemain, il reprendrait le chemin de Londres.

Et il n'en avait absolument aucune envie.

Il ravala un soupir agacé. Voilà ce qui se passait quand on se laissait séduire par une femme. Elle vous donnait envie de choses qui ne duraient pas. Elle éveillait en vous la nostalgie d'un bonheur impossible.

Ce soir, Annabel avait, semblait-il, décidé de le rendre fou. Sa robe révélait juste assez de ses épaules laiteuses pour rappeler à Jarret ce qu'il avait ressenti à les caresser. Chaque fois qu'elle tournait la tête, exposant à ses regards son cou à la ligne si gracieuse, il avait envie de la prendre par la taille, de déposer un baiser au creux de son cou, de le lécher là où battait son pouls jusqu'à ce que celui-ci s'affole.

Et ce n'était pas tout. Ce soir, jour de congé de la nurse, toute la famille était réunie. Pendant qu'il jouait aux cartes avec son hôte et que Mme Lake brodait un coussin, Annabel jouait avec les enfants.

Ces derniers adoraient qu'elle chante, ce qui n'étonnait guère Jarret, car sa délicieuse voix de soprano semblait faite pour les berceuses et les comptines. Même George, qui prétendait avoir passé l'âge de ces jeux puérils, se mêlait à leurs rondes et à leurs cabrioles.

Cette charmante scène familiale rappelait cruellement à Jarret ce qu'il avait connu avant que sa vie s'effondre. Il était si captivé par la joie communicative du petit groupe qu'il en oubliait presque sa partie de cartes.

Les paroles d'Annabel lui revinrent soudain à l'esprit. *Et quels enfants me suggérez-vous de regarder grandir ? Les vôtres ?*

Jusqu'à présent, jamais il ne lui était venu à l'idée de fonder une famille. Il n'avait nul besoin de mettre au monde un héritier, et encore moins de s'encombrer d'une épouse. Non seulement les pubs de Londres regorgeaient de jolies filles, mais il n'avait certes pas envie de trouver, en rentrant chez lui, une harpie qui l'accablerait de reproches.

Toutefois, l'idée de faire des enfants à Annabel éveillait en lui une sourde nostalgie. Ils ressembleraient sans doute à la petite meute occupée à semer le chaos dans le salon, à la différence qu'ils auraient ses yeux, ou ses cheveux, ou son nez... et qu'ils l'appelleraient papa.

Cette pensée le terrifiait. Avoir des enfants qui dépendraient de lui, lui demanderaient conseil, placeraient leurs espoirs en lui... c'était affolant. Comment pourrait-il être à la hauteur de telles attentes ?

— Cela suffit ! déclara Annabel.

Elle se laissa tomber dans un fauteuil en portant la main à son cœur.

— Je suis à bout de souffle.

— S'il vous plaît, tante Annabel ! supplia Katie, la petite dernière qui ne devait pas avoir cinq ans. Encore une !

— Vous n'en avez jamais assez, mes enfants, les gronda gentiment Mme Lake. Laissez donc votre tante tranquille.

— Peut-être pourrais-tu convaincre lord Jarret de chanter, Sissy, suggéra Annabel avec espièglerie. À supposer qu'il ait dans son répertoire des chansons acceptables en société.

— J'en connais bien une ou deux, répondit Jarret, mais autant demander à un poisson de jouer du piano. Croyez-moi, vous regretteriez vite de m'avoir demandé de chanter.

— Impossible, répliqua Annabel. Vous avez une très belle voix.

Jarret eut tout juste le temps de savourer le compliment. Déjà, un chœur d'enfants s'élevait pour lui réclamer une chanson. Il résista de son mieux, mais en voyant des larmes de déception briller dans les yeux de la petite Katie, il finit par capituler.

— C'est vous qui l'aurez voulu, les prévint-il.

Il se leva, s'éclaircit la voix, puis entonna *Hot Cross Buns*, la seule chanson dont il connaissait les paroles.

Dès les premières notes, les enfants ouvrirent des yeux ronds, Annabel battit des paupières, tandis que Mme Lake se mordait la lèvre. Toutefois, il acheva vaillamment sa prestation. Non seulement il les avait avertis, mais c'était bien la première fois qu'on le laissait chanter en public depuis le jour où sa famille avait découvert ses piètres capacités vocales. Par chance, *Hot Cross Buns* était une chansonnette. Le supplice des Lake ne durerait qu'une minute ou deux.

Quand il eut terminé, un lourd silence tomba sur la pièce. Puis Annabel déclara, les yeux pétillants de malice :

— Je crois que c'est la pire version de *Hot Cross Buns* qu'il m'ait été donné d'entendre.

— Annabel ! s'écria Mme Lake.

— Rassurez-vous, il en faut plus pour me vexer, déclara Jarret. Je connais mes limites.

— C'était un peu comme les miaulements du chat, fit remarquer le jeune George.

— D'après mon frère, renchérit Jarret, cela ressemble plutôt à des chats qui se battent. Ou à un violon désaccordé.

— Ou à une flûte avec une noisette coincée à l'intérieur, suggéra l'un des enfants.

— Encore ! s'écria Katie avec enthousiasme.

Abasourdi, Jarret regarda la petite.

— On dirait la chouette qui crie la nuit devant la nursery, expliqua-t-elle. J'aime bien les chouettes. S'il vous plaît, encore une chanson.

Jarret éclata de rire.

285

— Désolé, mignonne, mais tes parents risquent de me passer au goudron et aux plumes si j'accepte.

Katie battit des mains.

— Ça a l'air rigolo, ça aussi !

Jarret lança un regard amusé à Annabel.

— Je suis certain que ta tante serait de ton avis.

Puis, se penchant vers la petite, il murmura de façon à être entendu de tous :

— Elle adore me faire souffrir.

La jeune femme rougit comme une pivoine. Elle se leva et tendit les mains à ses neveux et nièces.

— Venez, les enfants, c'est l'heure d'aller au lit. Laissons votre papa et lord Jarret finir leur partie de cartes.

— Je veux voir lord Jarret avec le goudron et les plumes ! protesta Katie. Maman, qu'est-ce que c'est que le goudron ?

Dans un éclat de rire général, Annabel et Mme Lake emmenèrent les enfants tandis que Jarret se rasseyait à la table de jeu. Mais alors qu'il récupérait ses cartes, il croisa le regard scrutateur de Lake.

— Il y a un problème ? s'enquit-il.

— Pardonnez-moi d'être direct, milord, mais puis-je vous demander pourquoi vous avez décidé d'aider Lake Ale ? Même si notre projet réussit, les bénéfices pour la brasserie Plumtree seront faibles.

Jarret fit mine d'arranger son jeu.

— Ce n'est pas mon avis. Si je me fie au succès d'Allsopp, il est évident que l'opération apportera un bénéfice substantiel à nos deux entreprises.

— Si je parviens à remplir ma part du marché, murmura Lake d'un air soucieux. Ce qui n'a rien de certain.

Pesant ses mots, Jarret déclara :

— J'ai passé suffisamment de temps en votre compagnie ces derniers jours pour me rendre compte que ce qu'affirme votre sœur est vrai. Vous êtes doué pour les affaires. Toutefois, vous ne vous faites pas assez confiance.

— Vous avez vu l'état de la brasserie. Est-ce là la preuve qu'elle est dirigée par un homme doué pour les affaires ?

— Le problème n'est pas votre absence de talent mais votre tendance à le noyer dans l'alcool.

Un éclair de colère traversa le regard de Lake. Toutefois, il ne tenta pas de nier, ce qui était tout à son honneur.

— Je ne suis pas responsable de la chute du marché russe, ni de la hausse des prix du houblon, rétorqua-t-il cependant.

— Exact, seulement la force d'un homme se juge à la réponse qu'il est capable d'apporter aux défis de l'existence.

— Voilà qui ne manque pas de sel de la part d'un homme qui répond aux « défis de l'existence » en se réfugiant dans les salles de jeu.

Jarret serra les dents. C'était une accusation qu'il ne pouvait contester. Certes, il n'avait pas de famille et rien ne justifiait qu'il seconde sa grand-mère à la brasserie, mais il aurait au moins pu essayer.

Sa vie aurait-elle été différente s'il avait tenté de prendre sa place chez Plumtree une dizaine d'années plus tôt ? Sans doute. Et il se demandait à présent s'il n'avait pas été stupide de ne pas tenter sa chance. S'il avait pris les rênes de l'entreprise à cette époque, peut-être aurait-il pu éviter certains des problèmes dus à la chute du marché russe. Il aurait même pu empêcher sa grand-mère de leur imposer cet ultimatum ridicule, qui sait ?

— Vous avez raison, reconnut-il. Je ne suis pas qualifié pour donner des avis sur la meilleure façon d'encaisser les coups du sort. Toutefois, j'apprends de mes erreurs, et l'une des leçons que j'ai retenues, c'est que se cacher ne résout rien. Cela ne fait que différer l'inévitable. Mieux vaut essayer et échouer que ne rien tenter du tout.

C'était la vérité. Il avait éprouvé plus d'espoir et de joie durant cette semaine consacrée à sauver l'avenir de leurs deux sociétés qu'au cours de toutes ces années passées aux tables de jeu. Dans la vie, la donne que l'on recevait était imprévisible, mais comme aux cartes, ce que l'on en faisait pouvait tout changer.

Il n'y avait plus trace de colère dans le regard de Lake. Pourtant, il couvait toujours Jarret d'un œil méfiant.

— Vous n'avez pas répondu à ma question. Pourquoi êtes-vous venu ici ? Qu'a fait Annabel pour vous convaincre ?

— Votre sœur peut se montrer très persuasive, répondit Jarret, évasif.

Lake hocha la tête.

— Elle est aussi très jolie – ce que vous avez remarqué, je crois.

— Il faudrait être aveugle pour ne pas s'en apercevoir.

— Ou pour ne pas s'apercevoir que vous prolongez plus que nécessaire votre séjour à Burton. Quelle en est la raison ?

Ce petit jeu du chat et de la souris commençait à agacer Jarret.

— Et si vous cessiez de tourner autour du pot ? répliqua-t-il.

— À votre guise.

Jetant ses cartes sur la table, Lake s'adossa à sa chaise en croisant les bras sur sa poitrine.

— Si vous avez des intentions honorables à l'endroit d'Annabel, dites-le. Sinon, je vous suggère de la laisser tranquille.

L'avertissement, s'il n'était pas tout à fait inattendu, était néanmoins irritant.

— Qu'est-ce qui vous fait croire que j'aurais des intentions à l'endroit de votre sœur, honorables ou pas ?

— D'une part, parce que vous avez un talent rare pour la faire rougir.

Jarret afficha un sourire faussement nonchalant.

— Je fais cet effet aux dames, Lake. Je ne m'en aperçois même plus.

— Voilà précisément où je veux en venir. Je ne veux pas qu'Annabel ait le cœur brisé à cause d'un libertin.

Jarret étrécit les yeux.

— Votre sœur est parfaitement capable de protéger son cœur.

— Elle n'a pas toujours su le faire.

Cette remarque prit Jarret au dépourvu.

— Vous ne faites tout de même pas allusion à l'héroïque Rupert ?

Lake émit un ricanement ironique.

— Un héros ne courtise pas une femme au-dessus de sa position sociale quand il sait que sa famille le désapprouve.

— Votre père ne voulait pas de lui pour gendre ?

— Mon père avait compris, tout comme moi, que Rupert était un jeune homme impétueux, avec plus de courage que de cervelle. Il n'avait pas les moyens de subvenir aux besoins d'une famille et ne les aurait sans doute jamais eus. Son père ne lui avait rien laissé et même s'il travaillait dur, il n'avait aucune ambition. Avec le temps, Annabel s'en serait aperçue et leur amourette se serait achevée tout naturellement.

— C'est donc pour cela que votre père leur a demandé d'attendre avant de se marier ?

Lake acquiesça.

— Il savait que s'il interdisait à Annabel de voir Rupert, elle se rebellerait. Il a préféré la ruse, pensant qu'elle finirait par revenir à la raison.

— Son stratagème n'a pas fonctionné, apparemment.

— Mieux que ma méthode, qui était d'essayer de les séparer...

Lake laissa son regard dériver de l'autre côté de la pièce.

— Et qui s'est avérée désastreuse, conclut-il.

— Vraiment ? demanda Jarret, intrigué.

Jusqu'où Lake irait-il dans la confidence ?

— Il est parti pour la guerre en emportant le cœur d'Annabel. Puis il s'est fait tuer. Et elle n'a plus jamais été la même.

À l'idée qu'elle puisse être encore éprise de Rupert, Jarret eut l'impression qu'on lui enfonçait une dague dans la poitrine.

— Ma foi, si elle lui a donné son cœur, vous n'avez pas à craindre que je le lui vole.

— En voudriez-vous ?

Encore une question directe. Qui appelait une réponse sans détour.

— Je ne sais pas.

Cela ne parut pas surprendre Lake.

— Dans ce cas, jusqu'à ce que vous le sachiez, je vous suggère de la laisser tranquille.

C'était presque drôle ; Jarret avait tenu à peu près le même discours à Masters quelques jours plus tôt au sujet de Minerva.

En vérité, Lake avait toutes les raisons de l'avertir, et c'était tout à son honneur de vouloir protéger ainsi sa sœur. Jarret ne pouvait que l'en admirer.

Cela ne changeait cependant rien à ses intentions à l'égard d'Annabel. De n'avoir pu l'approcher depuis des jours n'avait fait qu'accroître son désir. Il fallait *absolument* qu'il la voie en tête-à-tête.

Le fait qu'il l'ait mise dans son lit aurait dû le calmer – c'était d'ordinaire le cas avec les femmes qui traversaient son existence. Sauf qu'Annabel n'était pas une femme comme les autres. Et il la désirait comme un fou.

Il y eut soudain du bruit dans l'entrée, puis il entendit une voix familière demander :

— On m'a dit que je pourrais trouver lord Jarret Sharpe à cette adresse. Est-il là ?

Laissant échapper un soupir, il se leva. Quelque chose lui disait que son séjour à Burton venait juste de prendre fin.

21

Annabel descendit lentement l'escalier, le cœur battant. Une femme venait de demander Jarret au majordome. Qu'est-ce que cela signifiait ? Avait-il une maîtresse ? Ou une fiancée ?

Sa gorge se noua douloureusement à cette pensée.

D'autant que la visiteuse en question était fort belle. Ses boucles châtain doré encadraient son visage souriant, et elle portait une robe de voyage en taffetas de soie parme qui mettait en valeur sa silhouette irréprochable.

Ravalant un pincement de jalousie, Annabel descendit en hâte les dernières marches.

— Vous cherchez lord Jarret ? s'enquit-elle.

Le regard vert qui croisa le sien lui parut étrangement familier.

— Oui. L'aubergiste de *Peacock Inn* nous a dit que nous pourrions le trouver ici.

Nous ?

— En effet, répondit Annabel. Il a dîné avec nous et il joue aux cartes avec mon frère.

— Alors vous devez être mademoiselle Lake ? s'exclama la jeune femme. Gabriel m'a parlé de vous. Je suis Minerva Sharpe.

— Ma sœur, précisa Jarret depuis le seuil du salon.

Puis, se tournant vers celle-ci, il demanda :

— Que fais-tu là ? Tu n'as quand même pas traversé l'Angleterre toute seule ?

— Je suis avec Gabriel et M. Pinter, qui sont en train de se disputer pour savoir qui va payer l'attelage qui nous a amenés ici depuis l'auberge.

L'expression de Jarret était presque comique.

— Gabriel et Pinter ? répéta-t-il. Bonté divine, ne me dis pas que vous avez amené grand-maman ?

— Elle voulait venir, mais le Dr Wright l'a interdit. Elle m'a chargée d'un message pour toi.

Elle lui asséna un coup d'éventail sur le bras.

— Bon sang, qu'est-ce qui te prend ? s'écria-t-il.

— C'est le message de grand-maman. Cela veut dire : « Rentre à la maison. »

Annabel ne put réprimer un rire, ce qui lui valut un regard noir de Jarret.

— Eh bien, j'en ai un pour elle, riposta-t-il. Qu'elle attende donc que je sois prêt à rentrer.

À ce moment-là, lord Gabriel et M. Pinter franchirent le seuil de l'entrée. Ils faillirent heurter Hugh, qui venait d'émerger du salon. Les présentations étaient en cours lorsque Sissy arriva.

Quelques instants plus tard, tout le monde se retrouva dans la salle à manger devant du vin et de la bière pendant que la cuisinière préparait en hâte une collation.

Annabel avait beau s'efforcer d'apparaître nonchalante, son cœur tambourinait dans sa poitrine. La famille de Jarret était venue le chercher. Il partirait sous peu. Elle savait depuis le début que ce moment finirait par arriver, mais soudain, elle ignorait comment elle allait le supporter.

— Alors, Minerva, demanda Jarret, arrachant Annabel à ses pensées, qu'y a-t-il de si urgent pour que grand-maman t'envoie me « chercher » ?

— En vérité, répondit lord Gabriel, c'est moi qu'elle a envoyé. Minerva n'est là que par curiosité.

— Par désespoir, rectifia sa sœur. Grand-maman me rend folle. Elle n'arrête pas d'inviter des célibataires à la table familiale et si je refuse d'assister au dîner, elle feint d'avoir une crise.

— Es-tu certaine qu'elle fait semblant ? s'inquiéta Jarret.

— Elle est toujours suffisamment remise pour se montrer au dîner.

Jarret sourit.

— Elle se sent forcément mieux si elle peut se livrer à ses petites manigances. Raison de plus pour que je ne précipite pas mon retour.

— Nous ne voudrions pas vous tenir éloigné de votre famille plus que nécessaire, lord Jarret, intervint Hugh. Nous apporterons la touche finale à notre accord demain matin et vous pourrez prendre la route après le déjeuner.

Il sembla à Annabel qu'on lui enfonçait un couteau dans le cœur. Quant à Jarret, il paraissait plus contrarié que jamais.

— Il reste quelques points dont j'aimerais discuter avec vous, dit-il à Annabel. Cela risque de prendre une journée supplémentaire.

— Je serais ravie de rester plus longtemps, déclara lady Minerva, mais grand-maman a été très claire. Tu dois être de retour pour la réunion de travail avec les malteurs.

— Bon sang ! Je l'avais complètement oubliée.

— Nous pouvons y être à temps en partant demain midi, dit Minerva, mais pas plus tard.

— Et plus vite vous serez à Londres, renchérit Annabel, s'efforçant d'être pragmatique, plus vite vous pourrez vous entretenir avec les capitaines de la Compagnie des Indes. Peut-être est-ce aussi bien ainsi.

Une lueur féroce s'alluma dans le regard de Jarret tandis qu'il croisait le sien.

— Peut-être.

La réponse était évasive, ce qui n'échappa pas à lord Gabriel.

— On dirait que ce vieux Jarret s'est attaché à Burton, commenta-t-il.

Ignorant son frère, Jarret se tourna vers M. Pinter.

— Je présume que vous avez du nouveau ?

— En effet, milord. J'ai fait les recherches que vous m'aviez demandées. Comme je n'étais pas certain que lady Minerva et lord Gabriel réussiraient à vous persuader de rentrer à Londres, j'ai préféré venir vous consulter directement quant à la suite à donner.

— Il ne soufflera pas un mot sur ses mystérieuses recherches, se plaignit lady Minerva. Je l'ai supplié pendant tout le voyage, sans succès.

— Tu veux dire que tu l'as menacé, rectifia lord Gabriel, avant d'ajouter à l'adresse d'Annabel : Sous ses airs inoffensifs, ma sœur est presque aussi redoutable que vous.

Lady Minerva adressa un sourire complice à Annabel.

— Gabriel m'a parlé de votre partie de cartes avec Jar...

À ces mots, Annabel bondit sur ses pieds.

— Veuillez m'excuser, lady Minerva, mais je vais aller voir en cuisine pourquoi on met tant de temps à vous apporter votre collation. Voulez-vous m'accompagner ? Nous avons une charmante gravure de Turner dans le couloir. Elle représente un château qui semble sorti tout droit de l'un de ces romans gothiques. Il paraît que vous en écrivez vous-même ?

Elle parlait à tort et à travers, mais que faire d'autre ? Hugh ne devait sous aucun prétexte avoir vent de cette partie de cartes, et encore moins de son enjeu.

Lady Minerva parut surprise, mais elle se leva néanmoins.

— J'en écris, en effet, confirma-t-elle. Et il se trouve que j'adore Turner.

— Moi aussi, déclara Jarret, à la surprise d'Annabel. J'aimerais le voir.

Toutefois, dès qu'ils furent dans le couloir, il dit à sa sœur :

— Le Turner est là-bas. Prends le temps de l'admirer pendant que je dis un mot à Mlle Lake.

— À vos ordres, commandant, répondit celle-ci avec un rire espiègle.

Sans relever, Jarret entraîna Annabel vers le bureau de Hugh, referma la porte derrière eux, et l'attira dans ses bras pour l'embrasser avec fougue.

Annabel savait qu'elle aurait dû résister, mais elle n'en avait pas la force. Elle s'offrit sans le moindre regret à ses baisers, les lui rendit avec une passion telle qu'elle crut qu'elle allait s'évanouir… ou le supplier.

Recouvrant brutalement ses esprits, elle s'arracha à ses lèvres.

— Il faut que je vous voie ce soir, murmura-t-il d'un ton pressant.

— Pourquoi ?

— Vous le savez très bien.

Oui, elle le savait. Pire, elle le voulait aussi. En cet instant, peu lui importaient Hugh, Sissy ou même Geordie. Elle n'avait qu'une envie, être de nouveau dans les bras de Jarret.

— Même endroit ? s'entendit-elle chuchoter.

Le regard de Jarret s'assombrit de passion.

— Vous pourrez vous échapper ?

— Je ne sais pas, mais je vais essayer.

Il lui prit la main, déposa un baiser au creux de sa paume, puis sur son poignet.

— Je ne quitterai pas Burton sans vous avoir revue, dit-il d'une voix rauque. En tête-à-tête.

Les voix des domestiques retentirent de l'autre côté de la porte. Étouffant un juron, Jarret ramena Annabel dans le couloir, où lady Minerva les attendait.

— À ce soir, ma Vénus, souffla-t-il tandis qu'ils regagnaient la salle à manger.

Les heures qui suivirent furent un véritable supplice. Annabel ne pensait qu'à ses retrouvailles avec Jarret. Dès que les Sharpe et M. Pinter furent partis, elle annonça qu'elle allait se coucher.

Une fois dans sa chambre, elle renvoya la bonne, assurant qu'elle pourrait se déshabiller seule, puis se mit à faire les cent pas. Comment quitter la maison sans éveiller les soupçons de Hugh ?

Quelques coups discrets furent frappés à sa porte, puis Sissy entra avant qu'elle ait eu le temps de se ruer sous les couvertures.

— Tu es encore habillée, constata sa belle-sœur.

Annabel la regarda sans mot dire.

— Je présume que tu vas aller travailler à la brasserie.

Comme Annabel demeurait muette de stupeur, Sissy expliqua :

— Hugh m'a dit que tu y étais allée seule, le soir de notre retour, et qu'il t'avait fait lui promettre de ne pas y retourner.

— En effet, répondit Annabel. Il trouve cela dangereux.

— Certes, mais avec le départ précipité de lord Jarret, j'imagine que tu as encore beaucoup à faire.

Baissant la voix, elle poursuivit :

— Contrairement à ton frère, je sais qu'une femme a parfois certains… besoins. Tu as *besoin* d'aller ce soir à la brasserie. Ce n'est pas moi qui te jetterai la pierre.

Annabel dévisagea sa belle-sœur, abasourdie. Celle-ci était-elle en train de lui dire qu'elle savait pour quelle raison elle voulait se rendre à la brasserie ce soir ?

— Hugh ne serait pas d'accord, risqua-t-elle.

— C'est normal, tu es sa sœur. Mais cela ne signifie pas que tu as tort de… consacrer du temps à ce qui te semble important.

Après un regard appuyé, Sissy reprit :

— Je peux détourner l'attention de Hugh si tu veux.

Un fol espoir envahit Annabel.

— Comment ?

Sissy éclata de rire.

— Je sais comment distraire un homme. Et puis, je lui rappellerai que la famille de lord Jarret risquant de le tenir occupé, il n'aura pas à s'inquiéter de ce qu'il fait, ni donc à se lever à l'aube…

— Oh, murmura Annabel, le cœur battant. Oui, bien sûr. Inutile de s'alarmer.

Sissy la gratifia d'un sourire bienveillant.

— Je ne me fais pas de souci pour toi. Je sais que tu feras au mieux.

Annabel ne put retenir un rire étranglé.

— Je ne sais pas si aller à la brasserie ce soir, c'est faire au mieux.

— Parfois, il faut avoir confiance et oser sauter dans le vide. Et j'ai confiance en lord Jarret – surtout maintenant qu'il a eu cette conversation avec Hugh.

Annabel tressaillit.

— Quelle conversation ?

— Hugh voulait savoir si ses intentions étaient honorables.

— Je suppose qu'il lui a ri au nez.

— Pas du tout. D'après Hugh, il semblerait qu'il s'interroge.

— Il s'est montré poli, voilà tout.

— Si tu veux mon avis, il n'y a pas une once de politesse dans la façon dont lord Jarret te regarde.

— Aurais-tu oublié sa réputation ?

— Pas du tout. À ma connaissance, il choisit toujours les fruits les plus faciles à cueillir. Excuse-moi, ma chérie, mais tu n'es *pas* un fruit facile à cueillir. Et tu sais aussi bien que moi qu'il a prolongé son séjour ici au-delà du raisonnable.

— Si tu m'aides parce que tu es assez naïve pour t'imaginer qu'il pourrait me demander de l'épouser…

— Je t'aide parce que tu mérites de goûter à un peu de bonheur. Quel qu'il soit.

Sissy était pleine de bonnes intentions, mais elle semblait oublier Geordie. Jamais Annabel ne pourrait le laisser derrière elle. Par conséquent, cette nuit avec Jarret devrait être la dernière.

22

Par chance, Gabriel et Minerva montèrent se coucher dès qu'ils arrivèrent à l'auberge. Toutefois, avant de partir retrouver Annabel, Jarret avait une question urgente à régler.

Il invita Pinter à le rejoindre dans un salon privé et leur servit un cognac. Après avoir tendu un verre à Pinter, il prit le sien et demeura debout pour le siroter.

— Je vous écoute, dit-il. Qu'avez-vous découvert ?

— Je n'ai encore retrouvé aucun des domestiques présents dans l'écurie quand votre mère est partie, ce fameux jour, répondit le détective avant de boire une gorgée d'alcool. En revanche, j'ai du neuf sur l'autre point que vous avez soulevé.

Desmond Plumtree, leur cousin. Ce jour maudit, alors qu'il rentrait du pique-nique, Jarret avait cru l'apercevoir dans les bois. Il pensait s'être trompé, puisque Desmond n'avait pas été convié à cette partie de campagne, mais à la lumière des récentes révélations d'Oliver, il avait recommencé à s'interroger.

— J'avais raison, n'est-ce pas ? Desmond était bien là.

— Tout ce que je peux prouver, c'est qu'il se trouvait dans le voisinage. J'ai remonté la piste d'un ancien palefrenier qui s'est souvenu d'avoir nettoyé la selle de M. Plumtree.

— Curieux qu'il s'en soit souvenu après toutes ces années.

— Pas vraiment, dans la mesure où il y avait du sang sur les étriers.

Un frisson secoua Jarret.

— Du sang ? répéta-t-il en s'asseyant. Et ce domestique n'en a parlé à personne ?

— M. Plumtree a prétendu qu'il était allé chasser. Il n'est pas rare qu'un chasseur rentre avec du sang sur lui.

— Et pourtant, il s'en est souvenu.

— Il a trouvé bizarre que le sang se trouve sur les étriers. Un homme du rang de M. Plumtree a des valets pour aller chercher les proies qu'il a abattues et les nettoyer. Ce domestique n'a toutefois pas établi de lien avec la tragédie puisqu'il avait vu votre cousin à l'auberge la veille au soir.

— Mes parents ne sont peut-être pas morts le soir. Cela a pu se passer dans l'après-midi.

— Exact. Seulement, la plupart des gens l'ignorent puisque votre grand-mère a tout fait pour dissimuler les faits.

Jarret hocha la tête, songeur. Que se serait-il passé si elle avait dit la vérité au lieu de tenter de protéger l'honneur de la famille ? Auraient-ils compris plus tôt ce qui s'était passé ? Ou cela n'aurait-il fait qu'aggraver les soupçons qui pesaient sur le clan Sharpe ?

— À supposer que Desmond ait été sur place et que sa présence soit en lien avec le décès de mes parents, quel motif aurait-il eu ? Il n'était pas leur héritier. Il n'avait rien à y gagner.

— Ne m'avez-vous pas dit que votre grand-mère vous avait menacé de lui transmettre la brasserie ?

— Elle voulait juste nous tourmenter, car elle sait combien nous le détestons. Du reste, assassiner nos parents ne lui aurait pas permis de récupérer la brasserie, même s'il avait été l'héritier de notre grand-mère.

— Certes, mais peut-être espérait-il hériter de l'entreprise à la mort de son oncle, le mari de votre grand-mère. Il n'avait sans doute pas imaginé qu'elle prendrait la relève de son mari une fois devenue veuve.

— C'est juste, admit Jarret, ébranlé par l'argument.

— Peut-être a-t-il pensé que si elle perdait son gendre après avoir perdu son fils unique, sa raison n'y résisterait pas et qu'elle ne serait plus en mesure de diriger la brasserie. Puisque vous étiez vous-même trop jeune pour vous en charger, et votre frère Oliver trop occupé par l'administration du domaine familial, Desmond Plumtree aurait été l'héritier logique de la brasserie.

— Dans ce cas, pourquoi ne pas avoir directement assassiné grand-maman ? Ç'aurait plus simple.

— Parce que c'est votre mère qui aurait hérité de la brasserie. Et il ne pouvait pas éliminer tout le monde, cela aurait attiré les soupçons sur lui.

Jarret vida son verre d'un trait.

— J'ai quand même du mal à croire que Desmond ait tué de sang-froid dans le but de mettre la main sur la brasserie.

— Ce n'est pas impossible. Mais je ne pourrai pas le prouver tant que je ne saurai pas pourquoi il était dans les parages, s'il est venu dans la propriété ce jour-là, et ce que contenait le testament votre grand-mère à l'époque. Nous pourrions lui demander…

— Pas question de la mêler à cette enquête, déclara Jarret.

— Pourquoi, si je puis me permettre ?

— Elle est trop fragile en ce moment. Et cela ferait peser sur son neveu de lourds soupçons fondés sur bien peu de chose. Sans compter que je doute que Desmond ait le cran de commettre un meurtre avec préméditation.

Cela dit, l'homme était vil et sournois. L'idée qu'il ait pu abattre délibérément ses parents soulevait le cœur de Jarret. Leur famille avait-elle abrité une vipère en son sein toutes ces années ?

— Existe-t-il un moyen de connaître le contenu du testament de ma grand-mère sans le lui demander directement ?

Pinter réfléchit quelques instants.

— Oui, en demandant à votre ami, M. Masters, qui est avocat, de réclamer en votre nom à M. Bogg, son notaire, l'historique des volontés de votre grand-mère. Il pourrait préciser que vous, ainsi que vos frères et sœurs, m'avez mandaté pour m'assurer que son ultimatum n'est pas illégal. M. Bogg et Mme Plumtree n'y verront que du feu.

— Excellente idée. J'en parle à Masters dès mon retour à Londres.

— En attendant, je vais poursuivre mes investigations. J'aimerais interroger le personnel de votre cousin.

— Faites attention, l'avertit Jarret. Il ne doit pas penser que nous le soupçonnons. S'il est coupable, Dieu sait de quoi il serait capable.

À ces mots, Pinter se rembrunit.

— Je ne vous ai pas encore tout dit, milord. M. Plumtree met ouvertement en doute votre capacité à diriger la brasserie. Il a eu vent de votre partie de cartes avec Mlle Lake et il répand des rumeurs assez... nauséabondes.

Jarret bondit sur ses pieds.

— Le scélérat ! Je vais le tuer de mes propres mains !

— Je vous le déconseille, dit le détective avec flegme. Je me verrais dans l'obligation de vous arrêter.

Au prix d'un effort de volonté, Jarret maîtrisa sa colère.

— Alors que me conseillez-vous ?

Pinter poussa un soupir.

— Cela risque de ne pas vous plaire.

— Dites toujours.

— Épousez Mlle Lake.

Jarret avait une telle aversion pour le mariage qu'il ne put retenir une exclamation exaspérée.

— J'ignorais que vous étiez à la solde de ma grand-mère !

Pinter rit tout bas.

— Croyez-moi, ayant vu la demoiselle, je comprends vos réticences.

Retrouvant son sérieux, il poursuivit :

— Il n'empêche que si vous voulez dissiper les rumeurs concernant non seulement cette jeune femme mais aussi les difficultés de la maison Plumtree, une alliance avec une famille de brasseurs serait idéale. Outre les avantages que cela vous procurerait sur le marché, cette association apparaîtrait comme le résultat d'une stratégie commerciale et non d'un pari douteux. Ce serait là une façon de couper l'herbe sous le pied de votre cousin qui, en outre, se ridiculiserait d'avoir fait courir ces rumeurs à votre sujet.

— Voilà d'intéressantes perspectives, mais qui ne justifient pas que je me sacrifie sur l'autel du mariage, rétorqua Jarret.

Même avec Annabel ? Annabel, avec ses yeux pétillants d'intelligence et ses courbes de déesse de l'Amour. Annabel, qui avait le don de le faire rire et de le rendre fou de passion. Annabel, qui serait bien capable de lui briser le cœur s'il avait le malheur de le lui confier.

— Vous êtes le seul à savoir si un mariage avec Mlle Lake en vaudrait la peine.

— En supposant qu'elle accepte. Vous savez ce qu'elle pense du mariage.

— Il est vrai qu'elle n'a pas mâché ses mots, pendant cette partie de cartes. Mais je ne doute pas que vous ayez des arguments pour la faire changer d'avis.

Il faudrait pour cela qu'il renonce définitivement à son mode de vie insouciant. Étrangement, cette perspective ne lui était plus aussi insupportable qu'une semaine plus tôt.

— Je prendrai vos conseils en considération, Pinter. En attendant, j'aimerais que vous continuiez votre enquête. En toute discrétion, cela va de soi.

Il se dirigea vers la porte, l'ouvrit et s'effaça pour laisser passer le détective.

— Je suppose que vous rentrez à Londres dans votre propre voiture dès demain ?

— Oui. Je veux partir à la première heure.

Une fois seul, Jarret se mit à faire les cent pas. Épouser Annabel. C'était la seconde fois qu'on le lui suggérait ce soir. Une semaine plus tôt, l'idée lui aurait paru si saugrenue qu'il aurait éclaté de rire. Laisser gagner sa grand-mère ? Passer le reste de son existence aux commandes de la brasserie Plumtree ?

Il se servit un autre cognac, qu'il descendit d'un trait.

Après tout serait-ce si terrible ? Ces derniers jours avaient été une suite de défis comme il n'en avait pas relevés depuis longtemps. Il avait découvert qu'il aimait cela : avoir un but dans la vie, prendre des décisions, investir son énergie dans quelque chose de plus grand que lui.

Alors qu'importait si sa grand-mère gagnait ? Ne serait-il pas gagnant, lui aussi ?

Le sourire aux lèvres, gagné par une soudaine excitation, il posa son verre. Il aurait peut-être du mal à convaincre Annabel. Elle lui avait dit et répété qu'elle ne voulait pas se marier – mais il avait quelques atouts dans sa manche. Il avait une nuit pour la persuader d'accepter, et il avait bien l'intention d'utiliser tous les arguments à sa disposition. Annabel était une jeune femme pleine de bon sens. Elle verrait tous les avantages d'une telle union.

Incapable d'attendre plus longtemps, il se mit en chemin pour Lake Ale.

Par chance, Annabel était déjà là, occupée à faire du feu dans la petite chambre derrière le bureau.

— Jarret ! s'exclama-t-elle en se retournant vivement. J'avais peur que vous n'ayez changé d'avis.

— Pour rien au monde, répondit-il en se débarrassant de sa veste qu'il jeta sur le dossier d'une chaise. Je devais m'entretenir avec Pinter et cela a pris plus de temps que prévu.

Il s'approcha d'elle et l'enlaça.

— Si vous saviez comme vous m'avez manqué, murmura-t-il.

— Comment est-ce possible ? feignit-elle de s'étonner, espiègle. Vous m'avez vue toute la journée.

— Vous savez très bien ce que je veux dire, petite peste.

Il captura ses lèvres en un long baiser ardent, laissant libre cours à la passion qui le taraudait depuis des jours.

Puis il entreprit de la dévêtir.

— Et moi, vous ai-je manqué ? demanda-t-il d'une voix rauque.

— Pas du tout, affirma-t-elle avec des inflexions vertueuses.

Le voyant se renfrogner, elle éclata de rire.

— Ma foi, concéda-t-elle, peut-être un peu…

Alors qu'il faisait glisser sa robe, le souffle de la jeune femme s'accéléra. Les pointes de ses seins se dressèrent sous la fine étoffe de sa camisole.

— Plus qu'un peu, il me semble, murmura Jarret. Avouez-le, vous avez pensé à moi.

Il glissa la main entre ses cuisses. Elle était toute chaude et moite de désir.

— Peut-être vous êtes-vous caressée en pensant à moi, hasarda-t-il.

— Jarret ! s'écria-t-elle, écarlate. Jamais je ne…

— Jamais ? Pas une seule fois ?

Détournant les yeux, elle lui ôta son gilet.

— Eh bien… peut-être une fois ou deux.

À ces mots, une vision follement érotique se forma dans l'esprit de Jarret. Son sexe durcit dans son pantalon.

— Et si vous me montriez ?

Annabel ouvrit des yeux ronds.

— Quoi ?

Jarret acheva de se dévêtir en un tournemain, puis attira la jeune femme vers le lit sur lequel il s'assit.

— Montrez-moi. Je veux vous voir vous donner du plaisir.

Elle rougit de plus belle.

— N'est-ce pas terriblement… scandaleux ?

— N'oubliez pas que je suis un libertin. Vous me l'avez assez répété, non ?

Sur ce, il attrapa le bas de sa camisole et la lui enleva d'un geste vif. Puis il s'installa confortablement sur le lit.

— Allons, insista-t-il, faites-moi plaisir. Montrez-moi, que j'aie un souvenir à emporter pour distraire mes nuits solitaires à Londres.

Elle pâlit et Jarret retint de justesse un sourire triomphal. Elle n'était pas aussi indifférente à son départ qu'elle le prétendait. Peut-être allait-il réussir à la convaincre, après tout.

— Je doute que vous soyez souvent seul, répliqua-t-elle.

— Vous m'avez fait passer l'envie des nuits de débauche, assura-t-il. Je suis fou d'une certaine brasseuse au corps de déesse et à la volonté de lionne.

Puis, dans un murmure, il ajouta :

— Vous êtes-vous caressé la poitrine quand vous pensiez à moi ?

Baissant pudiquement les yeux, elle hocha la tête.

— Montrez-moi.

Elle obtempéra, titilla les pointes de ses seins, le souffle haletant. Et tandis qu'elle retenait des petits gémissements, le sang de Jarret se mit à bouillonner dans ses veines.

— Et entre vos cuisses, articula-t-il à mi-voix. Vous vous êtes caressée aussi ?

Croisant son regard, elle riposta :

— Et vous ?

— Oh que oui ! répondit-il, une fois sa stupeur passée.

Un sourire incurva les lèvres d'Annabel.

— Montrez-moi, ordonna-t-elle.

Sans hésiter, il referma la main sur sa virilité, et la fit courir lentement de haut en bas, de bas en haut. En réponse, Annabel glissa les doigts entre ses cuisses pour caresser sa chair intime.

Jarret laissa échapper une brève inspiration. Au nom du ciel, elle était en train de le rendre fou ! Encore quelques secondes de ce petit jeu et il allait se ridiculiser en perdant tout contrôle.

— Assez, murmura-t-il en l'attirant à califourchon sur ses genoux. Je veux être en vous. Chevauchez-moi, ma douce Vénus. Emportez-moi au paradis.

— Vous chevaucher ? répéta Annabel, à la fois curieuse et un peu perdue.

— Soulevez-vous, empalez-vous sur moi et prenez votre plaisir à votre rythme.

Elle comprit visiblement ce qu'il attendait d'elle, mais hésita pourtant.

— N'allez-vous pas mettre ce... cette chose sur vous ?

Un condom ? Jarret fut tenté de lui dire que ce n'était pas utile puisqu'ils allaient se marier, mais il craignit de tout gâcher. Se penchant pour ramasser son pantalon, il sortit l'étui de sa poche. Et le lui tendit.

— Si vous me le mettiez ? suggéra-t-il.

Elle rougit mais s'en empara, le fit glisser sur son sexe raide avant de le nouer d'une main adroite. Puis elle se tint au-dessus de lui, descendit sur lui et l'avala tout entier dans sa chaude féminité.

— C'est bien, ma douce... Et maintenant, c'est vous qui êtes aux commandes, lui annonça-t-il d'une voix rocailleuse.

Le visage d'Annabel s'éclaira.

— Vraiment ?

Jarret ravala un grondement de frustration. Elle serait bien capable d'user de son pouvoir tout neuf pour le tourmenter.

Dieu merci, elle s'en abstint. Elle commença à aller et venir sur lui d'un mouvement fluide, ondulant des hanches avec une grâce et une sensualité inouïes.

— Ma déesse... murmura-t-il en refermant les mains sur ses seins. Ma douce Vénus...

Très vite elle accéléra l'allure, l'entraînant à sa suite dans la spirale d'un plaisir sans nom qui leur arrachait à tous deux des gémissements de bonheur. Puis la jouissance la balaya, et il sentit ses muscles intimes se contracter follement autour de lui tandis qu'un long cri de volupté lui échappait. Il bascula à son tour dans le néant de l'extase.

Lorsque, dans un irrésistible moment d'abandon, elle s'effondra sur son torse, toute frémissante, Jarret comprit qu'il serait prêt à tout pour la garder auprès de lui. Tout ce qui serait en son pouvoir.

La serrant tendrement contre lui, il lui caressa les cheveux, y déposa une pluie de baisers, puis chuchota :

— Épousez-moi, Annabel.

Annabel s'écarta pour le dévisager, médusée. Venait-il de lui demander… Non, elle avait rêvé !

— Eh bien ? reprit-il. Vous ne dites rien ?

Elle déglutit péniblement.

— Je… je ne suis pas certaine d'avoir bien compris…

— Je viens de vous demander de m'épouser, dit-il en repoussant avec douceur une mèche de son visage.

Annabel était pour le moins incrédule.

— Si j'ai bonne mémoire, la semaine dernière, vous étiez fermement opposé à tout mariage.

— C'était avant que je découvre combien je m'étais attaché à vous.

Il donna un léger coup de reins et ajouta :

— Et à *ceci*.

Annabel fronça les sourcils, puis, se libérant de son étreinte, elle quitta ses genoux, ramassa sa camisole et l'enfila. Elle était incapable de réfléchir quand Jarret la touchait, et il ne pourrait s'en empêcher si elle demeurait nue.

— Donc, vous voulez m'épouser parce que vous aimez coucher avec moi.

— Parce que je *vous* apprécie. Vous êtes une femme intelligente et équilibrée. Vous êtes loyale. Et nous nous accordons parfaitement.

Annabel écarquilla les yeux de stupeur.

— Auriez-vous oublié que vous êtes fils de marquis et moi fille de brasseur ?

— Je m'en moque éperdument, et vous aussi.

— Peut-être, mais votre famille, elle, n'y sera pas indifférente.

Jarret arqua un sourcil.

— En effet. Elle en sera ravie. Ma grand-mère sera même si heureuse de me voir épouser une brasseuse qu'elle serait bien capable de danser une gigue sur les toits de Londres. Ou même de vous nommer à la tête de Plumtree sans attendre.

— Allons, Jarret, soyez sérieux.

— Je n'ai jamais été aussi sérieux. Vous êtes exactement l'épouse dont ma grand-mère rêve pour moi.

— Et cela vous agace, n'est-ce pas ?

— Un peu, avoua-t-il en haussant les épaules. Je déteste la laisser gagner.

— Alors pourquoi m'épouser ?

— Notre union n'aurait que des avantages. Et pour commencer, cela ferait taire les rumeurs.

Le sang d'Annabel se glaça dans ses veines.

— Les rumeurs ? Quelles rumeurs ?

— Un de mes cousins a eu vent de notre partie de cartes et il en parle autour de lui en la présentant sous le jour le plus odieux. Il ne faudra pas longtemps pour qu'elle atteigne Burton. Je ne veux pas vous exposer à cela.

Annabel se raidit.

— Alors vous m'épousez par pitié ?

— Pas du tout, voyons !

Il se leva et arpenta la pièce, l'air agité.

— Je voulais juste que vous compreniez en quoi un lien légal serait la meilleure solution, expliqua-t-il en s'arrêtant devant elle pour lui prendre les mains.

— Un lien légal, répéta Annabel.

Comment diable se débrouillait-il donner du mariage une vision qui évoquait fort un arrangement commercial ?

— Et Lake Ale y trouverait son compte, insista-t-il comme s'il imaginait que c'était la seule objection qu'elle y verrait. Cela rassurerait les capitaines de la Compagnie des Indes, ainsi que votre frère.

Il avait raison, mais chacune de ses paroles était comme un clou qu'il lui plantait dans le cœur.

— D'ailleurs, comme me l'a dit Pinter...

Annabel libéra ses mains.

— Vous m'avez demandé en mariage sur les conseils de M. Pinter ?

— Non ! Enfin, il est vrai qu'il m'a suggéré de...

Il s'interrompit et poussa un soupir découragé.

— Je m'y prends de la pire façon qui soit, n'est-ce pas ?

— Jamais on n'a formulé une demande aussi peu enthousiaste, rétorqua Annabel. Même le boucher a au moins fait semblant d'éprouver un peu d'affection pour moi.

— Je n'ai jamais dit que je n'avais pas d'affection pour vous ! Au contraire. Mais qu'il m'a semblé que... Eh bien, vous êtes une femme pleine de bon sens, et j'ai cru qu'en faisant valoir les avantages pratiques de...

— Oubliez les avantages pratiques, voulez-vous ? Je veux savoir pourquoi vous voulez m'épouser. Vous, en tant que personne. Pas en tant que dirigeant provisoire de la brasserie Plumtree.

— Ce n'est pas provisoire, rectifia Jarret. J'ai l'intention de rester définitivement à la tête de la brasserie Plumtree. Je renonce au jeu.

Croisant les bras sur son torse, il enchaîna :

— Le jeu constituait un empêchement au mariage, selon vous, non ? Eh bien, vous n'avez plus de souci à vous faire sur ce point.

Annabel en demeura bouche bée. Jarret Sharpe renonçait aux cartes et aux paris ? Pour l'épouser ? Voilà qui était proprement ahurissant.

— Jarret, dit-elle avec douceur, je suis ravie que vous ayez décidé de continuer à diriger la brasserie familiale, mais ce que je veux – ce que j'ai *besoin* de savoir, c'est ce que vous ressentez pour moi. Ce qui vous donne envie de passer votre vie à mes côtés.

La lueur méfiante qui s'alluma dans le regard de Jarret serra le cœur d'Annabel. Pourquoi était-il à ce point incapable de donner quoi que ce soit de lui-même ?

— Je vous l'ai dit, je vous apprécie. J'aime vous faire l'amour. Et je pensais que vous préféreriez un homme qui se montre honnête avec vous, vous dont un autre homme a profité avant de partir à la guerre sans se soucier de votre chagrin.

Ses paroles lui firent affreusement mal, mais elle s'efforça de ne pas le montrer.

— Je vous promets d'être votre époux à tous les sens du terme, de subvenir à vos besoins et de soutenir votre famille de mon mieux. Je vous promets même de renoncer au jeu, pour l'amour du ciel ! Si cela ne vous suffit pas, j'ignore quoi vous offrir de plus.

« Votre cœur », faillit lui répliquer Annabel. Mais il n'en avait apparemment pas.

Elle aurait pu fermer les yeux sur ce détail si elle n'était aussi éprise de lui.

Elle aimait le tact dont il avait fait montre avec Hugh. Elle aimait son épouvantable façon de chanter. Elle aimait qu'il se fasse du souci pour elle.

Mais elle ne supporterait pas de l'épouser en sachant qu'il ne lui avait pas donné son cœur. D'autant qu'elle devrait renoncer à la personne qu'elle aimait le plus au monde. Geordie.

— Vous avez raison, répondit-elle. Je préfère votre honnêteté aux mots d'amour vides de sens de Rupert. Je suppose donc que, le moins que je puisse faire, c'est d'être aussi honnête que vous l'avez été.

Elle prit une profonde inspiration.

— Il y a un élément à prendre en compte dans cette... association d'intérêts que vous me proposez. Un élément dont je ne vous ai pas encore parlé.

S'efforçant de conserver son calme, elle ajouta :

— Et qui vous poussera sans doute à reconsidérer votre offre.

Jarret étrécit les yeux.

— Je vous écoute ? dit-il.

Dieu que c'était difficile ! Carrant les épaules, Annabel s'obligea à le regarder droit dans les yeux.

— J'ai un fils.

23

Jarret en resta bouche bée. Annabel avait fils ? Ce qu'elle lui avait dit la première fois qu'ils avaient fait l'amour lui revint brusquement en mémoire. *Voilà treize ans que je n'ai pas connu un homme.*

La vérité le frappa de plein fouet.

— George est votre fils.

Elle hocha la tête.

— Et c'est à cause de lui que vous ne vous êtes jamais mariée.

— Oui, murmura-t-elle.

Enfin, les pièces du puzzle se mettaient en place. Il comprenait pourquoi elle avait tant insisté pour qu'il prenne des précautions. Pourquoi son frère se sentait si coupable de ne pas avoir contraint Rupert à l'épouser. Pourquoi elle se comportait avec George comme… la mère qu'elle était.

Comment avait-elle pu garder un secret aussi monumental ?

— Quand comptiez-vous me le dire ?

— Quand aurais-je dû le faire, selon *vous* ? rétorqua-t-elle. Quand vous m'avez fait savoir sans détours que le mariage ne vous intéressait pas et que vous n'aviez pas la moindre intention de renoncer au jeu ? Quand vous

vous êtes vanté d'être le libertin que je vous reprochais d'être ? Oh non, je sais ! Quand vous m'avez proposé de venir à Londres afin d'avoir une maîtresse à disposition quand il vous prendrait l'envie de…

— Cela suffit, l'interrompit-il, mal à l'aise. Vous avez gagné.

La colère d'Annabel retomba, laissant la place à l'inquiétude.

— Depuis sa naissance, j'ai tout fait pour éviter à Geordie d'être traité de bâtard.

Les yeux brillants de larmes, elle poursuivit :

— Je l'ai entendu en appeler une autre « maman » et cela me brisait le cœur davantage chaque fois. Je n'allais pas mettre son avenir en danger en confiant mon secret à un homme qui ne m'a jamais rien révélé de lui-même.

Les larmes roulèrent sur ses joues.

— Chut, mon ange, murmura Jarret en l'attirant entre ses bras.

Il l'avait fait pleurer et ne savait comment la consoler. Pas étonnant, songea-t-il, qu'elle se soit toujours montrée si exigeante envers George. Et pas étonnant non plus que Mme Lake se soit inclinée systématiquement devant ses suggestions concernant le garçon. Tout s'expliquait.

Pourquoi n'avait-il rien deviné ? Peut-être parce qu'elle avait eu douze années pour apprendre à dissimuler leur lien. Et parce que, captivé par la tentatrice en elle, il n'avait pas voulu voir la mère au cœur brisé.

— George le sait-il ? demanda-t-il quand ses sanglots se furent apaisés.

— Je… je ne sais pas comment le lui dire. J'ai peur qu'il ne me déteste, qu'il ne comprenne pas. S'il me rejetait, je n'y survivrais pas.

— Comment votre propre fils pourrait-il vous détester ? murmura Jarret, qui enviait cet enfant d'avoir eu non pas une mais deux mères. Vous avez sacrifié votre vie pour lui. Il comprendra à quel point c'est extraordinaire de votre part.

— J'espère que vous avez raison, dit-elle d'une petite voix hachée qui faisait regretter à Jarret de ne pas pouvoir lui épargner définitivement toutes les souffrances de l'existence. Il faut que je le lui dise. Plus j'attendrai, plus cela deviendra difficile.

Il ne savait que répondre. Comment aurait-il réagi si sa mère lui avait annoncé que toute sa vie n'avait été qu'un mensonge ? Aurait-il réussi à ne pas être en colère contre elle ?

Annabel s'écarta de lui.

— À présent, vous comprenez pourquoi je ne peux pas accepter votre offre.

Il la regarda sans comprendre.

— Je ne vois pas le rapport.

— Si je vous épouse, j'aurai le choix entre revendiquer Geordie comme mon fils, ce qui fera officiellement de lui un bâtard, ou l'abandonner à Hugh et Sissy. L'un comme l'autre sont impossibles.

— Pas nécessairement. Il fera partie de la famille Sharpe, qui n'est plus à un scandale près. Et nous le protégerons contre la méchanceté des gens.

Annabel lui jeta un regard incrédule.

— Oh, je suis certaine que votre grand-mère se fera une joie d'accueillir au sein de sa famille une simple brasseuse et son enfant illégitime ! ironisa-t-elle.

— Ma grand-mère est la fille d'un tavernier, ma belle. Et si j'accepte votre fils, elle aura intérêt à en faire autant, ou qu'elle aille au diable !

— Vous ne pouvez pas vous permettre de l'envoyer au diable. Elle pourrait vous retirer la direction de la brasserie en moins de temps qu'il n'en faut pour le dire.

— Nous avons conclu un accord, elle et moi, et elle ne reviendra pas dessus. Et même si elle se ravisait, je ne vous abandonnerais pas, George et vous. Ne vous inquiétez pas pour cela.

— C'est pour mon enfant que je m'inquiète. J'ai peur de l'arracher à la vie qu'il a toujours connue. Et je ne peux pas le laisser derrière moi. Je ne peux tout simplement pas.

— Et si vous le laissiez choisir ? suggéra Jarret en caressant sa joue mouillée de larmes. Dites-lui la vérité, puis demandez-lui s'il préfère rester ici ou partir avec vous.

— S'il refuse d'aller à Londres, je ne quitterai pas Burton. Je ne m'en irai pas sans lui.

Jarret se tendit.

— Et moi, je ne peux pas m'éloigner de Londres. Pas si je dois diriger la brasserie Plumtree.

— Vous voyez ? s'écria-t-elle en s'écartant de lui. C'est impossible.

— Arrêtez de dire cela ! Vous croyez vraiment que George vous demanderait de sacrifier votre vie pour lui ? De renoncer à avoir un mari, une maison, des enfants…

Elle ouvrit des yeux ronds.

— Vous… vous voulez des enfants ?

Seigneur, il n'avait jamais eu l'intention de dire cela !

— Eh bien ? insista Annabel.

— Je suis sûr qu'un jour je… je le voudrai.

— Admettez-le, Jarret, vous n'avez aucune envie d'une épouse encombrée d'un fils.

— Cessez de parler à ma place, s'impatienta-t-il. Et laissez-moi le temps de me faire à cette idée.

— Voyons, Jarret… commença-t-elle d'un ton apaisant qui eut le don de l'horripiler.

— Vous savez quel est votre problème ? coupa-t-il. Vous avez peur de prendre des risques. Vous choisissez toujours la solution la plus sûre.

— C'est faux !

— Ah oui ? Ce n'est pas *moi* qui refuse de dire la vérité à mon enfant de crainte que cela ne bouleverse ma petite vie bien tranquille !

— Et ce n'est pas *moi* qui refuse de donner mon cœur, même à la femme que je demande en mariage, rétorqua-t-elle du tac au tac.

Bon sang, il était dans de beaux draps si elle commençait à parler d'amour.

— Je n'ai pas de cœur. Vous devriez vous en être aperçue à présent.

— Vous préférez prétendre ne pas en avoir, rectifiat-elle. C'est le meilleur moyen pour éviter qu'il soit brisé. Mais je n'y crois pas. Je n'aurais pas pu tomber amoureuse d'un homme dépourvu de cœur.

Il se pétrifia. Amoureuse ? C'était impossible !

— Ne dites pas cela, murmura-t-il, pris de panique. Je vous désire. Je veux vous épouser et je suis tout à fait d'accord pour accueillir George. Ne m'en demandez pas plus.

— Qui a peur de prendre des risques, maintenant ? demanda-t-elle doucement. Je suis prête à perdre beaucoup, Jarret, si vous me donnez votre cœur. Je n'accepterai pas moins. Et vous non plus, vous ne devriez pas accepter moins.

Il se pencha pour ramasser ses vêtements.

— Alors vous avez raison, s'entendit-il répondre. Vous et moi, c'est impossible.

Un silence pesant tomba entre eux. Jarret aurait voulu qu'elle proteste, qu'elle déclare qu'elle avait changé d'avis, mais il savait parfaitement qu'elle n'en ferait rien. Elle était ainsi ; quand elle avait pris une décision, elle s'y tenait. C'était d'ailleurs pour cela qu'il l'aimait – qu'il l'appréciait, corrigea-t-il aussitôt.

Il acheva de se rhabiller le premier, puis aida Annabel à lacer son corset et à boutonner sa robe. Une sourde nostalgie l'envahit à la pensée qu'il respirait son parfum pour la dernière fois, qu'il caressait sa chevelure de soie pour la dernière fois, qu'il était seul avec elle pour la dernière fois.

Il s'approcha ensuite de la petite table, griffonna quelques lignes sur une feuille de papier.

— Ce sont les adresses où vous pourrez me trouver au cas où vous changeriez d'avis, dit-il.

— Merci, répondit-elle en levant vers lui un regard morne.

— Serez-vous ici, à la brasserie, demain ?

— Je n'en vois pas la nécessité.

— Dans ce cas, je suppose que ceci est un au revoir.

— En effet.

Il avait une folle envie de la prendre dans ses bras. De l'embrasser. Il n'en fit rien. Sans un mot, il tourna les talons et se dirigea vers la porte.

— Jarret ? l'appela-t-elle.

L'espoir fit battre son cœur un peu plus vite.

— Oui ? demanda-t-il en se retournant.

— Merci.

— Pour quoi ?

— Pour être venu aider mon frère. Pour avoir apporté un peu de joie dans ma vie, même si elle n'était pas destinée à durer. Pour m'avoir rappelé combien c'est bon d'être une femme.

— Tout le plaisir a été pour moi, répondit Jarret, la gorge nouée.

Mais tandis qu'il quittait la brasserie, il se demanda s'il ne commettait pas une énorme erreur en laissant Annabel derrière lui. Avait-elle raison ? Était-il un couard ?

Non. Un vrai joueur savait quand un risque était trop important pour qu'on le prenne. Et donner son cœur à une femme était l'un de ces risques-là.

24

Annabel traversa les jours qui suivirent comme dans un brouillard. Chaque matin, elle se félicitait d'avoir refusé la proposition de Jarret. Et chaque soir, elle regrettait de ne pas l'avoir acceptée.

Mais quelle assurance avait-elle qu'il abandonnerait vraiment le jeu ? Ou que sa famille l'accueillerait en son sein sans rechigner ?

Quoi qu'il en soit, il avait raison sur un point : il était urgent de révéler la vérité à Geordie. Mais elle avait tendance à remettre à plus tard sous des prétextes futiles, elle s'en rendait compte.

Et le fait que tout aille bien ne l'y incitait certes pas. À sa grande surprise, Hugh avait repris Lake Ale en main. La coopération avec la brasserie Plumtree semblait avoir fait de lui un autre homme.

Aussi fut-elle stupéfaite quand, entrant dans son bureau une semaine après le départ de Jarret, elle le trouva, un verre de whisky à la main. C'était la première fois qu'elle le voyait en boire depuis le dîner de la guilde des brasseurs.

— Entre, Bella. J'allais justement t'envoyer chercher. Allsopp vient de me parler d'une curieuse rumeur. On raconte à Londres que ma sœur aurait fait un pari du plus mauvais goût avec un certain aristocrate.

Il la dévisagea, puis demanda :

— C'est vrai, n'est-ce pas ?

Annabel redressa le menton.

— J'ai parié la bague de mère en échange de son aide pour Lake Ale.

— Je ne crois pas une minute qu'un libertin notoire tel que lord Jarret se contenterait d'une simple bague. En revanche, je suis certain qu'il serait prêt à parier une nuit dans ton lit, ce qui était l'enjeu, paraît-il.

— Peu importe, puisque j'ai gagné.

— Donc, tu ne nies pas.

Annabel poussa un soupir.

— Hugh, s'il te plaît…

— Ce qui me surprend n'est pas que lord Jarret ait proposé un tel pari, mais que tu l'aies accepté.

— Je suis désolée si je t'ai embarrassé. Je…

— Là n'est pas la question, bon sang ! Le problème, c'est que tu aies accepté d'aller jusque-là pour sauver Lake Ale !

Il posa son verre et enfouit le visage dans ses mains.

— Seigneur ! Je n'arrive pas à croire que je t'ai poussée à cela.

— Il n'aurait rien exigé de moi. Lord Jarret est un gentleman. Dès qu'il a entendu parler de cette rumeur, il m'a offert de m'épouser. J'ai refusé.

Hugh la dévisagea d'un air stupéfait.

— Pourquoi, pour l'amour du ciel ?

— Tu le sais très bien. À cause de Geordie.

— Tu lui as *dit* que c'était ton fils ?

— Il le fallait. Il me demandait ma main, il avait le droit de savoir.

Son frère s'adossa à son fauteuil en la fusillant du regard.

— Tes autres prétendants n'avaient pas le droit, eux ?

— Je ne me souciais pas d'eux.

— Mais tu te soucies de lord Jarret.

Annabel hocha la tête.

— Je présume qu'il n'a pas très bien accueilli la nouvelle.

— À vrai dire, il s'est montré très compréhensif.

— Je ne comprends pas. Si le fait que Geordie soit ton fils ne le dérange pas, pourquoi as-tu décliné son offre ?

— Parce que je ne supporterai pas d'abandonner mon enfant. Et que si je l'emmène à Londres, il devra affronter les rumeurs et les gens qui peuvent se montrer si cruels…

Sa voix se brisa.

— Bella, murmura Hugh.

Il se leva et contourna son bureau pour la prendre dans ses bras.

— Il faudra bien que tu dises la vérité à Geordie un jour.

— Je sais. Je… je vais le faire.

— Si seulement j'avais pu obliger ce lâche de Rupert à t'épouser avant de partir à la guerre, grommela son frère en lui tendant un mouchoir.

Annabel se tamponna les yeux.

— C'est du passé. J'ai commis une erreur, et insulter Rupert n'y changera rien.

Hugh parut hésiter, puis reprit :

— Tout ce que j'espère, c'est que tu n'as pas… commis de nouveau la même erreur.

Seigneur !

— Il n'y a rien entre lord Jarret et moi, à part ce stupide pari, assura Annabel d'un ton ferme.

Ou plutôt, il n'y avait *plus* rien.

— Et la rumeur à votre sujet, ajouta Hugh d'un air las.

Elle avala sa salive.

— Veux-tu que j'accepte son offre ? Je ne souhaite pas vous embarrasser plus que je ne l'ai déjà fait, Sissy et toi.

— Bella ! s'écria Hugh. Je me moque des ragots, et Sissy aussi. Du reste, c'est toi qui en as souffert, et j'aurais tellement voulu t'épargner tout cela.

— Les ragots finiront bien par se calmer, déclara-t-elle, puis, jetant un coup d'œil vers le bureau, elle demanda : Tu ne vas pas te remettre à boire, n'est-ce pas ?

— Après tout ce que tu as enduré à cause de moi ? Non. C'est terminé.

Annabel laissa échapper un soupir de soulagement. Si de sa rencontre avec Jarret au moins une bonne chose était sortie, alors cela valait presque la peine d'avoir le cœur brisé.

George s'immobilisa dans le couloir. Il n'en croyait pas ses oreilles. Tante Annabel était sa mère ? Son père était mort à la guerre ? Alors il n'avait plus de père, puisque l'homme qu'il avait toujours appelé papa n'était que son oncle.

Comment était-ce possible ? Sa mère l'avait traité comme les autres enfants. S'il n'était pas vraiment son fils, il l'aurait senti. Elle ne lui aurait pas menti, n'est-ce pas ?

Si. Ils lui avaient *tous* menti.

Il n'était qu'un... un bâtard.

Les larmes lui montèrent aux yeux. Il les ravala de son mieux. Ce n'était pas possible ! On n'avait pas pu lui mentir de la sorte !

Le cœur au bord des lèvres, il fit demi-tour, remonta l'escalier en courant et s'enferma dans sa chambre. Un bâtard. Il n'était qu'un *bâtard* ! Un de ces enfants dont tout le monde parlait en chuchotant. Comme Toby

Mawers, dont la mère ne s'était jamais mariée. Tante Annabel non plus ne s'était jamais mariée.

Non, pas *tante* Annabel. Sa mère. Il se roula en boule sur son lit, le corps secoué de sanglots. Sa mère ne pouvait pas avouer qu'il était son fils parce que cela allait embarrasser tout le monde. *Il* était une source d'embarras pour tout le monde.

Il en était malade. Ce n'étaient qu'une bande de menteurs, tous tant qu'ils étaient ! La seule chose qui comptait pour eux, c'était que personne ne sache la vérité. Même pas lui.

Il réfléchit. Ses grands-parents étaient-ils au courant ? Non… Il n'avait pas de grands-parents. Les siens étaient morts. Le fiancé de tante Annabel – non, de sa mère – était orphelin.

Quant à ses frères et sœurs, ce n'étaient que ses cousins. Il n'avait pas de père, pas de grands-parents, pas de frères et sœurs. Juste une mère, qui lui avait menti et ne pouvait pas le reconnaître comme son fils.

Parce qu'il était un bâtard.

Ce n'était pas sa faute ! C'était à cause de cet horrible Rupert. Et George se moquait que cet homme ait été son père et un héros de guerre. À cause de lui, tante Annabel… non, sa *mère* avait eu un enfant alors qu'elle n'aurait pas dû. C'est père qui l'avait dit. Non, pas *père*. Il n'avait plus de père !

Ravalant ses larmes, il se recroquevilla de plus belle. Il fallait que la vie redevienne comme avant. Quand il ne savait pas. Quand il avait un père, une mère, des grands-parents, des sœurs et un frère…

Il se redressa soudain. Et pourquoi pas ?

Après tout, personne ne savait qu'il avait surpris cette conversation. Si tante Annabel et lui ne disaient rien, tout continuerait comme avant. Il ne voulait pas d'une autre mère que la sienne. Il voulait que tout reste pareil.

Et c'était possible, puisque tout le monde ignorait son secret.

Tout le monde, sauf lord Jarret.

George fronça les sourcils. Lord Jarret, qui avait prétendu avoir des intentions honorables envers tante Annabel. Lui aussi, il avait menti. Tante Annabel lui avait dit que lord Jarret n'avait pas envie de se marier.

Quelquefois, elle aussi, elle mentait. Car elle venait de dire que lord Jarret avait demandé sa main. Était-ce la vérité ? Ce n'était pas certain.

Elle avait dit à père qu'il n'y avait rien d'autre entre elle et lord Jarret qu'un pari, mais c'était faux. Lord Jarret l'avait embrassée – il en était certain. Et il voyait bien comment ils se regardaient, tous les deux. Comme père et mère se regardaient quelquefois. Comme s'ils faisaient quelque chose de mal.

Seigneur ! Si lord Jarret avait mis un autre bébé dans le ventre de tante Annabel ? George n'avait pas très bien compris comment cela arrivait, mais cela avait un rapport avec le fait de s'embrasser et d'être dans le même lit. Et si leur pari, c'était que tante Annabel aille dans le lit de lord Jarret...

Il flanqua coup de poing sur le matelas. Si elle avait un autre bébé, c'était toute la famille qui serait déshonorée. Par sa faute, puisque c'était à cause de lui que tante Annabel refusait d'épouser lord Jarret.

Il n'y avait qu'une solution. Il devait inciter lord Jarret à épouser sa mère et à l'emmener loin d'ici. Ainsi, tout redeviendrait comme avant.

Sauf qu'il n'y aurait plus de tante Annabel pour s'occuper de lui, lui apporter du chocolat chaud quand père l'avait grondé, lui chanter des chansons quand il avait fait un cauchemar, l'emmener à la foire aux chevaux. Il lui apparut soudain qu'elle avait fait tout cela parce qu'elle était sa mère.

Non, il ne voulait pas qu'elle le soit, ce n'était pas possible !

Comment faire venir lord Jarret ? Lui écrire ne suffirait pas. Il fallait qu'il aille le trouver en personne. Il se voyait déjà, le ramenant triomphalement à la maison. Il serait le héros du jour et tout le monde oublierait qu'il n'était qu'un bâtard.

Il ne lui restait qu'à trouver le moyen de se rendre à Londres. La malle-poste partait à minuit. Se faufiler discrètement hors de la maison ne serait pas bien difficile. Et avec l'argent qu'il avait reçu à Noël, il pourrait payer son billet.

Oui, mais le cocher accepterait-il de laisser monter un garçon de son âge ? Il fallait qu'une grande personne l'accompagne jusqu'à la malle-poste, mais qui ?

Eurêka ! Toby Mawers ! Il avait dix-sept ans. Depuis que George était rentré de Londres dans la voiture d'un marquis, Toby lui témoignait un certain respect. Et George avait un argument de poids. La montre que père... qu'*oncle Hugh* lui avait offerte.

Il alla la chercher dans son tiroir. C'était une montre en or, avec une inscription gravée au dos. *À George Lake, pour ses douze ans, le 9 janvier 1825.*

Il avait envie de pleurer. Fallait-il vraiment s'en séparer ? Il n'avait pas le choix. Le cœur serré, il la glissa dans sa poche. Dès que tout le monde serait couché, il partirait.

Et à son retour, tout redeviendrait comme avant.

25

Annabel s'arrêta devant la porte de la chambre de Geordie. En constatant qu'il n'était pas descendu prendre son petit déjeuner, elle s'était inquiétée. La veille au soir, il n'avait pas dit un mot de tout le dîner.

D'ordinaire, quand Geordie était fâché, tout le monde le savait. Mais peut-être commençait-il à apprendre à maîtriser ses émotions. Après tout, il grandissait.

Raison de plus pour lui parler. Le moment était venu.

Elle frappa au battant. Il ne répondit pas. Envahie par un désagréable pressentiment, elle tourna la poignée. La porte était fermée à clef.

— Geordie ? appela-t-elle. Ouvre immédiatement !

Toujours pas de réponse. Après plusieurs essais infructueux, elle pivota sur ses talons et courut chercher Hugh. Quelques instants plus tard, ils étaient tous devant la porte de Geordie, que Hugh ouvrit avec son double.

Annabel se rua à l'intérieur. La pièce était vide. Puis elle vit la fenêtre ouverte et la corde attachée à un pied du lit. Son cœur s'arrêta de battre. Elle se rua à la fenêtre, s'attendant à demi à voir Geordie gisant au sol.

Personne.

— Bonté divine, où est-il passé ? marmonna Hugh en la rejoignant.

— Il s'est enfui. Hugh, il s'est enfui !

— C'est ridicule. Il est sans doute allé pêcher des anguilles, il va revenir d'un instant à l'autre. C'est de son âge.

Il s'était efforcé de parler posément, mais des plis soucieux lui barraient le front. Derrière eux, Sissy donna des ordres aux domestiques, puis déclara :

— Il faut appeler le constable.

— Pas avant de nous être assurés qu'il n'est pas juste allé chez ses grands-parents, décida Hugh.

Toutefois, tandis que la matinée s'écoulait, il fallut se rendre à l'évidence : Geordie n'était pas allé à la pêche ni chez ses grands-parents. Personne ne l'avait vu. À midi, Annabel était folle d'angoisse, Hugh était furieux et Sissy pleurait toutes les larmes de son corps.

On envoya chercher le constable, mais avant qu'il arrive, un homme se présenta à la porte en compagnie d'un garçon maigre qui n'avait pas l'air ravi d'être là.

— Toby Mawers, que voici, a essayé de me vendre une montre. En lisant l'inscription au dos, j'ai découvert qu'elle appartenait à votre fils. George pourrait-il me confirmer qu'il l'a bien donnée à Toby ?

— George a disparu, déclara Hugh.

Il fit entrer les deux hommes, puis demanda au jeune Mawers :

— Sais-tu où il est ?

— Non, monsieur. Il m'a donné la montre, c'est tout.

— Sans aucune raison ? intervint Annabel. Je ne te crois pas.

— Puisque je vous dis qu'il me l'a offerte !

— Eh bien, dit Hugh, nous allons demander au constable de trancher. Il est en chemin. S'il est arrivé quoi que ce soit à George, tu seras le premier soupçonné.

— Soupçonné ? répéta Toby. J'ai rien fait de mal, monsieur ! La dernière fois que je l'ai vu, il allait très bien !

— Où et quand ? demanda Hugh d'une voix coupante.

Toby jeta un regard affolé par-dessus son épaule.

— Je savais que j'aurais pas dû l'aider, marmonna-t-il. Je lui ai dit que c'était une mauvaise idée mais il a pas voulu m'écouter.

— Qu'est-ce qui était une mauvaise idée ? l'interrogea Annabel.

— Il voulait aller voir ce type de la haute, à Londres. Celui qui était là la semaine dernière. Il voulait que je dise que j'étais son frère et qu'il allait chez notre oncle. Il m'a offert la montre pour me remercier. Et il m'a demandé ce que c'était que d'être un bâtard.

Annabel jeta un bref regard à Hugh. En le voyant pâlir, elle sut qu'il pensait la même chose qu'elle.

— Merci de nous avoir dit la vérité, fit-il. Tu me rends cette montre et je ne te dénoncerai pas au constable.

Toby parut sur le point de protester, puis se ravisa.

Dès que le prêteur sur gages et lui furent partis, Annabel se tourna vers Hugh.

— Il aura surpris notre conversation d'hier soir.

— De toute évidence. Je fais préparer l'attelage immédiatement. Sissy restera ici, au cas où il ferait demi-tour.

— Comment saura-t-il où trouver Jarret ? s'affola Annabel. Et s'il lui arrivait malheur ? Les rues de Londres sont si mal famées.

— Ne commence pas à imaginer le pire, ou tu vas devenir folle. Il saura se débrouiller, Bella. Ton fils a la tête sur les épaules, aie confiance en lui.

— J'aurais dû lui parler plus tôt, gémit-elle. Si seulement je lui avais dit la vérité…

— Ce qui est fait est fait. Nous allons le retrouver, même s'il faut retourner Londres de fond en comble.

Oui, songea Annabel, ils allaient le retrouver. Et plus jamais elle ne le laisserait partir.

Jarret entra dans son bureau de la brasserie Plumtree d'un pas guilleret. Les capitaines de la Compagnie des Indes avaient été tellement enthousiasmés par la qualité de la production de Lake Ale qu'ils en avaient commandé deux mille tonneaux. Annabel allait être aux anges.

Il s'arrêta net. Et s'il se rendait lui-même à Burton pour lui annoncer la bonne nouvelle ? Ils pourraient fêter cela...

Il pourrait la revoir.

Réprimant un grondement irrité, il s'assit à son bureau. Depuis qu'il avait quitté Burton, il s'efforçait de chasser la jeune femme de ses pensées. Sans succès. Jamais il n'aurait imaginé qu'elle lui manquerait à ce point.

Croft frappa discrètement puis entrouvrit la porte.

— M. Pinter est là, lord Jarret. Dois-je le faire entrer ?

Jarret acquiesça. Au moins, cela lui changerait les idées.

Le détective alla droit au but.

— J'ai retrouvé le valet qui a sellé la monture de votre mère ce jour-là. Elle n'a pas parlé de votre cousin. En revanche, elle a interdit que l'on révèle à votre père où elle se rendait.

Jarret tressaillit. Voilà qui confirmait ses soupçons. Elle ne cherchait pas son mari... elle le fuyait. Dans ce cas, comment père avait-il deviné où elle allait ? Pourquoi l'avait-il suivie alors qu'ils s'adressaient à peine la parole depuis des jours ?

— Et Desmond ? En avez-vous appris plus ?

— Sa minoterie était en perte de vitesse.

334

— Il avait donc un mobile, réfléchit Jarret à voix haute. Pensez-vous que ma mère allait le retrouver ? Qu'elle voulait comploter avec lui contre mon père ?

— C'est possible, mais...

— Je sais, il vous faut plus d'informations. Continuez de creuser.

Le détective hocha la tête.

— Je dois vous dire que votre cousin n'a pas renoncé à faire courir d'odieux ragots sur Mlle Lake et vous. Mais ce sont surtout vos succès qui font parler. La rumeur prétend que vous avez signé un gros contrat avec les capitaines de la Compagnie des Indes.

— Ce n'est pas une rumeur, avoua Jarret fièrement. À propos, j'ai demandé la main de Mlle Lake. Elle m'a éconduit.

— Vraiment ?

— Elle ne semble pas voir en moi un mari possible. Je ne peux guère lui donner tort.

— Ma foi, la nouvelle du contrat la fera peut-être changer d'avis. Il ne faut pas oublier qu'une femme renonce à davantage qu'un homme en se mariant.

Après le départ de Pinter, Jarret réfléchit à ses paroles. De fait, il en avait beaucoup demandé à Annabel – rien de moins que de prendre le risque de perdre son fils – tandis que de son côté, il ne lui avait offert que son nom et la promesse de se racheter.

Il n'avait même pas accepté de lui dévoiler cette part de lui-même qu'il avait toujours protégée, cette part qui était terrifiée à l'idée de s'attacher. Elle avait raison sur un point : prétendre qu'il n'avait pas de cœur, c'était le meilleur moyen d'éviter qu'on ne le lui brise. Toutefois, il commençait à se demander si une vie entière sans elle ne serait pas pire.

En même temps, il ne pouvait s'empêcher de craindre que le Destin ne la lui enlève comme il lui avait enlevé ses parents s'il avait la faiblesse de s'éprendre d'elle.

Sauf que le Destin n'avait rien à voir là-dedans. L'enquête de Pinter ne faisait que le lui confirmer. La plupart des tragédies n'étaient pas dues au hasard, mais aux comportements stupides ou dangereux des individus. Si un homme se tenait à l'écart du monde, s'il refusait de s'en soucier, alors il permettait que ces comportements perdurent. Le monde avait besoin de personnes suffisamment altruistes pour contrebalancer les actes stupides ou dangereux de certains. Le monde avait besoin de gens comme Annabel.

Il avait besoin de gens comme Annabel.

Non, Il avait besoin d'*Annabel*.

Dans sa vie, à ses côtés. Et il aurait beau essayer de l'oublier en se noyant dans le travail, cela n'y changerait rien.

26

Quelques heures plus tard, Jarret entendit une voix familière dans l'antichambre. Il ne put retenir un sourire. Un instant plus tard, sa grand-mère faisait irruption dans le bureau, Croft sur ses talons.

— Vous devriez vraiment vous asseoir, madame, lui conseilla le secrétaire. Vous savez ce qu'a dit le Dr Wright.

Il se rua vers la couverture posée sur le canapé.

— Là, vous serez bien installée. Vous pourrez appuyer votre tête contre le dossier et vos pieds sur…

— Fichez-moi la paix, Croft, ou je vous botte les fesses ! aboya Hetty. Je vais très bien.

— Mais…

— Dehors ! Je veux parler avec mon petit-fils.

Affichant une expression blessée, le secrétaire replia la couverture avec un soin exagéré, puis s'en alla.

— Vous devriez être plus gentille avec lui, plaida Jarret. Il vous vénère.

— Il croit que j'ai déjà un pied dans la tombe, marmonna sa grand-mère en s'asseyant sur le canapé. Comme vous tous.

— Sauf moi. Je ne suis pas dupe.

Il s'adossa à son fauteuil et la dévisagea. Elle avait assurément meilleure mine que quinze jours plus tôt.

Apparemment, elle ne toussait plus, et elle avait repris des couleurs.

— Je suppose que vous êtes venue afin que je vous confirme la rumeur ?

— La rumeur ? répéta-t-elle, feignant l'innocence.

— Grand-maman, je ne suis pas né de la dernière pluie. Vous avez entendu parler d'un contrat avec les capitaines de la Compagnie des Indes orientales, n'est-ce pas ?

— Vaguement, concéda-t-elle en haussant les épaules.

— Eh bien, c'est chose faite. Tenez, lisez vous-même.

Il s'empara de sa copie du contrat et la lui apporta. Elle le parcourut, puis ouvrit des yeux ronds en arrivant à la page où était mentionnée la quantité commandée.

— Deux mille tonneaux ? s'écria-t-elle. Comment as-tu fait cela ?

— C'est une bonne bière et je la propose à un prix avantageux. Ils savent où est leur intérêt.

— Mais cela représente près d'un quart du marché !

— Vous avez l'air surprise, fit remarquer Jarret d'un ton sec en retournant s'asseoir. Que pensiez-vous que j'avais fait, tout ce temps ? Des réussites ?

Elle leva les yeux vers lui.

— Je sais reconnaître mes erreurs, Jarret. Et j'en ai commis une énorme en refusant de te laisser travailler à la brasserie quand tu étais jeune.

— Je suis heureux que vous l'admettiez, dit-il posément. Je me rends compte maintenant que vous vous êtes retrouvée du jour au lendemain avec cinq petits-enfants à élever et que vous n'aviez probablement pas envie de les avoir tous dans les jambes…

— Seigneur, là n'était pas la question ! Tu ne comprends donc pas, mon garçon ? J'ai poussé ma fille à épouser ton père. Après la tragédie, j'ai compris que votre grand-père et moi, nous ne t'avions pas donné le choix, à toi non plus. Nous t'emmenions à la brasserie en déclarant que c'était là ton avenir.

— C'était celui que je voulais.

— Tu n'avais que treize ans. Que savais-tu de la vie ? Je voulais que tu connaisses le monde et que tu aies les mêmes avantages qu'un jeune lord de ton âge – une bonne éducation, la possibilité de faire de grandes choses si tu le souhaitais.

Un mois plus tôt, il lui aurait rétorqué qu'Eton était bien le dernier endroit où envoyer un enfant qui pleurait ses parents, dont la famille était un objet de scandale et qui avait besoin d'être dans un lieu familier et rassurant.

Mais c'était avant qu'il rencontre Annabel. Depuis, il avait compris que les mères – et les grands-mères – se trompaient parfois dans leurs choix. Parce qu'elles croyaient bien faire. Ou parce qu'elles avaient peur.

— Vous avez fait ce qui vous semblait le mieux, dit-il doucement. Je ne vous le reproche pas.

Cillant pour ravaler ses larmes, elle poursuivit sa lecture du contrat.

— Tu as remarquablement bien négocié, murmura-t-elle.

— Je sais.

Elle éclata de rire.

— Tu es un vaurien arrogant !

— Il paraît, oui.

Il marqua une pause, puis reprit :

— Grand-maman, j'ai l'intention de rester à la tête de la brasserie une fois l'année terminée.

Sans lever les yeux du contrat, elle répondit :

— Cela devrait être possible.

— Et vous allez pouvoir prendre une retraite bien méritée.

— Quoi ? Il n'est pas question que tu me mettes au rancart, Jarret Sharpe !

— Non, en effet, vous êtes trop utile, et j'aurai besoin de votre expertise. Mais il est temps que vous vous reposiez. Et avec tous les petits-enfants que vous aurez bientôt, si votre plan fonctionne, vous n'aurez plus de temps à consacrer à la brasserie.

— J'en déduis que tu désapprouves toujours mes méthodes.

— Oui. Je crains qu'elles ne soient sources de complications que vous n'aviez pas anticipées.

Avec un petit reniflement hautain, Hetty reprit sa lecture.

Crois-tu que Lake Ale pourra fournir les quantités demandées ?

— Je n'en doute pas. Annabel fera en sorte d'honorer notre commande.

— Annabel ? répéta-t-elle en haussant les sourcils.

Jarret hésita. Mais il avait déjà décidé qu'il devait de nouveau tenter sa chance avec elle.

— Elle vous plairait. Elle vous ressemble beaucoup – têtue, insolente, exaspérante. Et un cœur gros comme ça.

— Pourquoi ne l'épouses-tu pas ?

— Je l'ai demandée en mariage. Elle a décliné mon offre.

— Quoi ? s'écria sa grand-mère, avant d'enchaîner : Alors ce n'est pas la femme qu'il te faut. Elle est trop sotte.

— Oh non, elle n'a rien d'une sotte, croyez-moi ! Elle est juste méfiante et elle a raison. Et sa vie est assez… compliquée.

— Eh bien, simplifie-la ! Si tu es capable de négocier un contrat pareil, tu dois pouvoir simplifier la vie d'une petite brasseuse de province qui passe son temps à s'occuper des enfants de son frère et n'a pas eu d'homme dans sa vie depuis que son fiancé est mort à la guerre.

Jarret écarquilla les yeux.

— Comment diable êtes-vous au courant de tout cela ?

— J'ai mes sources.

Il ouvrait la bouche pour l'interroger sur ses « sources » quand des éclats de voix retentirent dans l'antichambre. Puis la porte s'ouvrit à la volée et un enfant entra en courant, Croft dans son sillage.

— George ! s'exclama Jarret en se levant d'un bond.

Que faisait-il ici ? Sa mère l'accompagnait-elle ?

Le secrétaire tenta d'attraper le gamin par le col.

— Pardonnez-moi, milord, ce petit vaurien m'a donné un coup de pied dans le tibia et…

— C'est bon, Croft, je le connais. Vous pouvez nous laisser.

Croft pivota sur ses talons et s'éloigna d'un pas raide. À peine avait-il fermé la porte que George lança à Jarret :

— Vous saviez que j'étais un bâtard et vous ne me l'avez pas dit !

Il s'était senti trahi et cela se lisait sur ses traits. Le cœur de Jarret se serra.

— Je ne l'ai appris que la veille de mon départ, George. Votre tante…

— Ma mère, rectifia l'enfant. Vous pouvez le dire, c'est ma *mère*.

Hetty se racla la gorge. Horrifié, George se retourna, et rougit jusqu'aux oreilles.

— Grand-maman, je vous présente George Lake, le fils…

— … d'Annabel Lake, acheva George, le regard belliqueux. Son bâtard.

— Grand-maman, pourriez-vous nous laisser quelques instants ? George et moi devons avoir une petite conversation.

— Certainement, dit-elle en se levant. S'agit-il de l'une de ces complications que tu as mentionnées ?

— En quelque sorte.

Une fois seul avec l'enfant, Jarret demanda :

— Où est votre famille ?

— À Burton. Je suis venu seul. Je me suis enfui.

— Bonté divine, vos parents doivent être fous d'inquiétude !

— Ils s'en fichent. Je ne suis qu'une source d'embarras pour eux.

— Je ne peux pas croire qu'ils vous aient dit une chose pareille.

— Non, ils ne m'ont *rien* dit. Rien du tout. J'ai surpris une conversation. Tante An... ma mère expliquait qu'elle avait refusé de se marier avec vous.

Une expression de pur désespoir se peignit sur son visage.

— Vous devez l'épouser !

— Elle a décliné mon offre, mon garçon, tu le sais.

— Seulement parce qu'elle a peur que les gens n'apprennent, pour ma naissance. Mais je ne dirai rien à personne. Vous allez l'épouser, l'emmener à Londres, et tout redeviendra comme avant.

— Les choses ne redeviendront pas comme avant, George, croyez-moi, dit Jarret, plus ému qu'il ne voulait l'admettre. Vous ne pourrez pas faire en sorte de n'avoir jamais surpris cette discussion. Quoi qu'il arrive, vous *saurez*.

— Je ne veux pas savoir, gémit l'enfant. Je ne veux pas ne plus avoir de p... père, de mère, de f... frères et sœurs... et de grands-parents...

Jarret le rejoignit et le prit dans ses bras.

— C'est bon, George, tout ira bien, promit-il. Avec le temps, les choses s'arrangeront.

— Elles ne... ne s'arrangeront pas, sanglota George. Je suis un bâtard et ça ne changera pas.

Jarret le fit asseoir sur le canapé et prit place près de lui.

— C'est vrai, reconnut-il, mais cela ne signifie pas que cela façonnera votre vie si vous ne le voulez pas. Et je sais que votre mère se moque éperdument que vous soyez un bâtard.

— Ne l'appelez pas comme ça. Elle n'est pas ma mère. Je ne la laisserai pas être ma mère.

— Vous pouvez vous mentir à vous-même si vous le voulez, mais sachez qu'elle en souffrira.

— Tant mieux. Elle m'a menti. Ils m'ont *tous* menti.

— Oui, et je vois que cela vous met très en colère. Ils essayaient juste de vous protéger des imbéciles et des ignorants. Jamais ils n'ont eu honte de vous. Ils ne voulaient pas que *vous* ayez honte.

Il pressa l'épaule de George.

— Je sais que votre mère vous aime de tout son cœur. La plupart des femmes qui ont un enfant hors mariage l'abandonnent, puis reprennent le cours de leur vie et épousent qui leur plaît. Votre mère n'a pas fait cela. Elle a choisi de ne jamais se marier, de n'avoir pas de famille ni de maison à elle pour rester près de vous, vous voir grandir, prendre soin de vous.

George parut réfléchir.

— Peut-être, mais elle aurait dû me le dire. Ils auraient tous dû me le dire.

— Sans doute. Quelquefois, les grandes personnes sont aussi démunies que des enfants. Et pensez à cela : la plupart des enfants n'ont qu'une seule mère. J'ai perdu la mienne quand j'avais votre âge. Savez-vous combien je vous envie d'avoir *deux* mères qui vous adorent et sont fières de vous ? Vous avez beaucoup de chance.

George le gratifia d'un regard noir.

— J'imagine que, pour l'instant, vous ne voyez pas cela comme une chance, mais cela viendra.

— Ça veut dire que vous n'allez pas épouser tante… ma mère ?

Jarret lui sourit.

— Je vais de nouveau lui demander sa main, mais si elle refuse, je ne pourrai rien faire de plus. Vous devrez accepter sa décision. En êtes-vous capable ?

— Je suppose, répondit le gamin en triturant nerveusement le bas de sa veste. Vous allez me renvoyer à Burton ?

— En vérité, je serais étonné que votre famille ne soit pas déjà en route pour venir vous chercher.

— Ils ne savent pas que je suis ici. Je ne leur ai pas laissé de mot en partant.

Cela ne les arrêtera pas. Je ne crois pas me tromper en affirmant que votre mère doit avoir déjà interrogé la moitié des habitants de Burton afin de trouver quelqu'un qui sait où vous êtes allé.

George secoua la tête vigoureusement.

— Toby Mawers ne dira rien. Je lui ai donné ma montre.

— Toby Mawers ? N'est-ce pas votre pire ennemi ?

— Si.

— Ne faites jamais confiance à votre pire ennemi, mon garçon. Nous ferions mieux d'envoyer un message à Burton pour prévenir que vous êtes avec moi. Si nous allons là-bas, nous risquons de nous croiser sur la route.

Il tapota l'épaule de l'enfant.

— En les attendant, je vais vous présenter à ma famille. Au cas où elle deviendrait la vôtre.

Le visage de George s'éclaira.

— Si vous épousez ma mère, vous deviendrez mon père ?

— Votre beau-père. Mon frère Gabriel, celui qui fait des courses, serait votre oncle. En fait, vous gagneriez deux oncles, deux tantes et une arrière-grand-mère. Ce n'est peut-être pas aussi bien que d'avoir des frères et sœurs, mais c'est déjà ça.

Jetant un regard de biais à George, il ajouta :

— Bien entendu, il faudrait que vous acceptiez de venir vivre à Londres avec votre mère et de révéler à tout le monde que vous êtes un bâtard. Je ne vous le reprocherai pas si vous refusez.

Laissant le gamin réfléchir à ses paroles, Jarret se leva et appela Croft pour lui demander d'expédier une lettre en urgence à la famille Lake. Hetty entra sur les talons du secrétaire.

— Depuis quand n'avez-vous pas mangé, George ? s'enquit-elle.

Elle avait écouté à la porte, devina Jarret, et savait déjà tout.

George haussa les épaules.

— Une dame m'a donné du cake dans la malle-poste ce matin. Je n'avais plus d'argent.

Jarret était affolé à l'idée que l'enfant ait voyagé seul. Il aurait pu lui arriver n'importe quoi.

— Si je demandais qu'on aille nous chercher quelques douceurs à la pâtisserie en bas de la rue ? proposa Hetty. Cela aiderait ce jeune homme à tenir le coup jusqu'au dîner.

— Merci, grand-maman.

Après son départ, Jarret s'assit à son bureau.

— Et maintenant, racontez-moi comment vous vous êtes débrouillé pour venir à Londres.

Quand l'enfant lui eut expliqué avec quelle ingéniosité il avait organisé son voyage, Jarret secoua la tête, admiratif.

— Vous êtes remarquablement intelligent, George. Presque trop pour votre propre bien.

Il lui adressa un regard sévère.

— Vous êtes bien conscient que je vais devoir vous punir pour avoir pris des risques pareils. Il n'est pas question que vous recommenciez à plonger votre famille dans l'angoisse.

— Me punir ? répéta l'enfant d'une voix aiguë.

— N'est-ce pas le rôle d'un beau-père ?

Sur le visage de George, la colère succéda à la confusion, puis laissa la place à un imperceptible soulagement. Après tout, il était remarquablement intelligent. Et ce genre d'enfant avait besoin que quelqu'un les remette dans le droit chemin quand ils s'en écartaient.

Jarret décida de considérer le silence de George comme un acquiescement.

— Bien, reprit-il, il va falloir trouver une sanction. Peut-être qu'une journée de travail à l'écurie de la brasserie serait adaptée.

— Oui, monsieur, répondit George avec plus d'enthousiasme que nécessaire.

Jarret contint un sourire. Il risquait d'être déçu s'il s'attendait à trouver des pur-sang. Il n'y avait que de solides percherons qui produisaient une quantité phénoménale de fumier. George se souviendrait de sa punition.

— J'ai une question, reprit celui-ci.

— Je vous écoute.

— Comment comptez-vous convaincre tante... ma mère de vous épouser ?

— Aucune idée. Vous avez des suggestions ?

George fronça les sourcils.

— Vous devriez commencer par lui dire qu'elle est jolie. Père... je veux dire, mon oncle fait toujours cela quand il veut convaincre ma... ma...

— Excellente idée, répondit Jarret.

— Ensuite, dites-lui qu'elle est intelligente. Elle n'est pas comme les autres dames, vous savez. Elle se trouve intelligente et se sent insultée si vous n'êtes pas d'accord avec elle.

Parce qu'elle *était* intelligente. Une qualité que Jarret adorait chez elle.

Adorait ?

346

Il réfléchit. Oui, c'était la vérité. Il avait tenté avec un tel acharnement de se raccrocher à un mode de vie qui ne lui convenait plus – qui ne lui avait jamais vraiment convenu – qu'il n'avait pas vu ce qui crevait les yeux.

Il l'aimait. Il ne voulait plus être loin d'elle. Cela lui était insupportable.

Et il ne se souciait plus de protéger son cœur. Certains risques valaient la peine d'être pris.

— Je suppose que cela ne gâcherait rien si je lui disais que je l'aime, murmura-t-il.

George fit la grimace.

— S'il le faut. C'est ridicule, mais je crois que cela plaît aux dames.

Jarret se retint de sourire.

— D'après ce que j'ai compris, elles attendent ce genre de déclaration dans une demande en mariage.

George poussa un soupir.

— Les femmes sont vraiment compliquées, non ?

— En effet, acquiesça Jarret.

Il regarda l'enfant dont il aurait peut-être bientôt la responsabilité. Curieusement, il ne ressentait plus le moindre affolement à cette perspective.

— Mais croyez-moi, mon garçon, reprit-il, elles en valent la peine. Aucun doute.

27

Le voyage parut interminable. Ils l'effectuèrent pourtant en dix-sept heures – un record de vitesse. Hugh n'avait pas regardé à la dépense. Geordie avait plusieurs heures d'avance sur eux et voyageait à bord d'une malle-poste qui roulait bien plus vite que leur propre attelage.

Annabel faillit pleurer de soulagement quand ils arrivèrent à la brasserie – l'endroit où Geordie avait le plus de chances d'être allé – et qu'on leur apprit qu'il était en sécurité chez Mme Plumtree. M. Croft les accompagna même pour leur montrer le chemin, ce dont Annabel le remercia à plusieurs reprises.

Toutefois, lorsqu'ils furent en vue de la maison, une superbe demeure sise dans Mayfair, elle recommença à s'inquiéter. Si Geordie connaissait la vérité, il devait être en colère. Comment allaient-ils s'y prendre avec lui ? Qu'allait-elle lui dire ?

Puis elle s'avisa que Jarret serait sans doute là, lui aussi, et qu'elle risquait de le voir. Elle chassa cette pensée. Une catastrophe à la fois !

Ils atteignirent la maison de Mme Plumtree peu après 10 heures du matin. On les introduisit sans attendre dans une élégante salle à manger. Entouré de toute la famille Sharpe, Geordie était attablé devant son petit déjeuner préféré : hareng fumé et œufs brouillés. Annabel reconnut lady Minerva et lord Gabriel. L'autre jeune femme devait être lady Célia et la dame d'un certain âge, Mme Plumtree.

Quand Geordie les vit, Hugh et elle, son visage s'éclaira. Puis la joie fut remplacée par la peine, et il baissa vivement les yeux sur son assiette, refusant de la regarder.

Pas de doute, il savait la vérité, comprit Annabel. Elle avait perdu sa confiance, et elle ignorait comment la regagner.

Jarret, qui était assis à côté de lui, se leva.

— Vous voyez, George, fit-il en posant la main sur son épaule, je vous l'avais dit. Ils n'ont probablement même pas reçu notre message. Ils ont dû partir bien avant qu'il arrive. Ils devaient être inquiets.

— Nous étions terrifiés, rectifia Annabel d'une voix étranglée.

Geordie continuait de fixer son assiette.

Elle mourait d'envie d'aller le prendre dans ses bras et de le serrer contre son cœur, mais elle craignait qu'il ne se rebiffe.

Jarret procéda aux présentations, puis se tourna vers sa grand-mère.

— Je pense que nous devrions laisser les Lake en famille.

— Restez, lord Jarret ! s'écria Geordie. S'il vous plaît.

Jarret interrogea Annabel du regard. Elle hocha la tête. Geordie l'avait toujours adoré. Même si elle avait du mal à accepter que son fils se soit tourné vers lui plutôt que vers elle après avoir découvert la vérité sur sa naissance, tout ce qui faciliterait leur réconciliation serait le bienvenu.

Jarret se rassit tandis que sa famille quittait la pièce, non sans jeter des regards emplis de curiosité sur Hugh et elle au passage. Hugh pressa le bras d'Annabel pour l'encourager tandis qu'ils allaient prendre place en face de Geordie.

— Comment avez-vous deviné que j'étais ici ? demanda ce dernier d'une petite voix, les yeux toujours baissés.

Annabel s'efforça de garder son calme.

— Toby Mawers a tenté de vendre ta montre. Il a été trahi par l'inscription au dos. Quand Hugh l'a menacé de le faire arrêter, il a avoué que tu étais parti pour Londres pour voir « ce type de la haute », je cite.

Geordie jeta un coup d'œil à Jarret.

— Vous aviez raison, monsieur. Il ne faut jamais faire confiance à son pire ennemi.

— Je crains que tu ne te rendes pas compte de l'énormité de ce que tu as fait, déclara Hugh d'un ton sec. Ta mère et moi étions fous d'angoisse.

L'enfant lui lança un regard noir.

— Ma mère ? Laquelle ? Celle que j'ai appelée « maman » et qui m'a menti toute ma vie, ou celle qui m'a mis au monde ?

Sa voix coupante arracha un sursaut à Annabel. Hugh marmonna un juron, puis ouvrit la bouche pour répondre. Annabel posa la main sur son bras pour l'en empêcher.

— Les deux, dit-elle. Nous étions tous affolés. J'ai imaginé le pire…

Sa voix s'étrangla dans un sanglot. Pour la première fois, Geordie la regarda.

— Je suis désolé. Je… je n'aurais pas dû m'enfuir.

Elle voulut lui prendre la main à travers la table mais il recula. Le cœur serré, elle murmura :

— Je sais que je t'ai profondément blessé en te cachant la vérité. J'aurais dû te dire il y a longtemps que j'étais ta mère, mais j'avais si peur que tu…

Le souffle lui manqua. Elle prit une profonde inspiration et poursuivit :

— J'avais peur que tu ne me détestes. Que tu ne me pardonnes pas de t'avoir menti. Et je t'aime tant que je n'aurais pas supporté que tu me haïsses.

Le menton de l'enfant se mit à trembler. Il baissa de nouveau les yeux.

— Je vous fais honte, à tous. Je t'ai entendue dire à pè... à oncle Hugh que si tu épousais lord Jarret et m'emmenais à Londres, ce serait embarrassant pour tout le monde.

Annabel se souvenait de ces paroles, mais Geordie les avait mal interprétées.

— Je suis navrée. Ce n'est pas ce que je voulais dire. Je pensais que je n'avais pas le droit d'exposer Hugh et Sissy au scandale en révélant que tu es mon fils.

D'une voix tremblante, elle poursuivit :

— Ce n'est pas de *toi* que je craignais qu'ils aient honte, mais de moi.

Geordie la fixa d'un air perplexe.

— Pourquoi ?

— Dans ce genre de situation, ce n'est pas l'enfant illégitime que l'on blâme, c'est sa mère. On l'accuse d'être dépourvue de vertu. Et on considère que sa famille est coupable d'avoir caché son inconduite. Peu m'importe que l'on m'insulte dans mon dos, mais je ne veux pas attirer les rumeurs sur Hugh et Sissy. Je n'en ai pas le droit.

Elle prit la main de Hugh.

— Mon frère m'assure que Sissy et lui se moquent de ce que pensent les gens, mais ce n'est pas seulement pour eux que j'étais inquiète. C'est aussi pour toi.

Baissant la voix, elle avoua :

— Je pensais que tu m'en voudrais. Que tu me détesterais de t'obliger à endurer les commentaires cruels des gens.

— Je ne te déteste pas, dit Geordie d'une petite voix. Je ne pourrais jamais te détester.

Un soulagement indicible envahit la jeune femme.

— Ce que je ne m'explique pas, intervint Hugh, c'est que tu sois venu ici. Au nom du ciel, en quoi pensais-tu que lord Jarret pourrait t'aider ?

Jarret croisa le regard d'Annabel. Il y avait tant de bonté dans ses yeux qu'elle en eut la gorge nouée.

— Notre jeune ami s'est mis en tête que si je vous épousais et vous emmenais vivre à Londres, tout redeviendrait comme avant. Je crois qu'il est particulièrement contrarié de ne plus avoir de frères et sœurs, de grands-parents ni de père.

Annabel crut que son cœur allait se briser. Pas un instant elle n'avait imaginé que Geordie aurait peur de perdre toute sa famille. Et qu'il ait préféré la perdre, elle, plutôt que sa famille lui faisait mal. C'était exactement ce qu'elle avait craint.

— Quoi qu'il arrive, tu seras toujours mon fils dans mon cœur, déclara Hugh avec force. Et je sais que Sissy te dirait la même chose.

— Geordie, tout peut encore être comme autrefois, articula Annabel.

Elle se força à ravaler ses larmes. L'épreuve était déjà bien assez difficile pour son fils.

— Tu m'appelleras tante Annabel. Hugh et Sissy seront tes parents. Tout sera comme cela a toujours été.

— Non, répondit Geordie, les yeux brillants de larmes. Lord Jarret dit qu'on ne peut jamais revenir en arrière et il a raison. Je ne peux pas revenir en arrière. Personne ne le peut. Il faut aller de l'avant.

Il tourna les yeux vers Jarret.

— Allez-vous lui poser la question ?

Ce brusque changement de sujet prit Annabel au dépourvu. Puis elle comprit à quoi Geordie faisait allusion.

— Oui, répondit Jarret sans la quitter des yeux, mais c'est un sujet que je préférerais aborder en privé.

Puis il ajouta à l'adresse de Hugh :

— Monsieur Lake, nous avons eu une discussion la veille de mon départ de Burton. Je vous ai dit ce soir-là que j'ignorais ce que je voulais. Aujourd'hui, je le sais. Si vous aviez l'amabilité d'emmener George quelques instants afin que je m'entretienne seul à seul avec votre sœur...

— Bien sûr, dit Hugh en se levant.

Quand Geordie fit le tour de la table pour rejoindre Hugh, Annabel ne put résister. Elle se leva et attira son fils contre elle.

Au début, il demeura droit comme un I. Puis il glissa les bras autour de sa taille et pressa le visage contre son épaule.

— Tout va s'arranger, mère, murmura-t-il. Je vous le promets.

Mère. Les larmes roulèrent le long des joues d'Annabel. Elle avait tellement espéré ce moment. Elle n'avait jamais rien entendu de plus beau.

Luttant pour demeurer digne, elle le suivit du regard tandis qu'il quittait la pièce. Puis elle sentit que Jarret lui plaçait quelque chose dans la main. Un mouchoir.

— Vous aviez raison, murmura-t-il. Vous pleurez beaucoup.

Sa pitié la blessait presque autant que la froideur de Geordie un peu plus tôt. Car elle savait ce qui allait suivre. Essuyant ses larmes, elle lui fit face.

— Jarret, je sais que vous êtes désolé pour moi et que vous vous sentez probablement obligé de...

— Ne me dites pas ce que je ressens, l'interrompit-il avec fermeté.

Il tira une chaise.

— Asseyez-vous, mon ange. Je vais vous raconter une histoire.

Annabel battit des paupières, mais elle obtempéra. Il prit le siège d'à côté, le tourna vers elle et s'y installa, ses genoux touchant les siens.

— Il était une fois un garçon qui aimait plus que tout au monde aller à la brasserie de ses grands-parents. Il adorait le parfum du houblon et la couleur dorée de l'orge que l'on torréfie. Il y aurait passé sa vie si on l'y avait autorisé.

Il s'empara des mains d'Annabel.

— Il perdit ses parents dans un horrible accident, et du jour au lendemain, sa grand-mère, qui était veuve, se retrouva avec cinq orphelins à élever et une brasserie à diriger. Elle fit de son mieux, mais devait se consacrer à son entreprise, qui était l'unique source de revenus de sa famille. L'aîné des enfants, héritier du domaine, était déjà parti en pension. La première fille avait une préceptrice, les deux plus jeunes avaient encore une nurse. Le deuxième fils, lui, posait un problème.

Comprenant où il voulait en venir, Annabel retint son souffle. Détournant les yeux, Jarret poursuivit :

— Il avait l'habitude de passer l'essentiel de ses journées à la brasserie, mais sa grand-mère décida de l'envoyer en pension, là où était son grand frère. Elle disait qu'il devait embrasser une carrière d'avocat, d'homme d'Église ou de soldat. Trouver une situation digne de son rang. Il eut beau la supplier de le garder auprès d'elle, elle demeura inflexible.

— Oh, Jarret ! murmura Annabel.

Dieu qu'il avait dû souffrir ! Il avait perdu sa famille et son avenir d'un seul coup.

La voix enrouée par l'émotion, il enchaîna :

— Il détesta l'école d'emblée. Les autres le harcelaient à propos des rumeurs odieuses qui couraient sur la mort de ses parents. La demeure familiale, que sa grand-mère avait fermée après le drame, lui manquait. La chance – ou la malchance, tout dépend de votre point de vue –

voulut qu'il se découvre doué pour les jeux de cartes, ce qui lui permettait de remettre à leur place les brutes qui se moquaient de lui. Son père lui avait appris à jouer. C'était le seul souvenir de sa vie d'avant, et il avait désespérément besoin de s'y raccrocher.

Un long soupir lui échappa.

— Vous m'avez demandé un jour comment j'avais débuté ma carrière de joueur. C'est ainsi que tout a commencé. Je suppose que cela avait du sens pour un gamin de treize ans qui souffrait tellement d'être loin de sa famille que c'en était insupportable.

Il marqua une pause et poursuivit :

— Toutefois, j'ai laissé cela durer bien trop longtemps. J'avais conclu un pacte avec dame Fortune, mais parce que je savais qu'elle était une maîtresse capricieuse, je ne craignais pas ses coups. Puis j'ai appris à me protéger contre les souffrances que les autres pouvaient m'infliger. C'était facile. Il me suffisait de les empêcher de s'approcher trop près pour me faire du mal.

Il regarda les mains d'Annabel, les caressa de ses pouces.

— Jusqu'au jour où j'ai croisé votre route. Vous étiez têtue, belle et intelligente, et vous m'avez fasciné à l'instant où vous êtes entrée dans mon bureau. J'ai pris peur, comme cela arrive souvent aux hommes quand ils entrevoient un avenir très différent de celui qu'ils avaient imaginé. J'ai fait nombre de choses stupides pour vous tenir à distance et me convaincre que vous me laissiez parfaitement indifférent. Que je ne vous aimais pas.

Il chercha son regard. Ses iris avaient pris cette couleur océan qu'elle adorait.

— En vain.

Portant les mains de la jeune femme à ses lèvres, il les embrassa et ajouta :

— Je vous aime, Annabel Lake. J'aime votre façon de prendre soin de tout le monde autour de vous. J'aime que vous vous soyez battue pour protéger votre fils. Et surtout, j'aime le fait que, quand vous me regardez, vous ne me voyez pas tel que je suis, mais tel que je pourrais être si je trouvais le chemin de mon cœur.

Les paupières d'Annabel la brûlaient, mais elle s'interdit de pleurer, de peur de gâcher l'instant. Cela ne fut pas facile.

Il lui sourit, et une fossette se creusa dans sa joue.

— Eh bien, j'ai découvert quelque chose dans mon cœur, mon ange. Vous. Et vous l'avez rempli si complètement que je n'ai besoin de rien d'autre.

Le regard soudain grave, il ajouta :

— Je ne veux plus être le fleuve. Je veux être la terre dans laquelle l'arbre s'enracine. Et je crois que j'en suis capable si vous voulez être mon arbre. Le voulez-vous ?

C'en était trop. Elle éclata en sanglots, puis s'empressa de sourire afin qu'il sache que c'étaient des larmes de joie.

— Cette déclaration... est autrement plus convaincante... que la précédente, hoqueta-t-elle. J'aimerais beaucoup être votre... arbre.

Il l'embrassa si tendrement qu'elle en fut chavirée. Et ce baiser était d'autant plus précieux qu'il n'était en rien un prélude à des jeux plus brûlants.

Jarret l'aimait. Il l'aimait vraiment ! Et il était prêt à l'épouser malgré...

Elle s'écarta brusquement.

— Et Geordie ?

Lui prenant le mouchoir des mains, il tamponna ses larmes.

— Nous en avons discuté, lui et moi. Nous pensons avoir trouvé une excellente solution.

Il se leva et la prit par la main.

— D'ailleurs, je préférerais que vous l'entendiez de sa bouche. Ou, plutôt, de la sienne et de celle de ma grand-mère, puisqu'ils l'ont trouvée ensemble.

Mme Plumtree avait réfléchi au problème du statut de Geordie ? Incroyable. Peut-être Jarret avait-il raison quand il affirmait qu'elle ne verrait pas d'objection à accueillir Geordie parmi les siens.

Annabel le suivit dans l'entrée où – elle n'en fut pas étonnée – attendait toute la famille Sharpe. Lorsque lady Minerva lui adressa un regard entendu, Annabel rougit. Seigneur, ils écoutaient aux portes, eux aussi !

Bien, George, dit Jarret. À vous de jouer. Expliquez à votre mère comment vous voyez les choses.

Geordie prit une profonde inspiration et se tourna vers Annabel.

— Tu te souviens que tu as toujours dit que je devrais aller à l'école ? Il se trouve que Harrow est à six miles de la propriété des Sharpe à Ealing, et qu'ils acceptent les externes. Mme Plumtree a pensé que je pourrais habiter à Halstead Hall avec lord Jarret et toi, et fréquenter l'école le jour.

— Personne ne s'étonnera qu'il séjourne chez une tante et un oncle pour suivre ses études, renchérit Mme Plumtree. Tout le monde ignorera ses véritables liens avec vous si c'est ce qu'il veut.

— Et franchement, ajouta Jarret, il sera mieux à la maison qu'à l'internat.

Étant donné ce qu'il avait enduré à l'école, Annabel comprenait son point de vue.

— Et bien sûr, pour les vacances, je rentrerais à Burton, précisa Geordie en glissant un regard furtif à Hugh. Si on veut bien de moi.

— Bien sûr que nous voulons de toi, mon garçon, s'écria Hugh. Sissy serait très triste si elle devait être définitivement séparée de toi.

Geordie fourra les mains dans les poches de sa veste.

— Alors, qu'en penses-tu ? Personne ne m'accueillerait en permanence, mais tout le monde me verrait un peu.

Annabel regarda son fils, puis l'homme qu'elle aimait plus que tout. Comment avait-elle pu s'imaginer qu'elle supporterait de renoncer à l'un pour être avec l'autre ? Elle devait avoir perdu la tête ! Dieu merci, ils avaient trouvé une solution à laquelle elle n'aurait jamais pensé.

— J'en pense que c'est merveilleux, répondit-elle en sentant les larmes lui monter de nouveau aux yeux. Tout simplement merveilleux.

— Notre George est un garçon intelligent, déclara Jarret en enroulant le bras autour de la taille d'Annabel. Ce qui est normal, puisque sa mère l'est aussi. Et c'est pourquoi elle a enfin consenti à être ma femme.

Un chœur de félicitations accueillit la nouvelle. Annabel ne savait trop si elle devait rire ou pleurer. Elle était si heureuse ! Il lui semblait que jamais son cœur ne pourrait contenir tant de bonheur.

Quand le silence fut revenu, lady Minerva demanda :

— Eh bien, grand-maman, vous êtes satisfaite ? Non seulement Jarret reprend la brasserie, mais il a trouvé une épouse. Et en prime, vous avez gagné un petit-fils. Cela devrait satisfaire votre désir de marier vos petits-enfants, non ?

Mme Plumtree releva le menton d'un air de défi.

— Il en reste encore trois, ma fille.

— Grand-maman ! protesta lord Gabriel. Vous n'êtes pas raisonnable !

— N'insiste pas, Gabriel, intervint Jarret. Tu sais combien grand-maman peut se montrer obstinée. Elle ne reviendra pas sur sa décision.

Il jeta un coup d'œil à sa grand-mère.

— Peut-être devrions-nous rejoindre le salon, suggéra-t-il. Grand-maman est debout depuis bien trop longtemps et elle semble un peu fatiguée.

— Je ne suis pas du tout fatiguée, assura-t-elle.

Toutefois, elle ne protesta pas quand lord Gabriel et lady Célia lui prirent le coude pour l'escorter jusqu'au salon.

Lady Minerva arrêta Jarret.

— Dois-je en conclure que tu nous as trahis, comme Oliver, et que tu as pris le parti de grand-maman ?

Jarret sourit.

— Non. Je pense qu'elle a de solides raisons d'agir comme elle le fait, même si elle s'y prend de la pire façon qui soit. Si tu trouves un moyen de contrecarrer son ultimatum, tu auras tout mon soutien.

Il la dévisagea pensivement.

— J'ai pensé que nous pourrions consulter Giles Masters pour nous assurer qu'elle n'enfreint pas la loi. Qu'en dis-tu ?

— Ce bon à rien ? ricana lady Minerva en rougissant inexplicablement. Je ne vois vraiment pas en quoi il pourrait nous aider.

— C'est un avocat brillant.

— Selon lui, répliqua-t-elle avant de tourner les talons. Mais fais ce que tu veux. C'est *ton* ami.

— Que signifie cet éclat ? demanda Annabel.

Jarret fronça les sourcils.

— Je ne suis pas très sûr.

Le regard de Hugh passa de Jarret à sa sœur.

— Je crois, lord Jarret, que nous devrions avoir une conversation au sujet de la dot d'Annabel et de son argent de poche.

— C'est même une nécessité, répondit Jarret. Surtout à présent que nous allons être plus riches.

Hugh le fixa sans comprendre.

— Les capitaines de la Compagnie des Indes orientales m'ont passé commande de deux mille tonneaux de votre bière blonde d'octobre, annonça Jarret, ainsi que de quelques centaines de tonneaux de différentes bières de chez Plumtree. Et j'espère que ce n'est qu'un début.

Hugh en demeura sans voix. Annabel laissa échapper un petit cri et se jeta au cou de Jarret.

— Vous avez réussi ! Oh, je *savais* que vous le pouviez ! Vous êtes le brasseur le plus doué de toute l'Angleterre !

Un large sourire fendit le visage de Hugh.

— Merci de nous avoir aidés, milord, dit-il en tendant la main à Jarret, qui la serra avec enthousiasme.

— Je vous raconterai les négociations en détail, promit ce dernier, mais avant, j'aimerais passer un moment en tête-à-tête avec ma fiancée.

Passant le bras autour des épaules de Geordie, Hugh déclara :

— Viens, mon garçon. Laissons les tourtereaux un peu tranquilles.

Dès qu'ils se furent éloignés, Jarret entraîna Annabel dans la salle à manger déserte. Il l'attira à lui et l'embrassa avec fougue. Puis il s'écarta légèrement et murmura :

— Dans combien de temps pourrons-nous nous marier ?

— Dès que vous le souhaitez.

— Ma grand-mère voudra un grand mariage, avec cérémonie à la cathédrale Saint-Paul et pièce montée géante. Si c'est ce dont vous avez envie, je ne veux pas vous en priver.

— Tant que c'est vous que j'épouse, mon amour, je veux bien me marier dans une grange, assura Annabel.

— Dans la mesure où nous avons failli consommer notre union dans une grange, ce serait approprié, s'esclaffa-t-il. Pour ma part, je suggère de demander une dispense de publication des bans et de nous marier dans l'intimité à Halstead Hall, si cela vous convient.

— Ce serait merveilleux. Bien sûr, si votre grand-mère n'est pas d'accord...

— Elle sera d'accord avec tout, dès lors que je me marie. Je suis prêt à parier qu'elle accepterait que le mariage ait lieu dans la brasserie.

361

— Je croyais que vous aviez renoncé aux paris ?

— Ah, mais il s'agirait d'un pari privé ! C'est autorisé, je suppose.

— Quel serait l'enjeu ? voulut savoir Annabel.

— Une vie dans mon lit.

Elle ravala un sourire.

— Et si c'est *vous* qui gagnez ?

Jarret cilla, avant d'éclater de rire.

Puis il entreprit de lui montrer à quoi elle devait s'attendre en mettant un libertin dans son lit.

Épilogue

La cérémonie, très simple, eut lieu dans la chapelle familiale, moins de deux semaines après l'arrivée d'Annabel à Londres. Ils auraient préféré qu'Oliver, le frère de Jarret, soit rentré en Angleterre, mais ils ne pouvaient attendre pour officialiser leur union. George devait entrer à Harrow au prochain trimestre et il pouvait difficilement séjourner chez un « oncle » et une « tante » qui n'étaient pas mariés.

Cela faisait déjà six semaines qu'ils étaient mari et femme, songea Jarret en gravissant le grand escalier de Halstead Hall. Ils n'avaient pas l'intention de vivre ici éternellement – une fois que George aurait terminé ses études, ils chercheraient une maison en ville, près de la brasserie –, mais Jarret était heureux d'avoir retrouvé la maison de son enfance.

Si seulement Annabel allait mieux, il serait le plus heureux des hommes. Les maux d'estomac dont elle souffrait l'inquiétaient plus qu'il n'osait l'avouer. Il ne voulait pas l'abandonner pour aller accueillir Oliver et Maria à la descente du bateau, mais elle avait insisté.

Il entrouvrit la porte. Elle sommeillait. Le soleil de cette fin d'après-midi accrochait des paillettes d'or dans sa chevelure et sur son beau visage. Comme chaque fois qu'il la regardait, son cœur tressaillit. Il avait encore du mal à croire qu'elle était à lui. Pourquoi diable s'était-il cabré à l'idée de se marier ? Annabel était la joie de son existence.

Non seulement il ne s'ennuyait jamais avec elle – au lit ou en dehors –, mais elle était également une merveilleuse partenaire au travail. Avant de tomber malade, elle l'accompagnait chaque jour à la brasserie pour expérimenter différentes cuvées et discuter avec Harper de certaines innovations qu'il souhaitait apporter. Il aimait discuter avec elle de leur travail car elle le comprenait. Elle faisait d'excellentes suggestions et avait le don de poser le doigt sur ce qui le tracassait, quelle que soit la situation.

Elle s'étira, et le cœur de Jarret s'emballa.

— Comment te sens-tu ? demanda-t-il en s'approchant du lit.

Elle ouvrit les yeux et lui lança un regard furieux.

— Affreusement mal. Et c'est ta faute.

— Comment cela ? Je t'ai conseillé de ne pas dévorer de pickles, puisque tu ne les supportes pas. Il faut dire que tu réclames des choses tellement bizarres à manger ces derniers…

— C'est normal, l'interrompit-elle en se redressant en position assise. Je suis enceinte.

Jarret se pétrifia. Puis un tel soulagement le submergea qu'il éclata de rire.

— Ce n'est pas drôle, protesta Annabel en se levant. Tu m'avais déclaré que ta méthode était sûre. Et voilà que je me retrouve dans la même situation qu'il y a treize ans !

— Pas exactement la même, rectifia Jarret gaiement. Tu es mariée.

— Et si je ne l'avais pas été ? Si tu étais reparti pour Londres après m'avoir juré qu'il n'y avait aucun risque que…

— Il y a toujours un risque, même avec un condom. Il était peut-être troué, ou il n'a pas été correctement attaché, ou…

Elle lui lança un oreiller à la figure.

— Tu m'as assuré que cela marchait toujours ! Qui te dit que tu n'as pas semé une dizaine de petits bâtards à travers tout Londres ?

Jarret avait le plus grand mal à garder son sérieux. Dieu qu'elle était jolie quand elle était furieuse ! Et elle portait son enfant. Son premier enfant.

— Je t'assure, mon amour, que si c'était le cas, leurs mères n'auraient pas manqué de se rappeler à mon bon souvenir. N'oublie pas que je suis fils de marquis.

— Je ne le sais que trop bien, gémit-elle. Quand je pense à toutes les femmes que tu as séduites…

— Qui te dit que ce ne sont pas elles qui m'ont séduit ?

Comme elle le fusillait du regard, il éclata de rire et la prit dans ses bras.

— Allons, tu n'es pas vraiment fâchée de porter mon enfant, n'est-ce pas ?

Elle se calma aussitôt.

— Non, admit-elle, et ses yeux s'emplirent de larmes.

Jarret lui tendit l'un des mouchoirs qu'il avait désormais tout le temps sur lui.

— Laisse-moi deviner. Tu pleures *aussi* quand tu es enceinte.

— Oui, mais ce sont des larmes de joie. Te rends-tu compte que, cette fois, je vais pouvoir me montrer avec mon enfant sans craindre que quelqu'un ne devine la vérité ? Je vais pouvoir m'occuper de lui, ou d'elle, sans me cacher. Cet enfant sera vraiment le mien.

— Et le mien, lui rappela Jarret.

Elle lui sourit à travers ses larmes.

— Bien sûr.

— Viens, dit-il. Je vais te présenter à mon frère et à sa femme.

— Maintenant ? J'ai une mine effroyable ! s'écria-t-elle.

— Tu es rayonnante, répliqua Jarret avec sincérité. Comme toujours.

— Vil flatteur, marmonna-t-elle, mais elle ne put s'empêcher de sourire.

Toutefois, alors qu'ils approchaient du salon, il perçut sa nervosité.

— Détends-toi, chuchota-t-il. Je suis sûr que mon marquis de frère a oublié son monocle aux Amériques et cassé sa canne à pommeau en paradant à la Cour.

Annabel éclata de rire, si bien que lorsqu'elle fit son entrée, elle avait le regard pétillant et le sourire aux lèvres. Jarret l'aurait volontiers embrassée toutes affaires cessantes si ses diables de frères n'avaient pas été là, à les observer.

Oliver dut lire dans ses pensées car il le gratifia d'un regard entendu. Puis il se leva pour venir les saluer, aussitôt imité par son épouse.

— Oliver, Maria, dit Jarret, puis-je vous présenter Annabel, ma femme ?

Alors que celle-ci plongeait dans une révérence, Oliver lui prit la main et la serra avec chaleur.

— Ainsi vous êtes la brasseuse dont Jarret m'a parlé durant tout le trajet depuis Londres. J'ai cru comprendre que vous partagiez sa passion pour les cartes ?

Annabel vira à l'écarlate.

— Jarret, j'espère que tu n'as pas eu l'audace de...

— Gabriel a vendu la mèche. Il ne se lasse pas de raconter comment ma future épouse m'a battu au whist le jour où nous nous sommes rencontrés.

— Au moins, dit Oliver, elle n'a pas essayé de t'enfoncer une épée dans la gorge.

Maria émit un petit reniflement.

— Tu le méritais, et tu le sais.

Puis elle se tourna vers Annabel, un grand sourire aux lèvres.

— Je suis sûre que vous en auriez fait autant si Jarret avait menacé de vous faire jeter en prison.

— Oh, j'aurais visé un peu plus bas que la gorge ! rétorqua Annabel.

Tout le monde s'esclaffa.

— Tu avais raison, Jarret, déclara Oliver en donnant une claque amicale sur l'épaule de son frère. Elle a tout à fait sa place dans notre famille.

George entra à ce moment-là.

— Ah, te voilà, jeune homme ! fit Jarret. J'ai une bonne nouvelle à t'annoncer.

Ignorant le coup de coude d'Annabel, il poursuivit :

— Je crois bien que tu vas avoir un frère ou une sœur, finalement.

— C'est formidable ! s'écria George, l'air sincèrement heureux.

Tout en jetant un coup d'œil à la ronde, Jarret entrevit une étincelle d'envie dans le regard de Minerva. Depuis qu'Annabel avait accepté de l'épouser, il s'était demandé s'il devait avertir ses frères et sœurs qu'ils n'avaient plus à se soucier de l'ultimatum de leur grand-mère, car il avait l'intention de les aider financièrement grâce aux revenus de la brasserie.

Il s'en était abstenu parce qu'il s'était souvenu qu'Oliver avait dit un jour que depuis la mort de leurs parents, ils étaient comme des somnambules, et il s'était parfois demandé s'il n'avait pas raison. Minerva, en particulier, semblait s'être coupée du monde.

Si Jarret avait pensé une seule seconde qu'être célibataire et écrire des romans la comblaient, il aurait défendu ses choix bec et ongles. Mais il commençait à soupçonner que ce n'était pas vraiment le cas. Ses livres, lui semblait-il, étaient une façon de se tenir à l'écart de la vie et du bonheur, comme le jeu l'avait été pour lui.

Il voulait mieux pour elle. Pour eux tous. Et même s'il désapprouvait les méthodes de leur grand-mère pour les contraindre à se marier, il était tenté de laisser les choses se faire et de voir ce qui arriverait. Il savait que jamais Minerva ne se marierait sans amour. Si elle, ou les autres, étaient prêts à risquer de perdre l'héritage de Hetty pour préserver leur liberté, il les aiderait. Mais rien ne l'obligeait à le leur dire dès maintenant.

— Es-tu certain qu'Annabel attend un enfant ? demanda Gabriel, l'œil pétillant de malice. Vous n'êtes mariés que depuis six semaines. N'est-ce pas un peu tôt pour le savoir ?

Malédiction. Il aurait dû faire un peu de calcul avant de parler. Annabel allait l'étrangler.

— Oh, tais-toi, mauvaise langue ! aboya leur grand-mère. Ce sera mon premier arrière-petit-fils. Je me moque bien de savoir quand il a été conçu.

— En fait, ce sera le second, rectifia Oliver. Maria et moi attendons aussi un heureux événement. Et je peux vous certifier que notre enfant naîtra avant celui de Jarret et d'Annabel.

— Seigneur ! gémit Maria en lançant à Annabel un regard complice. Voilà qu'ils en vont faire une compétition, à présent !

— Je préfère ne pas y participer, lâcha Gabriel.

— Ton tour viendra, rétorqua Jarret. Grand-maman a bien dit qu'elle ne céderait pas.

— Non, en effet, confirma celle-ci. Mais assez parlé. Ces bonnes nouvelles doivent être célébrées.

Elle s'éloigna en compagnie d'Oliver tout en discutant de la bouteille de vin qu'il convenait d'envoyer chercher à la cave. Célia et Maria se lancèrent dans une discussion sur les travaux à entreprendre pour rénover la nursery. George s'approcha de Gabriel pour lui décrire l'attelage qu'il avait vu en rentrant de l'école.

Tandis que Jarret contemplait sa famille, un flot d'affection le submergea.

— C'est une sacrée tribu, non ? murmura-t-il en passant le bras autour de la taille d'Annabel.

— Si.

Elle lui décocha un sourire espiègle et ajouta :

— Et j'ai mis le grappin sur le meilleur de tous.

Jarret déposa un baiser sur son front.

— Je suis désolée de t'avoir embarrassée en annonçant l'arrivée du bébé si rapidement.

— Ce n'est pas grave. De toute façon, ils auraient compris à la naissance que nous n'avions pas perdu de temps.

Elle marqua une pause, puis ajouta :

— Tu es heureux d'être bientôt père, n'est-ce pas ?

— *Très* heureux.

C'était la vérité. Il aurait dû être terrifié. Cela ferait une personne de plus qui allait compter sur lui. Une personne de plus à qui il s'attacherait, et que le Destin pourrait lui enlever du jour au lendemain.

Ces dernières semaines, il avait pris conscience qu'il s'était trompé. Vivre, ce n'était pas pleurer ce que l'on avait perdu, mais se réjouir de ce que l'on avait. Quel que soit le temps que cela durait. Et s'il était toujours terrible de perdre ce que l'on aimait, il aurait été encore plus terrible de ne jamais l'avoir eu.

Aussi, tandis que les siens riaient et trinquaient et partageaient leur joie, il remercia le Destin qui lui permettait de vivre cet instant, avec cette famille et cette femme à ses côtés.

C'était enfin son tour d'être heureux. Et il l'appréciait à sa juste valeur.

Note de l'auteur

En Angleterre, les femmes ont embrassé le métier de brasseur de longue date. Aussi ai-je eu envie que l'une de mes héroïnes soit brasseuse. J'ai inventé les brasseries Plumtree et Lake Ale, mais à part cela, tous les détails concernant la profession sont historiques. La bière blonde indienne a réellement été élaborée afin d'exporter les cuvées d'octobre aux Indes. Les brasseries de Burton ont effectivement profité du désaccord entre la Compagnie des Indes orientales et la brasserie Hodgson, dû aux pratiques commerciales déraisonnable de celle-ci et de sa tentative de passer outre les capitaines des navires. Allsopp et Bass ont bel et bien tiré un important profit de ce conflit et de la qualité unique de l'eau de Burton, dont la teneur en sels améliore le processus de brassage. Bass existe encore de nos jours.

Quant à l'alligator de Daventry, il m'a été inspiré par une description d'un marché anglais de cette époque. J'ai un peu embelli l'histoire, mais je n'ai pas résisté au plaisir d'inviter un reptile dans mon roman.

AVENTURES & PASSIONS

4 mars

Caroline Linden
Scandales - 1 - Un infréquentable vicomte
Inédit

Joan Bennet désespère de trouver l'amour. Lorsque ses parents s'absentent pour raisons de santé, ils la confient à sa tante Evangeline et à son frère Douglas. Au contact de ces deux personnalités, elle va enfin oser être elle-même et imposer ses choix, notamment celui de Tristan, un infréquentable vicomte, comme époux.

✦

Zoë Archer
Les justiciers - 2 - Séduction à risques
Inédit

La Némésis a reçu une lettre anonyme dénonçant les conditions inhumaines qui règnent dans une mine de Cornouailles. Chargé d'enquêter, Simon rencontre Alyce Carr, l'une des ouvrières de la mine, une forte tête. Intrigué, il est séduit par la jeune femme, mais un monde les sépare.

✦

Brenda Joyce
Une enquête de Francesca Cahill - 3 - Un cadavre sous la neige

New York, 1902. Francesca Cahill désespère ses parents qui lui impose un prétendant. Mais la jeune fille ne pense qu'au préfet de police, Rick Bragg, déjà marié. Justement, ils vont devoir traquer ensemble un tueur en série.

Mary Wine
La saga McJames - 2 - Dans le lit d'un guerrier
Inédit

Cullen McJames n'accepte pas que son honneur ait pu être sali par le plus vieil et farouche ennemi de son clan, le laird Erik McQuade. Aussi, lorsque celui-ci prétend devant la cour royale que Cullen a volé la vertu de sa fille, Cullen se venge en enlevant sa fille pour l'épouser.

◆

Sabrina Jeffries
Les hussards de Halstead Hall - 3 - La provocatrice
Inédit

Sommée par sa grand-mère de se marier, Minerva Sharpe, qui adore choquer la bonne société, publie une petite annonce pour recruter un mari. Elle n'avait pas prévu que Giles Masters, amoureux d'elle depuis des années, postulerait.

◆

Elizabeth Hoyt
Les trois princes - 3 - Le dernier duel

Au détour d'un chemin, Lucinda trébuche sur ce qu'elle croit être un cadavre… qui se révèle pourtant bien vivant. Ce bel Apollon laissé pour mort a sans doute été attaqué par des brigands. Qui est-il, au juste ? Un vagabond ou une canaille, comme le redoute le père de Lucinda, qui craint pour la vertu de sa fille depuis l'arrivée de cet inconnu sous son toit.

PROMESSES

Lisa Kleypas
La saga des Travis - 1 - Mon nom est Liberty

La vie lui a pris son père à quatre ans, sa mère à dix-sept, la laissant seule avec sa petite sœur de deux ans. Pourtant, Liberty Jones s'accroche à ses rêves. De son village de mobile homes aux quartiers chics de Houston, d'épreuves en victoires, elle trace son chemin et croise celui d'un richissime homme d'affaires, nanti d'un fils aîné aussi glacial que séduisant. Ce dernier lui fera-t-il oublier Hardy Cates, le garçon qui a marqué son cœur d'adolescente au fer rouge ?

Debbie Macomber
Retour à Cedar Cove - 2 - Un printemps à la Villa Rose

Installée depuis peu à Cedar Cove, Jo Marie commence à s'y sentir chez elle. Avec l'arrivée du printemps, elle va pouvoir réaliser la roseraie qu'elle a conçue en souvenir de Paul, son mari disparu. Sa maison d'hôtes, la Villa Rose, affiche complet. Derrière les portes de sa jolie demeure, Kent et Julie, Anny, Mary. Autant de personnages en quête d'amour et de rédemption. Et dans le jardin, Mark, l'homme à tout faire, dont Jo Marie commence à apprécier la compagnie… Ce roman chaleureux et bouleversant sur les destinées humaines met en lumière la grande fragilité de l'âme mais aussi l'immense force qui sommeille en chacun d'entre nous.

Erin McCarthy
Carrément craquant
Inédit

Ève est LA professionnelle des courses automobiles, en tant que
représentante des relations publiques. Aussi, quand une affaire
défraie la chronique, la voilà plus impliquée que jamais surtout
quand une vidéo indécente fait sensation sur la toile ; celle des
fesses nues de Nolan Ford lors d'une course hyper médiatisée. Or,
malgré son sérieux exemplaire, Ève doit bien avouer qu'elle a, elle
aussi, un petit faible pour le corps sensuel de ce pilote rebelle…

CRÉPUSCULE

—————— **18 mars** ——————

Kresley Cole
Les ombres de la nuit - 12 - Sombre convoitise
Inédit

Enfant, Thronos, le prince de Skye Hall, était amoureux de Lanthe. Cette petite sorcière s'intéressait avec malice à son clan, les Vreke-ner. Un amour pourtant vain car les deux adolescents se sont re-trouvés piégés par les terribles querelles qui divisaient leurs familles. Des siècles plus tard, Thronos ne peux oublier Lanthe, la belle enchanteresse qui a marqué son âme et qui est devenue son ennemie...

—————— **18 mars** ——————

Cindy Gerard
Black OPS - 6 - Imprudente
Inédit

Après son divorce avec un célèbre sénateur, Valentina s'est enfuie quelque jours incognito en Amérique latine. Mais lors d'une petite promenade dans les montagnes, la balade vire au cauchemar quand un inconnu tente de l'assassiner. La seule personne à même de pouvoir l'aider semble bien être Luke Colter, un ancien militaire. Mais Valentina peut-elle lui faire confiance et laisser sa propre vie entre ses mains… expertes ?

Et toujours la reine du roman sentimental :

Barbara Cartland

« Les romans de Barbara Cartland nous transportent dans un monde passé, mais si proche de nous en ce qui concerne les sentiments.
L'amour y est un protagoniste à part entière : un amour parfois contrarié, qui souvent arrive de façon imprévue.
Grâce à son style, Barbara Cartland nous apprend que les rêves peuvent toujours se réaliser et qu'il ne faut jamais désespérer. »

Angela Fracchiolla, lectrice, Italie

Le 4 mars
La prisonnière du vieux moulin